乱世来鸿

书信里的三国往事

成长 著

中国出版集团

现代出版社

图书在版编目（CIP）数据

乱世来鸿：书信里的三国往事 / 成长著. -- 北京：
现代出版社, 2021.9
　ISBN 978-7-5143-9442-9

　Ⅰ.①乱… Ⅱ.①成… Ⅲ.①《三国演义》研究
Ⅳ.①I207.413

中国版本图书馆CIP数据核字(2021)第180588号

乱世来鸿：书信里的三国往事

著　　者	成长
责任编辑	姜军
出版发行	现代出版社
地　　址	北京市安定门外安华里504号
邮政编码	100011
电　　话	(010) 64267325
传　　真	(010) 64245264
网　　址	www.1980xd.com
电子邮箱	xiandai@vip.sina.com
印　　刷	北京盛通印刷股份有限公司
开　　本	787 mm×1092 mm　1/16
印　　张	19.5
字　　数	225千字
版　　次	2022年3月第1版　2022年3月第1次印刷
书　　号	ISBN 978-7-5143-9442-9
定　　价	59.00元

目录

政在家门：

袁氏兄弟的帝业之梦

中平六年（189）八月戊辰的黄昏时分，东汉帝国都城洛阳①的皇宫燃起了熊熊大火。大火先从南宫九龙门开始烧起，然后迅速蔓延到南宫的两侧宫殿，进而整个皇宫陷入火海与杀戮之中。皇宫内到处都有横尸在地的宦官，煌煌皇宫犹如人间炼狱。

指挥这次行动的是兄弟二人：司隶校尉袁绍与虎贲中郎将袁术。他们的口号是杀死皇宫里掌权的宦官，为大将军何进报仇。因为就在当天上午，何进被中常侍张让、段珪等矫太后诏书召至嘉德殿内诛杀。这样的事件是东汉近二百年外戚、宦官两派恶斗的常见戏码，已经并不新鲜。

东汉帝国的皇帝大多幼冲即位，本能地依赖自己的母族，导致外戚干政；而当皇帝年龄稍大，想要抑制外戚的权力，又只能依靠身边最可信可靠的宦官们。因而，东汉历史上那些手握重权的外戚将军如窦宪、邓骘、梁冀、窦武等，最终的结局无不是为宦官所害。到了桓、灵二帝时，宦官的权力到达了顶峰，他们不仅培养了大批鹰犬爪牙遍布朝中与地方，打压反对他们的清流大臣，而且还手握禁军，将皇宫牢牢控制在自己手里，张让、赵忠等"十常侍"更是贵宠一时。昏庸的灵帝甚至说："张常侍是我父，赵常侍是我母。"

光和七年（184）的黄巾起义打破了宦官集团独霸朝纲的局面。为了平息叛乱，汉灵帝任命内兄何进为大将军，总揽军权，又释放了此前因反对宦官而被禁锢的清流大臣。于是，外戚与清流大臣再次成为制衡宦官的力量。因而，尽管黄巾起义在短短九个月内就被平定，但洛阳城中、皇宫内外却波诡云谲、暗潮涌动，外戚与宦官这对宿敌摩拳擦掌，等待着最终较量的时刻。只是他们都没有想到，这一次将是一场玉石俱焚的对决，而陪葬的，将是整个东汉帝国。

注释：

①汉魏洛阳城在今河南洛阳东。东汉奉行"五德终始说"，汉光武帝定都洛阳后，以汉为火德，火忌水，改洛阳为雒阳。曹丕代汉称帝，而魏行次为土。"土，水之牡也，水得土而乃流，土得水而柔，故除'隹'加'水'，变'雒'为'洛'。"（《三国志·文帝纪》注引《魏略》）因此严格来说，"洛阳"在汉末灵帝、献帝时期应作"雒阳"。本书为求行文一致，统一作"洛阳"。

一、四世三公

大将军何进出身南阳屠户之家，本是庸人，只因妹妹被选入宫中得宠于皇帝才扶摇直上。根基薄弱、才能不济的何进想要与宦官"掰腕子"，只有与"四世三公"的名门望族汝南袁氏家族结成联盟。

汝南袁氏是当时天下第一名门望族，其兴业之主袁安历明、章、和三朝，位居司徒，不畏权贵，弹劾外戚窦宪，为时人称颂。此后，其子袁敞任司空，其孙袁汤任太尉，其曾孙袁逢任司空。"自安以下四世居三公位，由是势倾天下。"三公，即司徒、司空、太尉。自汉哀帝废丞相以后，三公成为事实上的宰辅，可谓位极人臣。尽管到了东汉，行政权力向尚书台转移，"虽置三公，事归台阁"，但三公百官揆首的尊贵地位没有改变，很多大臣为了过一把三公的瘾，甚至不惜掏钱向皇帝买官（如曹操之父曹嵩）。三公手上有一大特权，就是可以开府治事、征辟才俊之士为自己属吏，因而当过三公的大臣往往能够拥有众多门生故吏，进而结成庞大的人脉网络。至于像汝南袁氏这样"四世三公"的大家族，就更是"门生故吏遍天下"了。

袁绍和袁术都是司空袁逢之子，袁绍年岁居长，但是是妾室所生，且早年过继给无子的伯父袁成，而袁术则是正妻所生。因此袁绍和袁术在血缘上是同父异母的兄弟，在宗法上则是堂兄弟。然而，宗法社会中嫡庶之别总是很容易导致兄弟之间形成歧视链。袁绍与袁术兄弟之间的嫌隙，可谓与生俱来。

作为在洛阳城内长大的贵胄子弟，袁绍"有姿貌威容，爱士养名""宾客所归，加倾心折节，莫不争赴其庭"，袁术"少以侠气闻，数与诸公子飞鹰走狗，后颇折节"。他们都有极强的社会活动能力，身边聚拢了大批公卿子弟、名士游侠，声望日渐高涨，其中尤以袁绍最有声望，以至来拜见袁绍的车辆都填满了街巷，导致交通瘫痪。这在当时就引起了中常侍赵忠的警觉，他说："袁本初坐作声价，好养死士，不知此儿终欲何作。"作为一个终生浸淫于宫廷权力斗争的老宦官，赵忠无疑有着极强的政治嗅觉。这话可谓一语成谶，最终他和他的同伴都命丧袁绍之手。

袁绍、袁术兄弟如此卖力地提升自己的声望、结交朝野人士，当然不是单纯的性格使然，而是有其不足为外人道的政治目的。多年以后，袁术在穷困潦倒之时给袁绍寄去的一封信里用八个字道出了其中缘由："天下提挈，政在家门。"在袁氏兄弟看来，汉室深陷宦官与外戚的恶斗之中，民心尽失，气数已尽，如果说未来将有一姓之尊取代刘氏而治天下，只可能是袁家。

正因为他们早就埋下了这颗野心，我们就不难理解袁绍、袁术兄弟为何要与出身寒微的外戚何进合作，为其出谋划策。而何进正巴不得有汝南袁氏这样的超级豪门为自己背书，双方可谓一拍即合。在何进掌权后，袁绍就被辟为大将军掾属，四年后又被举荐在西园八校尉中任佐军校尉。汉灵帝驾崩，何进提拔袁绍为司隶校尉，袁术为虎贲中郎将，甚为亲信。表面上看，何进利用了袁家的声望壮大了自己，实际上，袁氏兄弟利用了何进的地位，逐步掌握了军政权力。

袁绍的出生年正史未载，有学者根据其表字本初，推测其为本初元年（146）出生，若如此，中平六年的洛阳之变发生之时，袁绍四十四岁，正是政治家的黄金年龄。在袁绍的策划下，何进趁着灵帝新丧，首先向宦官集团发难，诛杀了手握西园兵的宦官蹇硕，为自己年仅十四岁的外甥汉少帝刘辩即位扫除了障碍。在先得一局的有利局面下，袁绍顺势向何进提出建议：将宦官集团一网打尽，永除后患。该建议得到了何进的赞同。

当时的何进已经将洛阳城内大部分兵权收归手中，想要发兵诛杀宦官并非难事，但在计划落实时遇到了阻碍。何进的妹妹何太后、母亲舞阳君、弟弟车骑将军何苗因为得了宦官的好处，都阻止何进对宦官开刀，何进也开始变得犹豫。面对这一情形，袁绍又献出另一策："多召四方猛将及诸豪杰，使并引兵向京城，以胁太后。"这也就是为后世所诟病的"引狼入室"之策。

袁绍何以要出此策？从当时何进征召入京的四方豪杰名单里，我们就能看出一些奥秘：前将军董卓、将军府掾王匡、东郡太守桥瑁、武猛都尉丁原，他们要么是袁氏的故吏，要么是袁绍、袁术兄弟二人的友人，他们来只可能充实袁氏兄弟的势力，而根本不会领何进的人情。

此后的事情，就是文章开头提到的。中平六年八月戊辰，何进毫无防备地进宫去见妹妹何太后，为宦官所杀，这一消息迅速传到了在宫外严阵以待的袁绍和袁术耳中。计划正像他们设想的那样进行——何进之死让袁氏兄弟拥有了充足的理由向皇宫发起攻击。在袁术的统领下，士兵在皇宫内大开杀戒，凡是宦官，不论大小，尽皆杀之，以至很多没长胡子的都成了刀下冤魂。在这个天衣无缝的计划里，外戚与宦官这两大影响了东汉近二百年的政治力量将在一夜之间被抹掉。由于何进已死，作为唯一的录尚书事的袁绍叔父、太傅袁隗将执掌朝纲，袁氏兄弟则将接管何进的军权，袁氏摄政的新时代眼看就要开启了。

南宫的大火依然在熊熊燃烧，张让、段珪等宦官惊慌失措，劫持汉少帝与其弟陈留王沿着复道往北宫逃窜而去，可袁绍早有准备，下令将北宫门全部封闭，务必不能放走一个宦官。这场劫杀持续了四天之久，到了辛未日，宫内横尸者已逾两千人。袁绍如此纵兵杀人，完全不顾忌在宦官手中的小皇帝的性命，因为在他眼中，小皇帝的死活已经没那么重要了，即便在乱军中死了，再立个更好控制的便是，这天下终将是袁家的。

事情糟糕就糟糕在，袁绍还是疏忽了。张让、段珪等人带着汉少帝与陈留王等数十人，神不知鬼不觉地在乱军之中步出毅门，逃出了袁绍的包围圈，向城西北的小平津奔去。而在那里，奉命勤王的前将军董卓所率的西凉军正疾驰而来，这一变量将彻底摧毁袁绍的计划。

二、倒持干戈

刘向的《说苑》里有一则寓言妇孺皆知，那就是"螳螂捕蝉，黄雀在后"。对应东汉末年的洛阳城，何进与宦官是螳螂与蝉，袁氏兄弟则是那只随时准备坐收渔利的黄雀。只是很多人都忘了，这则寓言故事的原文还有后续：黄雀伸着脖子欲啄螳螂时，树下手执弹丸的猎人已经瞄准了它，而它却浑然不觉。

这个猎人就是董卓。

董卓是一名靠着战功而擢升的凉州武人。凉州位于汉帝国的西北，这里汉人与羌胡杂处，历来是天下最不安分的地方。在整个东汉时期，西北边境的羌人叛乱就没有停歇过，朝廷屡屡需要耗费大量人力财力前往征剿。而在统兵将领方面，自然是优先选择擅长弓马、熟悉当地地情的凉州人，如东汉后期治理羌中的三员抚边大将皇甫规、张奂、段颎都是凉州人，其中的两位都是董卓的恩公。董卓曾在担任凉州从事时大破匈奴，被并州刺史段颎赏识推荐入公府就职；后来董卓曾担任护匈奴中郎将张奂的军司马，随其讨伐羌人叛乱，多有战功。

但鲜为人知的是，董卓与汝南袁氏家族渊源也颇深。董卓从地方武官发展到进入中枢任职，关键的一步就是被司徒袁隗辟为掾属，他也借由三公征辟这一快捷通道平步青云，成为汝南袁氏家族众多门生故吏之中的一位。于是当袁绍正值用人之际，手握西凉军又在京城全无根基的董卓就浮现在他的眼前。

何进召外兵进京胁迫太后的计划曾遭到主簿陈琳的反对，陈琳认为此举无疑"倒持干戈，授人以柄，功必不成，只为乱阶"。但何进对袁绍无比信赖，对此逆耳忠言根本听不进去。董卓当时任前将军，统领五千凉州兵驻扎在与洛阳一河之隔的河东郡，观望洛阳的局势。实际上，早在四个月前汉灵帝病重期间，朝廷就已经下诏调董卓就任并州牧，并令其交出手中的凉州兵。但他公然抗旨不遵，一不交兵，二不赴任，因为他已经从袁绍那里得到了消息——京师将有变。这对他一个外将而言则是百年不遇的好时机。这期间，何进曾一度反悔将董卓召来，让谏议大夫种邵宣诏劝董卓回兵，而董卓非但不理会，反而将兵马屯驻在距离洛阳更近的夕阳亭。

洛阳变乱之时，董卓的弟弟董旻正在城中担任奉车都尉，他是董卓提前在洛阳打入的一个楔子。董旻率兵响应袁绍，一面围攻皇宫，诛杀宦官；一面却趁着混乱，将何进之弟、车骑将军何苗诛杀。何氏兄弟的部曲群龙无首，后来纷纷归入董卓麾下。董旻的作用，毫无疑问就是董卓在洛阳城中的眼线和接应。我甚至怀疑张让等人之所以能挟持皇帝与陈留王逃出城，也是因为董旻放的口子。汉少帝与陈留王逃难至邙山时，首先遇到的就是董卓的勤王部队，这绝不像是一个巧合。

董卓护送着天子浩浩荡荡地返回京城，顺利地吞并了城内的禁军部队，并且诱杀了另一支勤王军统帅丁原，兼并了他的并州军。自此，朝政大权正式为董卓所窃得。乱世的大门已经开启，谁得到了天子，谁就有了代天子下诏的权力，成为事实上的天子。这个结果对袁绍而言是始料未及的，这个教训对袁绍而言更是足够深刻，尽管多年以后，他还会在对待天子的问题上再次跌跤。

面对自己召来的"故吏"骑到了自己的头上，袁氏兄弟显然不肯服气。当时袁绍的好友骑都尉鲍信就建议，趁着董卓新到、军队疲惫之际，发动突然袭击将他拿下。但此时的袁绍势单力薄，对董卓已有畏惧之心，犹豫不敢动手。《三国演义》里曹操在煮酒论英雄时对袁绍的评价可谓十分精要："色厉胆薄，好谋无断；干大事而惜身，见小利而忘命。"这样优柔寡断的性格最终也成为他的致命之处。

就在袁绍迟疑不作为的时候，董卓为了进一步控制朝政、树立威信，提出了废帝而立陈留王的主张。董卓的理由是"皇帝冲暗，非万乘之主。陈留王犹胜"。这显然是一句虚伪的话，谁都知道，皇帝越昏庸，权臣就越好操纵他。董卓没理由废掉一个笨皇帝，扶植一个更聪明的皇帝，因为这是在给自己添麻烦。

事实是，汉少帝刘辩与陈留王刘协，背后代表的是两个不同的利益集团。汉少帝是何皇后所生，是何进的外甥，由何进一手扶上位。如今何进虽死，但袁绍等何进旧部仍拥有一定势力，想要彻底将何进、袁绍的力量从洛阳城里抹掉，最一劳永逸的方式就是将汉少帝废掉。而陈留王刘协是王美人所生，自幼为其祖母董太后所养，故称"董侯"。董太后是河间人，与董卓并非同宗，或许因为同姓，董卓会对"董侯"有一种天然的亲近。而更重要的是，董太后与何皇后婆媳二人势如水火，在汉灵帝驾崩后，何皇后就借何进之手除去了董太后一党，谋杀董太后之侄骠骑将军董重，董太后又忧又怕，大病一场，而后暴亡。董卓扶植陈留王登基，等于将自己化身为董太后的继承者，为董太后一党拨乱反正，进而有利于他争取朝臣的支持及打压何进余党，也使废立之举显得更加名正言顺。

对于董卓的一系列行动，袁氏兄弟始终是被动的，以至董卓向袁绍礼节性地告知废立之事时，袁绍只能"横刀长揖而去"。而在《献帝春秋》和《后汉书》中，袁绍的表现要"刚"一些，撂下了一句狠话"天下健者，岂唯董公"而后"引佩刀横揖而出"；而身居朝臣之首的太傅袁隗，对此更是只能默认，不敢发一点反对的声音。这说明，此时的袁氏家族不仅失去了对朝政的控制，更失去了在京师中与手握重兵的董卓抗衡的实力。除了逃出京师寻求外兵，袁氏兄弟毫无他法。

是年九月，董卓废汉少帝刘辩为弘农王，改立九岁的陈留王刘协为帝，是为汉献帝，董卓凭拥立之功晋升相国，权倾朝野。而在此之前，袁绍与袁术先后自洛阳出奔，两人一北一南，袁绍托身河北，袁术寄寓南阳。一场轰轰烈烈的讨伐董卓之战一触即发。而"二袁"的出奔，也意味着他们与袁氏家族的"天子梦"渐行渐远。

三、东立圣君

初平元年（190）正月，关东诸侯正式组成联军讨伐董卓。参加联军的共有十路：后将军袁术、冀州牧韩馥、豫州刺史孔伷、兖州刺史刘岱、河内太守王匡、渤海太守袁绍、陈留太守张邈、东郡太守桥瑁、山阳太守袁遗（袁绍、袁术的堂兄）、济北相鲍信。袁绍被推举为盟主。十路之中袁家就占了三路，其余州郡长官，亦多为袁氏家族的"故吏"或袁氏兄弟的密友。袁绍与袁术是联军中的灵魂人物。董卓感叹道："但杀二袁儿，则天下自服矣。"

二袁起兵讨董，留在京师的家人和故友就成了牺牲品。董卓愤怒地杀害了侍中周毖、城门校尉伍琼，因为此二人曾劝董卓授予袁绍渤海太守之职以安抚之，结果反倒让袁绍获得了起兵的资本。当年三月，董卓焚烧洛阳，迁天子于长安，并诛杀太傅袁隗、太仆袁基及其全家包括婴孩在内的五十余口。族人被屠，对二袁来说固然是家门不幸，但在非常时期，某种程度上却是一件利好之事。二袁因此被赋予了更多同情的色彩，博得了更高的声望。（"是时豪杰既多附绍，且感其家祸，人思为报，州郡蜂起，莫不以袁氏为名。"）

然而也就是在此时，袁绍与袁术的矛盾也开始激化。

袁术对袁绍始终心怀嫉恨。在京师洛阳，袁绍无论是声望还是官职，始终都要高过袁术一头：袁绍在初入大将军掾属后就升任了虎贲中郎将，而袁术担任此职的时候，袁绍已经升任司隶校尉。如果说二袁在诛杀宦官的时候尚能够齐心协力，那自出奔以来，二袁已是貌合神离。

袁术当时被董卓委以后将军一职，军职虽高，却不似那些州牧、郡守一样有立身之处。但他既不追随袁绍同往河北，也不附着在任何一镇盟友的地盘之上，而是前往南阳郡的鲁阳（今河南鲁山），自己拉出来一支人马，并笼络长沙太守孙坚为自己驱驰，不受袁绍调遣。与袁术情况相似的还有曹操，他从洛阳出奔后，仅有骁骑校尉一微职，亦无地盘。但他显然没有袁术的底气，只能依附于袁绍，寄身于张邈的陈留郡，因而在讨董联军中连一镇诸侯都算不上。

关东诸侯讨董联军部署在河内（治所在今河南武陟）、酸枣（治所在今河南延津）、颍川（治所在今河南禹州）、鲁阳四个方向，对洛阳形成了半包围，但这场战事持续了一年，联军却连连受挫。北线，王匡的泰山兵在河阳津（今河南孟津县西南）被董卓大破，"死者略尽"；东线，曹操在荥阳（今河南荥阳）汴水为董卓将徐荣所败，"士卒死伤甚多"，自己也险些丧命；南线，孙坚在梁县（今河南汝州）、阳人（今河南汝州市西）与董卓军力战，一负一胜，虽斩华雄、逐吕布，但自身也损失惨重。而在这期间，身为关东联军核心人物的袁绍、袁术却作壁上观，未有实质性的军事行动，心里打着小算盘。

初平二年（191）正月，也就是讨董联军成立整整一年的时候，袁绍拉上冀州牧韩馥，抛出了一个令人震惊的提议：拥立幽州牧刘虞为帝。

刘虞是何人？他是汉室宗亲，东海恭王之后，自担任幽州牧以来，平定张纯叛乱、安抚辽西乌丸①，让历来骚动不宁的北境稳定下来。刘虞为人简朴，为政宽仁，在当时汉室宗亲普遍碌碌无为的背景下，刘虞可谓是杰出的一员，甚至连董卓都要拉拢他以提升自己的形象——董卓在执政后不久就派人授刘虞大司马官职，进封襄贲侯。

袁绍和韩馥为何要拥立刘虞为帝？韩馥在给袁术的信中举了两个例子，一个是西汉周勃安刘的故事，周勃废掉了吕后所立的少帝刘弘后，迎立代王为帝，是为汉文帝。而如今的刘虞也居于代地，"功德治行，华夏少二，当今公室枝属，皆莫能及"。另一个是东汉光武帝刘秀的故事，当时刘秀称帝，是以大司马领河北，其身份是长沙定王五世孙。而如今刘虞也是以大司马领幽州牧，是东汉恭王的五世孙。有这样的巧合，难道不应该推举他称帝吗？

韩馥是袁氏门生，虽然官在袁绍之上，但实际上受袁绍操控，他给袁术的信代表了袁绍的态度。在袁绍看来，讨董联军虽然打着勤王的口号，但自董卓迁帝于长安，联军又接连受挫，想要救出天子并实现袁氏摄政的愿景已经化为泡影。此时的上策，莫不如根本就不承认董卓所立的汉献帝，而在河北另立新君，如此他便可以师出有名，号令天下，进而窃取帝位。况且刘虞是一名仁德长者，不同于董卓所立的幼童，也免去了外界的议论与猜测。

袁绍抛出这一提议后，很看重袁术的态度，因此在韩馥的书信寄去后，袁绍又亲自给袁术写去了一封信，信中说道："我袁绍和韩馥希望建立太平盛世，看见能够中兴汉室的圣主。如今董卓在西边所立的幼主根本没有汉室的血脉，公卿大臣却媚事董卓，都不可信。如今之计，不如用重兵屯驻在各个关隘，让董卓自困死在西边，然后我们在东边另立'圣君'，就可以期盼太平的日子了。"袁绍还在信中提到了袁氏一门被董卓屠戮之事，认为袁氏遭此大难，他就像伍子胥背离楚国一样，更不可能"北面"尊奉献帝。"又室家见戮，不念子胥，可复北面乎？"字里行间，流露着自己代汉自立的野心。全信如下：

前与韩文节共建永世之道，欲海内见再兴之主。今西名有幼君，无血脉之属，公卿以下皆媚事卓，安可复信！但当使兵往屯关要，皆自蹙死于西。东立圣君，太平可冀，如何有疑！又室家见戮，不念子胥，可复北面乎？违天不祥，愿详思之。（《三国志·董二袁刘传》注引《吴书》）

献帝当然是灵帝的儿子，这是没有疑问的。袁绍为了给自己另立新君寻找合理性，公然抹黑献帝"无血脉之属"，可见袁绍为了做成此事，已经到了不分青红皂白的地步。

袁绍的心思，袁术当然看得明明白白，如果让袁绍得了拥立之功，袁术就只有俯首听命的份儿了，他岂能甘心？于是，袁术给袁绍回了一封语气不客气的信。信中一开始就反驳了袁绍对献帝"无血脉之属"的污蔑，夸赞献帝"圣主聪睿"，虽然年幼，但有周成王的潜质。对于袁氏一门的惨案，袁术并未归罪于献帝，反倒认为，这正体现了袁氏家族世代对汉室的赤诚忠心。如今不去讨伐国贼董卓、为家族雪耻，反而想着另立新主，实在是匪夷所思。况且袁家被灭族，是董卓所为，怎能归罪于皇帝呢？袁术信誓旦旦地在信中说："偻偻赤心，志在灭卓，不识其他。"全信如下：

圣主聪睿，有周成之质。贼卓因危乱之际，威服百寮，此乃汉家小厄之会。乱尚未厌，复欲兴之。乃云今主"无血脉之属"，岂不诬乎！先人以来，奕世相承，忠义为先。太傅公仁慈恻隐，虽知贼卓必为祸害，以信徇义，不忍去也。门户灭绝，死亡流漫，幸蒙远近来相赴助，不因此时上讨国贼，下刷家耻，而图于此，非所闻也。又曰"室家见戮，可复北面"，此卓所为，岂国家哉？君命，天也，天不可仇，况非君命乎！偻偻赤心，志在灭卓，不识其他。（《三国志·董二袁刘传》注引《吴书》）

袁绍和袁术这兄弟俩，一个比一个会装腔做戏，明明是自己想窃取汉家江山做皇帝，却个个冠冕堂皇，展现出自己所作所为无不是为了苍生社稷。尤其是袁术，他为了阻止袁绍另立新君，极力赞颂献帝，彰显自己为国除贼的一片忠心，几年后自己却黄袍加身上演僭号称帝的闹剧，徒为天下所耻笑。

袁绍另立新君，与董卓废帝实际上没什么两样，都是权臣为篡位做的准备工作，不同的是董卓将少帝废杀，而袁绍将献帝从名誉上否定。但他名不正，言不顺，不仅袁术不接受，连依附于袁绍的曹操也公然反对。他直言不讳地对袁绍说："今幼主微弱，制于奸臣，未有昌邑亡国之衅，而一旦改易，天下其孰安之？诸君北面，我自西向。"事实上，连刘虞自己都拒绝当这个皇帝。他对袁绍派来劝说的使臣厉声呵斥，称这一行为完全是"妄造逆谋，欲涂污忠臣"。为了自证清白，他甚至表态要放弃官职出奔匈奴，袁绍只好放弃了这个计划。但这场未成行的另立闹剧也为刘虞带来了无端灾祸：两年后，公孙瓒诬刘虞欲谋帝位，将其斩于蓟城闹市中。

谋立新君的事情，成为袁绍和袁术分道扬镳的分水岭。此前二人至少还能维持表面的和气，而经过这件事情，他们彼此心里更加明白，想要窃国称帝，最大障碍不是别人，恰恰就是自家兄弟。

注释：

①乌丸，两汉时期居于东北地区的游牧民族。《三国志》作"乌丸"，《后汉书》作"乌桓"，本书统一作"乌丸"。

四、错失天子

初平二年四月，董卓退往长安，将一座焚毁的洛阳城留给关东诸侯。联军无力西向，就此解散，一场波及全国的军阀混战正式开启。正如曹丕后来在《典论》中所写的那样："而山东大者连郡国，中者婴城邑，小者聚阡陌，以还相吞并。"

而实质上，这场军阀混战就是袁绍与袁术兄弟二人的一场内斗。

袁绍在联军解散后，迅速逐走了韩馥，将兵精粮足的冀州收归囊中，开始了在河北的扩张。在距此一百六十多年前，刘秀正是在河北登基称帝，建立基业打下东汉江山的，这对袁绍显然有很大的启迪。与此同时，在袁绍授意之下，曹操在兖州开疆拓土，维护袁绍在黄河以南地区的利益。然而，袁绍侵占冀州，触动了有"白马长史"之称的奋武将军公孙瓒的利益。公孙瓒早知二袁不和，遂远交近攻，联合袁术，共同对付袁绍、曹操。另一边，袁术将长沙太守孙坚表奏为豫州刺史，怂恿他与袁、曹争河南；而袁绍也不示弱，与山水相隔的荆州牧刘表结盟，让他阻止袁术向南扩张。再加上虽然拒绝帝位但仍与袁绍联合的刘虞，以及在徐州与公孙瓒遥相呼应的陶谦，这样算下来，当时参与混战的主要军阀基本站成了两个阵营：

袁绍，曹操，张邈，刘表，刘虞；
袁术，公孙瓒，孙坚，陶谦。

两大阵营在冀州、兖州、徐州、荆州等战场陆续爆发了一场场恶战。其中包括：界桥之战，袁绍大败公孙瓒；襄阳之战，孙坚中伏被刘表士兵射杀；匡亭之战，袁术为曹、袁合兵所破；徐州之战，曹操两次攻伐陶谦，陶谦失地折兵。总体而言，袁术阵营处在下风，连袁术自己都被曹操打得一路溃败，至淮南方才站稳脚跟。

到了兴平二年（195），军阀混战的局势初步明朗起来。河北，公孙瓒杀刘虞而大失众望，袁绍趁机联合刘虞旧部，合兵十万，将公孙瓒逼入易京（今河北雄县）困守。河南，曹操苦战一年击败了乘虚而入的吕布和背叛自己的张邈，重新控制了兖州和豫州。淮南，袁术在淮阴、广陵击败刘备，又授意孙策渡江攻略江南。袁绍、曹操、袁术成为军阀混战第一阶段的赢家。

其中，最大的"黑马"无疑是曹操。在关东诸侯讨董时，他身份最低，家底最薄，但短短五年间，曹操兼并了十镇诸侯中六镇的领地，硬是在兖州、豫州这四战之地打开了局面，成为一支不可小觑的力量。

曹操能够取得如此战绩，除了他自身的文韬武略外，也与袁绍的支持与帮扶密切相关。曹操在征伐陶谦时，袁绍就派将军朱灵率领三营军士来帮助曹操。在吕布袭取兖州后，也是袁绍出兵援助，帮曹操夺回失地。但对曹操而言，他不可能久居袁绍之下。他将目光投向了西方，那里有被关东诸侯们已经遗忘五年的汉献帝。

此时的汉献帝已经十五岁，和当年他哥哥汉少帝被废掉时的年纪一样。虽然董卓已经死了三年多，但长安的朝廷仍然被李傕、郭汜等凉州武人把持。汉献帝日夜盼望关东的勤王之师能救他东归，但包括袁绍在内的各路诸侯正忙着厮杀、争抢地盘，根本顾不得西边还有个傀儡皇帝。

曹操在袁绍的帮助下在兖州站住脚跟，他心里明白，作为一个从乱世纷争中白手起家的入局者，他必须暂时依靠袁绍，但也终将脱离袁绍，甚至与袁绍一搏天下。他没有袁绍那样傲人的家世和声望，更没有资格去立什么新君，他唯一的机会，就是将天子控制在自己手里，奉天子以令不臣。

"奉天子以令不臣"最早是曹操初任兖州牧时治中从事毛玠的提议。

毛玠认为，如今天下大乱，像袁绍、刘表这样的割据势力虽然兵多地广，但是没有长远的考虑，相当于没有建立自己的根基。这时候所谓的"道义"就更为重要，即"兵义者胜"。而迎奉天子就是让自己站在道义的一方，自此之后，东征西讨，都可以打着"王师"的名义，凡是不服从于你的，都可以被你贴上"不臣"的标签，这就占据了舆论的优势。"如此则霸王之业可成也。"

毛玠的话很合曹操的心意，于是曹操前脚刚拒绝了袁绍另立新君的提议，后脚就派心腹王必为使者前往长安通使。曹操的示好让汉献帝与公卿大臣们看到了希望的光芒，时任黄门侍郎的钟繇就劝李傕，说天下诸侯都"矫命专制"，唯有曹操心向朝廷，应该对他厚加答报。与曹操同郡的丁冲当时也在朝中为官，他悄悄写信给曹操，信中说："足下平生常喟然有匡佐之志，今其时矣。"这里的"匡佐"，不过是含蓄的说法，实质上跟毛玠所说的"奉天子以令不臣"一样，都是劝曹操抓住时机将天子掌握在自己手中。

曹操的机会说来就来。建安元年（196）秋七月甲子，汉献帝趁李傕、郭汜相争，起驾东归，其间历尽坎坷磨难。次年，汉献帝一行终于在残垣断壁的洛阳与前来迎驾的曹操大军相遇。八月，曹操迎汉献帝前往自己的领地许县（今河南许昌市东），以此为都，改元建安。这是改变曹操命运的一次行动，此后二十五年的岁月，他都将享受到这次行动带来的"天子红利"。

曹操能够成功迎奉天子，固然有其地利之便，但实际上，在献帝东归的路上，袁绍原本也有机会。汉献帝与公卿一行在摆脱李傕、郭汜之后，曾一度渡黄河北上来到河东，此处离袁绍的领地冀州已经非常近，袁绍也派郭图为使来进行礼节性的问候。谋士沮授就建议袁绍趁机将汉献帝迎到自己的大本营邺城（今河北临漳县西南），他的口号比毛玠的"奉天子以令不臣"更为直接而露骨，就是我们更为熟悉的那句"挟天子以令诸侯"。但是这个提议遭到郭图、淳于琼的激烈反对，他们认为汉室气数已尽，天子的号令也没什么人听从，如果将天子迎来，做什么事都得向天子表奏，反倒束缚住了自己的手脚。（"若迎天子以自近，动辄表闻，从之则权轻，违之则拒命，非计之善者也。"）袁绍为此犹豫不决，于是将汉献帝白白送入曹操的怀抱。

争论是否迎奉天子的两方各有道理，但很难说他们完全出于公心。袁绍幕府僚属之中早已存在"河北派"与"汝颍派"的派系党争，将天子迎奉至邺城，有利于"河北派"的壮大，身为颍川人的郭图、淳于琼自然会百般阻挠。但归根结底，还是袁绍根本不认可汉献帝。此前另立新君的计谋化为泡影，袁绍已经加紧步伐完成河北的统一，向自己登上九五之尊的道路迈进。"秦失其鹿，先得者王。"郭图的这句话说中了袁绍的心思。如果将汉末比作秦末，那么去迎奉一个亡国之君就没有任何意义，反而会成为将来自己称帝的阻碍。

五、上书自讼

当袁绍得知曹操迎奉了天子之后，他开始陷入深深的懊悔之中。此前，虽然袁绍与曹操关系融洽、配合默契，甚至有"袁曹一体"之说，但随着曹操的不断壮大，袁绍不可能不对这位昔日的老朋友有所警觉，而在曹操当面拒绝另立新君之议后，袁曹之间实质上也出现了难以愈合的裂痕。只是袁绍万万想不到，曹操有朝一日会凭着天子在手的优势，骑在自己头上。

作为补救措施，也作为一次试探，袁绍向曹操提出了一个方案，即将天子迁移到鄄城（今山东鄄城）居住。鄄城位于东郡，是曹操在讨董联盟解散之初的落脚之地，而更重要的是，鄄城位置偏北，与袁绍的领地只有一河之隔。将天子迁至鄄城，无疑将有利于袁绍对朝廷的控制。袁绍的心思，曹操当然看得出来，他果断拒绝了袁绍的提议，将天子迁至远离河北的豫州腹地许县，以此作为新的国都。

曹操迎天子都许，汉献帝为答谢曹操，拜曹操为大将军、武平侯，而授袁绍为太尉，封邺侯。诏书送到袁绍处，令袁绍勃然大怒。因为太尉为"三公"之一，而大将军居"上公"，高于"三公"。袁绍如何能忍受自己居于曹操之下？他隔空怒骂曹操："曹操当死数矣，我辄救存之，今乃背恩，挟天子以令我乎！"这是"挟天子以令诸侯"再一次出现在史书中，所不同的是，原本袁绍可以成为"挟天子"的那个人，如今却因为一念之差，成为被"令"的诸侯。

据《后汉书》的记载，曹操迎天子之后，实实在在地"令"了一把袁绍。他以天子之名降下诏书，对袁绍进行斥责，斥责的内容有两条：（1）地广兵多而专自树党；（2）不闻勤王之师而但擅相讨伐。实际就是在质问袁绍，为什么当年你信誓旦旦地号召天下举义兵讨董迎圣驾，如今却做起了列土封疆、割据一方的勾当？尽管诏书中未提袁绍另立新君的忤逆之事，但这两条罪状背后所指，不言自喻。

袁绍没捞到皇帝，还被皇帝如此训责一番，自然是无比的委屈。他向朝廷写了一封自讼书（全信附后），陈述自己的功劳和皇帝对自己的种种误解，遮掩自己图谋汉室江山的种种行为。

信的一开头，袁绍就如怨妇一般，为自己鸣冤喊屈。他引用了邹衍哀叹而霜陨、杞梁妻悲哭而崩城的故事，说自己作为一个忠臣，受到了皇上的怀疑，同样悲痛万分，恨不得剖肝泣血，却没有崩城、陨霜之类的事发生，可见这些故事都不可信。

随后他列举了三个自己忠心于朝廷的事例为自己辩护。其一是回顾了中平六年的洛阳之变，他与何进共同谋划诛杀宦官，这是他为朝廷立下的一大功劳。然而在行文中，袁绍对自己进行了刻意的美化，"臣独将家兵百余人，抽戈承明，竦剑翼室，虎叱群司，奋击凶丑"，对共同领兵的袁术、曹操、鲍信、董旻等人只字不提，仿佛只有他自己冲杀在前，完成了这一壮举。

其二是讨董之战，袁绍不出意料地渲染了自己族人被屠戮的悲情色彩，以彰显他"破家徇国"的忠烈之举。他说自己与董卓本无仇怨，以他的身份完全可以安享富贵，但他却依然选择了兴兵讨贼这条路。至于讨董联军的失利，袁绍则归罪于冀州牧韩馥，说因为他怀谋逆之心，断绝粮草，才让大军不得向前。韩馥此时已死，自然是死无对证，但用常理都能想来，若韩馥断粮，与袁绍的关系闹得这么僵，他二人何以在次年就联名提议另立新君？若韩馥有这么大权力能够阻碍袁绍的军队，袁绍又何以能在联军解散后迅速从韩馥手中夺取冀州？

其三是针对诏书中对他"擅相讨伐"的指控做辩解。袁绍列举了自己讨伐黄巾余党、黑山军和张杨的战功，而将自己与公孙瓒的军阀战争描绘成为国除贼。为此袁绍一脸诚恳地表示，自己作为公族子弟，世代修文，根本不懂军事，但为了讨伐公孙瓒这样的贼凶，他不得不自作主张，统军作战，而在朝廷派来调解的官员抵达后，他就及时遵诏收兵，尽到了做臣子的本分。这一段里，袁绍处处突出自己的正义性，但对于公孙瓒到底为什么是"贼臣"却语焉不详。他说自己与公孙瓒的争战并不是军阀割据的混战。（"臣非与瓒角戎马之势，争战阵之功者也。"）这就属于典型的睁眼说瞎话了。

最后，袁绍的语气强硬了起来，他对"专自树党"做了辩护。他作为一个朝廷封的郡太守，自领州牧和私自授封郡县长官都是逾制的，但袁绍的解释是，朝廷封了太多欺名盗世、庸碌无为的官员，而他手下那些将领、校尉，为国家抛头颅、洒热血，立下了汗马功劳，却得不到应有的奖赏，他觉得这些人比蒙恬、白起还冤屈，给他们封点地盘和官爵不应该吗？袁绍甚至将自己擅自征讨四方的行为与春秋时"尊王攘夷"的齐桓公、晋文公的相比，他说，如果他的行为有过错，那么齐桓公、晋文公都该判死刑。在做了"虽欲释甲投戈，事不得已""伏首欧刀，褰衣就镬"这样假惺惺的表态后，袁绍很不客气地对汉献帝提出了要求，让他复习《诗经》中《尸鸠》一篇，学会做一个一碗水端平的君王，不要被那些"邪诡之论"蛊惑。至于"邪诡"，自然是含沙射影地说曹操了。

袁绍的这篇向朝廷的自讼，虽然不断地为自己邀功和辩护，结果却是越描越黑。他的野心已现，朝廷的诏书不过是曹操送给袁绍的一面镜子，照出了他的真面目。只是此时，南有张绣、袁术，西有李傕、郭汜，东有吕布、刘备，曹操还不敢与袁绍撕破脸皮。曹操做出了让步，将大将军之位让于袁绍，自己转任司空，方才暂时平息了袁绍的愤怒。但曹操与袁绍的"蜜月期"至此也就走到了尽头，兵戈相向已经是早晚的事情了。

六、天意实在我家

如果说袁绍对帝位的觊觎还需要百般掩饰，那么他位处淮南的兄弟袁术，已经急不可待地迈出了僭号称帝的危险一步。

自从与袁绍决裂以来，袁术就一直被袁绍和曹操压着打，他对袁绍的恨意也与日俱增。当时天下豪杰大多归附袁绍，这让身为袁家嫡子的袁术异常愤慨，随口就抛出一句："群竖不吾从，而从吾家奴乎！"在袁术眼里，无论如今的袁绍多么有出息，他的母亲是侍妾，他与生俱来的卑贱是如何也抹不掉的，他根本没有资格扛起袁家的旗号，最多就是个家奴。为了进一步抹黑袁绍，袁术还效法袁绍诬陷汉献帝不是汉灵帝所生，在给公孙瓒的信中说袁绍根本不是袁氏之子。袁绍得知后，怒上心头，为了对付袁术，袁绍间接地养肥了曹操。

袁术被曹操赶到淮南后，获得了一些喘息的余地，对曹操反倒有了更多的畏惧之心。曹操后来在《述志令》中提到，有人劝袁术登基称帝、宣示于天下，但袁术摇摇头说："曹公尚在，未可也。"这或许是实情，因为袁术占据淮南后始终不敢向豫、兖用兵，只能向徐州和扬州扩展自己的势力范围。

实际上，袁术对帝位的渴望从来没有中断过。早在关东诸侯讨董之时，依附于袁术的长沙太守孙坚从洛阳的一座井中打捞出了遗失多年的传国玉玺，袁术得知此事后，不顾他贵公子的身份，采用劫持孙坚夫人的粗暴方式逼迫孙坚交出了传国玉玺。这件事记载在后来的吴国官修史书《吴书》中，但被为《三国志》作注的裴松之质疑，认为上面的文字与其他史书中记载的有出入。玉玺是君权的象征，在国祚日衰、野心家四起的时代，玉玺就成为被人们觊觎的神器。后来东晋时期，司马氏衣冠南渡，玉玺遗落北方，因此东晋的皇帝一直被北方人嘲讽为"白板天子"。

在此之前，袁绍也曾经试图用玺印来笼络人心，他不知从哪里弄来一枚玉印，在一次宴席上举向曹操的肘部，暗示曹操支持自己图谋帝位，但曹操的反应是："笑而恶焉。"后来曹操把袁氏兄弟俩篡位的罪行写进了诗歌《蒿里行》："淮南弟称号，刻玺于北方。铠甲生虮虱，万姓以死亡。"没办法，这就是诗人的特权。

无论袁术夺玺这事真假与否，但在汉末乱世，仅凭一枚玺印远远不足以达到将一个人推上皇位的目的。所以，到了初平四年（193），又发生了一起夺符节事件。当时，李傕、郭汜控制下的朝廷以天子的名义，派太傅马日磾、太仆赵岐为使，持节调停关东诸侯之间的战事，赵岐去了袁绍和公孙瓒那里，马日磾来到了袁术这边。可这两位使者受到的待遇完全不同。赵岐抵达冀州，袁绍出营百里相迎，公孙瓒亦送来书信，双方看在天子的面子上暂时罢兵。而马日磾来到寿春（今安徽寿县），却被袁术看上了他手中的符节。

何谓符节？符节为天子所授，可代行圣意来征辟人才、授予官职，在本次马日磾持节授官的名单中就有孙策。袁术假意从马日磾手中借过符节来看，然后便是有借无还，打着马日磾的名义大肆封赏自己手下千余人为官。比如当时依附于袁术的孙策，就是在这时获得自己的第一个军职怀义校尉的——虽然这功劳不知该算在马日磾头上还是袁术头上。而诸葛亮的叔父诸葛玄，也很可能就是在袁术夺得符节后，被袁术授职豫章太守（但《献帝春秋》中则为刘表推荐诸葛玄为豫章太守），南下就职的，年仅十四岁的诸葛亮也是在这时离开家乡阳都，踏上了迁徙之路，最终落脚于南阳隆中。

马日磾被夺符节，又被袁术幽禁在寿春不得返回，忧愤呕血而死。当时外界并不知内情，都以为如此滥封官职是马日磾的乱命。因此在前文所述的自讼书中，袁绍才会指责马日磾在淮南"耗乱王命，宠任非所，凡所举用，皆众所捐弃"，进而导致了袁家兄弟反目成仇。可见，此事也让袁绍耿耿于怀。

真正让袁术决定启动称帝程序的事情是汉献帝的东归。兴平二年冬，汉献帝东归的队伍在曹阳（今河南灵宝市东北）被李傕、郭汜等追上，原本就单薄的护驾队伍根本无法抵御如狼似虎的西凉兵，于是大为溃败，许多随行的公卿大臣都在乱军中成了刀下亡魂。汉献帝丢弃了仪仗和宫人，在杨奉、韩暹等白波帅的护送下渡河北上，方才暂时摆脱了追兵。天子如此落魄，在袁术看来，更是汉室要亡的征兆。于是袁术在寿春大宴宾客时，毫不拐弯抹角地告诉大家，刘氏微弱，而自己"四世公辅，百姓所归"，是代替刘氏当皇帝的最佳人选。

此举自然招致许多人的反对，但袁术不管不顾，他坚持认为，当时的天下局势正如同东周衰亡而桓文迭兴、秦朝分崩而汉朝代之，他袁术的势力地广人众，完全可以走刘邦的老路子。

为了让袁氏代刘的理论更有说服力，袁术搬出了《春秋谶》中一句神秘的预言"代汉者，当涂高也"。这句预言早在汉武帝时期就已经出现，表面意思是汉朝将被"当涂高"所代替，但问题是这个"当涂高"该怎么解释呢？

新莽末年（23），割据巴蜀的公孙述就曾经试图利用这则谶语为自己称帝而张目，但刘秀称帝后给他送去书信，斥他对"当涂高"理解错了："代汉者当涂高，君岂高之身邪？"言下之意就是：你个矮矬子，冒充什么"当涂高"？果然，公孙述称帝不久就被刘秀将领吴汉所灭。

袁术从这条谶语中得出了一个有利于自己的解释：袁术字公路，"术"是城邑里的道路，"公路"也是道路，而"当涂高"也是指道路，与他的名和字都吻合了。汝南袁氏家传孟氏《易》，袁术对于利用谶纬之术能够达到蛊惑人心的目的自然也是深信不疑。就在曹操迎天子都许的次年，即建安二年（197）春，袁术在寿春僭号称帝，建号"仲氏"，置公卿百官，郊祀天地。

袁术一意孤行称帝的行为，不仅没有为他带来他所期待的天下归心，反而将自己置于众叛亲离的地步。原本与袁术保持同盟关系的吕布拒绝了袁术提出的联姻，将他派去的使者送交曹操。而打着袁术旗号攻略江东诸郡的孙策也翻脸不认人，"以书责而绝之"，从此独立发展。

对于正欲"奉天子而令不臣"的曹操而言，袁术僭号无疑给了他一个难得的表现机会。当年九月，曹操宣布袁术罪状，发兵东征，大破袁术军，斩其将桥蕤、李丰、梁纲、乐就，袁术溃奔淮南。此时所谓的袁术大军，已经死的死，散的散，又赶上天旱岁荒，江淮之地已经乏粮，许多人冻饿而死。在如此窘迫之境下，袁术终于在建安四年（199）的夏天烧掉了寿春的皇宫，决定卸下这个叫作"皇冠"的枷锁，将帝位归于袁绍。他给袁绍写了一封信，这是数十年来，袁术第一次也是最后一次向袁绍低头，全信如下：

禄去汉室久矣，天下提挈，政在家门。豪雄角逐，分割疆宇。此与周末七国无异，唯强者兼之耳。袁氏受命当王，符瑞炳然。今君拥有四州，人户百万，以强则莫与争大，以位则无所比高。曹操虽欲扶衰奖微，安能续绝运，起已灭乎！谨归大命，君其兴之。（《后汉书·刘焉袁术吕布列传》）

"天下提挈，政在家门"是袁氏兄弟为数不多的共识，来自他们引以为傲的高贵血统。在袁术看来，汉室既大势已去，天命所归在袁家，即便自己戴不了"皇冠"，也要将"皇冠"奉给袁绍，好赖他还是自家人。而在他们的眼里，曹操去匡扶一个毫无威信的汉家天子，想要做中兴之臣去扭转汉朝的国运，简直是可笑至极。

当时的袁绍的确处在人生的巅峰。当年三月，他攻破了易京，消灭了宿敌公孙瓒，于是坐拥青、幽、冀、并四州，鹰扬河朔，虎视中原。当时担任济阴太守的袁叙是袁绍的堂弟，他在给袁绍的信中也一再怂恿袁绍早登大统，认为"天意实在我家"。信中称袁绍为"北兄"、袁术为"南兄"：

今海内丧败，天意实在我家，神应有征，当在尊兄。南兄臣下欲使即位，南兄言，以年则北兄长，以位则北兄重。便欲送玺，会曹操断道。（《三国志·武帝纪》注引《献帝起居注》）

对袁术穷途末路时送来的"皇冠"，袁绍"阴然其计"，也就是说内心是欢喜的，但表面上不好表露出来。因为他毕竟已经使出浑身解数装成一个忠臣了。当时有个叫耿苞的主簿看出了袁绍的心思，就私下对袁绍说："赤德衰尽，袁为黄胤，宜顺天意，以从民心。"你看，他用的还是黄巾起义用过的那套"五德终始说"——汉家的"火德"（赤德）已衰，而袁家是黄帝之后，正应"土德"，所以袁绍称帝是顺天应人的事情。袁绍满心欢喜地把耿苞的奏议给军府里的僚属看，却遭到了所有人的一致反对，大家都说，耿苞这是妖言惑众，应当处斩。因为所有人都明白，这个时候称帝不会给自己带来些许好处，只会让自己成为天下公敌，袁术就是前车之鉴。袁绍知道时机不成熟，只好杀了耿苞。

不过，袁绍并不需要思考该如何接待袁术了，因为袁术北上的路已经被曹操截断。曹操遣刘备、朱灵、路招邀击袁术，袁术无奈复走寿春。六月，至江亭，士卒已经绝粮，袁术坐困于地，留下一句哀号"袁术至于此乎！"便呕血斗余而死，结束了自己两年多的皇帝梦。

袁术的败亡，至少让袁绍看到，所谓"政在家门""天意实在我家"都是阿谀之言。汉室虽衰，但还不至于速亡；袁氏虽盛，但想要在这大乱之世夺取皇位，并且让天下之人信服，并没有那么简单。

最起码，要先让黄河南岸的曹操臣服。

袁绍集结十万大军，浩浩荡荡地朝官渡而去。

附：《上书自讼》

袁绍

臣闻昔有哀叹而霜陨①，悲哭而崩城②者。每读其书，谓为信然，于今况之，乃知妄作。何者？臣出身为国，破家立事，至乃怀忠获衅，抱信见疑，昼夜长吟，剖肝泣血，曾无崩城陨霜之应，故邹衍、杞妇何能感彻。

译文：

臣听说曾经邹衍哀叹导致上天降霜，杞梁妻悲哭而导致城墙崩塌，每次读这样的书，我都深信不疑，但是到了今天，我才知道这些都是编造的故事。为什么呢？我为了国家大业，从京师出走，导致全家被杀，而我这一片赤诚忠心竟然受到了猜忌和质疑，我从白天到黑夜不断长吁短叹，恨不得将我的肝脏剖出，把眼泪哭成血水，但我悲伤成了这样，都没有发生城池崩塌、上天降霜这样的事情，那么邹衍、杞梁妻又怎么能感动上苍呢？

注释：

①哀叹而霜陨：典出《淮南子》。战国时，邹衍为燕惠王尽忠效力，但是被小人谗言构陷。邹衍仰天而哭，感动了上苍，于是夏五月的时候

降下了冰霜。

②悲哭而崩城：典出《说苑》。春秋时，齐庄公攻打莒国，设置了五乘的爵位，但没有授予将军杞梁。杞梁回到家后难过得不愿吃饭。杞梁的母亲对他说：何必在乎这样的爵位，只要你"生而有义，死而有名"，那些被封五乘爵位的人都不如你。杞梁于是与莒人激战，斩杀二十七人，最终战死疆场。他的妻子听闻后伤心大哭，城池为她的悲伤所感而崩塌了。杞梁妻的故事后来演化为脍炙人口的"孟姜女哭长城"。

臣以负薪之资，拔于陪隶之中，奉职宪台，擢授戎校。常侍张让等滔乱天常，侵夺朝威，贼害忠德，扇动奸党。故大将军何进忠国疾乱，义心赫怒，以臣颇有一介之节，可责以鹰犬之功，故授臣以督司，咨臣以方略。臣不敢畏惮强御，避祸求福，与进合图，事无违异。忠策未尽而元帅受败，太后被质，宫室焚烧，陛下圣德幼冲，亲遭厄困。时进既被害，师徒丧沮，臣独将家兵百余人，抽戈承明，辣剑翼室，虎叱群司，奋击凶丑，曾不浃辰①，罪人斯殄。此诚愚臣效命之一验也。

译文：

臣以卑微的身份，从底层得到提拔，先在御史台任职，后擢升为校尉。张让等十常侍祸乱天下，篡夺朝政，残害忠良，广布党羽。大将军何进忠于国家，对宦官当道痛心疾首，认为臣颇有一点节义，可以奔走效力，因此授予臣司隶校尉之职，向臣咨询计策。臣不畏惧宦官的强权，不敢避祸求福，而是和何进共同图谋策划诛杀宦官，在观点上达成一致。只可惜我的计策还没实施，何进就被杀害，宦官劫持了太后，焚烧了宫殿，陛下当时还是个孩子，也亲身经历了劫难。何进被害的时候，士兵们都很沮丧，只有臣独自率领家兵百余人，手持长戈突入承明殿，拔剑进入两侧宫殿，愤怒斥责那些宦官，并奋力击杀这些凶手。不到十二天的时间内，臣就将这些罪人全数诛灭。这是臣为国家效力的第一件事情。

注释：

①浃辰：古代以干支纪日，自子至亥一周十二日。

会董卓乘虚，所图不轨。臣父兄亲从，并当大位，不惮一室之祸，苟惟宁国之义，故遂解节出奔，创谋河外。时卓方贪结外援，招悦英豪，故即臣勃海，申以军号，则臣之与卓，未有纤芥之嫌。若使苟欲滑泥扬波，偷荣求利，则进可以享窃禄位，退无门户之患。然臣愚所守，志无倾夺，故遂引会英雄，兴师百万，饮马孟津，歃血漳河。会故冀州牧韩馥怀挟逆谋，欲专权势，绝臣军粮，不得踵系，至使猾虏肆毒，害及一门，尊卑大小，同日并戮。鸟兽之情，犹知号呼。臣所以荡然忘哀，貌无隐戚者。诚以忠孝之节，道不两立，顾私怀己，不能全功。斯亦愚臣破家徇国之二验也。

译文：

后来董卓乘虚而入，图谋不轨。臣的叔父袁隗、从兄袁基当时都在朝中身居高位，但臣为了国家安定的大义，不顾及全家上下可能遭遇灾祸，毅然辞去官职离开京师，到黄河以南去开展新的计划。这时候董卓因为急于在京师之外结交盟友，招揽英豪为他所用，所以立即拜臣渤海太守、前将军的职位。实际上，臣与董卓之间原本无仇无怨，如果臣想在官场混日子、贪图名利，那么进可以享受荣华富贵，退也不会为家门带来祸患。然而臣坚持自己的操守和志向，于是招募天下英雄讨伐董卓。各路诸侯兴兵百万，大会于孟津（今河南孟津区东、孟州市西南），在漳河歃血为盟。冀州牧韩馥心怀叛逆之谋，想要专断权势，便断绝了臣的军粮供给，让大军一时不得前进，从而导致残暴至极的董卓将我袁家满门在一天之内屠杀殆尽。就算是鸟兽，也会为此悲伤地号哭，但是臣忘却了哀愁，并没有表现出痛苦的神情，因为臣知道忠和孝是两种不可兼得的节义，如果沉溺于私人的仇恨中，就不能为国家建立全功。这是臣牺牲了家族赴国难的第二件事情。

又黄巾十万焚烧青、兖，黑山、张杨蹈藉冀域。臣乃旋师，奉辞伐畔。金鼓未震，狡敌知亡，故韩馥怀惧，谢咎归土，张杨、黑山同时乞降。臣时辄承制，窃比窦融①，以议郎曹操权领兖州牧。会公孙瓒师旅南驰，陆掠北境，臣即星驾席卷，与瓒交锋。假天之威，每战辄克。臣备公族子弟，生长京辇，颇闻俎豆，不习干戈；加自乃祖先臣以来，世作辅弼，咸以文德尽忠，得免罪戾。臣非与瓒角戎马之势，争战阵之功者也。诚以贼臣不诛，《春秋》所贬②，苟云利国，专之不疑。故冒践霜雪，不惮劬勤，实庶一捷之福，以立终身之功。社稷未定，臣诚耻之。太仆赵岐衔命来征，宣明陛下含弘之施，蠲除细故，与下更新，奉诏之日，引师南辕。是臣畏怖天威，不敢怠慢之三验也。

译文：

后来黄巾贼十万之众劫掠青州、兖州，黑山贼和张杨在冀州作乱。

臣于是将军队撤回，奉旨讨伐这些叛逆。战争的金鼓还没有奏响，这些狡猾的敌人就知道了自己末日已到。于是心怀恐惧的韩馥归还了冀州的土地，张杨和黑山贼同时向臣乞求投降。臣当时代朝廷行使权力，让议郎曹操暂时领兖州牧，就像曾经窦融以梁统为武威太守那样。后来公孙瓒率军南下，在北方大肆掠夺，臣立即亲自率军征讨，与公孙瓒交锋。有赖于上天的眷顾，臣每战必胜。臣是公族子弟出身，成长于京师之中，平常学习的都是祭祀礼仪，从来没有受过军事教育。我们袁家自先祖以来，世代都是皇帝的辅弼大臣，凭借政事方面的才能来为国家尽忠，从无过失。臣并非要与公孙瓒角逐军事上的输赢、争夺战场上的功劳，而是因为臣如果不去诛杀反贼，那就是《春秋》大义所斥责的那种人。如果有利于国家社稷，那么实行一些专断的权宜之策也是合理的。因此臣踏着风霜雨雪，不辞辛苦，就是希望能够取得大捷，来立下终身的大功。国家社稷没有安定，臣实在是惭愧至极。太仆赵岐奉天子之命前来调解，宣布陛下宽宏的恩赐，消除了之前的种种误会，与下臣恢复旧好。臣接到圣旨的当天，就立即将军队撤了回来。这是臣畏惧陛下的天威，不敢怠慢的第三件事情。

注释：

①窃比窦融：新莽末年，赤眉军攻陷长安，河西五郡无主，窦融被推举为河西大将军，成为统帅，他虽然表示归顺刘秀，但依旧自行在河西担任郡守。

②《春秋》所贬：《春秋公羊传》载，赵盾堂弟赵穿弑杀晋灵公，太史董狐要将这件事记载成"赵盾弑其君"。赵盾辩解称自己冤枉，国君不是他杀的。董狐却说，有人弑君，你身为仁义的上卿不去讨贼，那

就等同于弑君。

又臣所上将校，率皆清英宿德，令名显达，登锋履刃，死者过半，勤恪之功，不见书列。而州郡牧守，竞盗声名，怀持二端，优游顾望，皆列土锡圭，跨州连郡，是以远近狐疑，议论纷错者也。臣闻守文之世，德高者位尊；仓卒之时，功多者赏厚。陛下播越非所，洛邑乏祀，海内伤心，志士愤惋。是以忠臣肝脑涂地，肌肤横分而无悔心者，义之所感故也。今赏加无劳，以携有德；杜黜忠功，以疑众望。斯岂腹心之远图？将乃谗慝之邪说使之然也？臣爵为通侯，位二千石。殊恩厚德，臣既叨之，岂敢窥觊重礼，以希彤弓玈矢之命哉？诚伤偏裨列校，勤不见纪，尽忠为国，翻成重怨。斯蒙恬所以悲号于边狱①，白起嘘唏于杜邮②也。太傅日磾位为师保，任配东征，而耗乱王命，宠任非所，凡所举用，皆众所捐弃。而容纳其策，以为谋主，令臣骨肉兄弟，还为仇敌，交锋接刃，构难滋甚。臣虽欲释甲投戈，事不得已。诚恐陛下日月之明，有所不照，四聪之听，有所不闻，乞下臣章，咨之群贤，使三槐九棘，议臣罪戾。若以臣今行权为衅，则桓、文当有诛绝之刑；若以众不讨贼为贤，则赵盾可无书弑援贬矣。臣虽小人，志守一介。若使得申明本心，不愧先帝，则伏首欧刀，褰衣就镬，臣之愿也。惟陛下垂《尸鸠》③之平，绝邪诐之论，无令愚臣结恨三泉。

译文：

此外，臣向朝廷举荐的将军校尉，都拥有高尚的美德且声名远播，他们在战事中冲锋在前，过半都战死了，然而他们的功绩却没有被记载下来。反倒是那些州牧、郡守一个个欺世盗名、首鼠两端，迟疑观望，却都列土封爵，坐拥跨越州郡的土地。这种不公平的现象让天下人都疑惑不解，议论纷纷。臣听说国家处于治世时，德行高的人地位尊贵；国家处于乱世时，功劳大的人得到封赏。陛下您流离失所，洛阳的祭祀也被迫中断，全天下的有志之士都对此伤心和愤慨不已。这才有那些忠心的臣子宁可肝脑涂地、身首异处都无怨无悔地为国家效力，这都是大义使然。如今朝廷对那些无功的人厚加赏赐，让有德之士寒心；排斥那些忠诚而有功勋的人，导致大家都非常失望。这难道是陛下内心中长远的规划吗？还是被小人的谗言邪说所蛊惑了？臣的爵位是列侯，俸禄二千石，臣已经得到了朝廷特别的厚待，难道还想索求像彤弓玈矢那样的恩赐吗？我只是为那些将校伤痛，因为他们辛勤付出却没有被记载，为国尽忠却背负无端的罪责。这就是蒙恬在边关牢狱里蒙冤哀号，白起在杜邮长吁短叹的原因啊。太傅马日磾担任师保的职务，受命持节向东循抚州郡，但他胡乱行使陛下的王命，在用人方面有着严重的问题。他所起用的都是被世人所厌弃的小人，他却采纳他们的计策，任用他们为谋士，致使臣与袁术骨肉兄弟成为仇敌，互相攻打，造成了严重的灾祸。虽然臣愿意卸下盔甲、放下兵戈，但是战乱不会就此终结。我很担心陛下日月一般的英明却有照耀不到的地方，敏锐的耳朵却有听不到的声音。请陛下将臣的奏章发给群臣，咨询那些贤明的臣子，让三公九卿讨论一下臣的罪状。如果认为臣代行王命是一种罪过，那么齐桓公、晋文公都应受到诛杀。如果将那些不去讨贼的诸侯看作贤良正直的人，那么赵盾的行为就不必被史书记载为"弑君"了。臣是一个平凡的人，但能够坚守自己的节操。如果能够让臣表达自己的真心，无愧于先帝，那么即使低下头去受刑，撩起衣服跳入油锅，也心甘情愿。还请陛下像《诗经》里尸鸠养子那样，主持公平正义，杜绝那些恶意诬臣的言论，不要让臣对朝廷留下深深的遗恨。

注释：

①蒙恬所以悲号于边狱：典出《史记》。秦朝名将蒙恬镇守长城，辅佐公子扶苏。胡亥篡位后，派人假传始皇旨意，赐死扶苏，将蒙恬收入牢狱。蒙恬在狱中叹息不已，吞药自尽。

②白起嘘唏于杜邮：典出《史记》。秦国名将白起与丞相范雎不和，范雎向秦昭襄王构陷白起，秦王派使者持剑至杜邮，赐死白起。白起临终前仰天长叹，自尽而死。

③《尸鸠》：即鸤鸠。《诗经·曹风》篇章。"尸鸠在桑，其子七分，淑人君子，其仪一分。"尸鸠就是布谷鸟，诗中赞扬尸鸠养了七只幼鸟，却能够做到公平对待，不偏不倚，一般用此形容人有君子之风。

会猎于吴：
南北霸主的隔江对话

汉献帝建安五年（200），中国的南方和北方发生了两件对局势影响深远的大事。

在南方，纵横江左的讨逆将军孙策在丹徒狩猎时突遭刺客伏击，伤重而死，其弟孙权被拥立为江东新主。

在北方，司空曹操与大将军袁绍苦战于距许都仅二百里（汉代的一里约四百一十五米）的官渡，在兵少粮缺、后方不稳等诸多不利境况之下，曹操突袭乌巢，大破袁绍，扭转了战局。

从当时的情势来看，这是两起典型的"黑天鹅"事件——没有人能想到孙策会英年早逝，也没有人相信曹操能赢。战乱之中的华夏大地充满着变数，你甚至无法预知眼睛里看到的明天升起的太阳是什么颜色，但是在建安五年的寒冷的冬天过去之后，纷乱的时局变得清晰起来——南方和北方新的霸主产生了。此后的二十年间，曹操与孙权之间的战与和始终牵引着历史的走向，即便是在三足鼎立之后，曹魏与孙吴的南北交锋也依然是三国这台大戏的主轴。

从汉建安五年到魏黄初三年（222），孙权与曹操、曹丕父子之间有据可查的来往书信有十余封。这些书信勾勒出了二十三年间曹孙时而合作、时而对峙的图景。孙权面对曹魏时体现的虚与委蛇、屈身忍辱的政治智慧，以及曹氏父子对孙权既憎恨又不断笼络的复杂心理，构成了三国纷争中极其生动的画面。

一、后孙策时代

自秦始皇统一以来，还没有哪一个南方政权像孙氏吴国一样，可以如此持久地与中原王朝相抗衡，并且一次次地给予猛烈的回击。更为难得的是，它建立在一个主少国疑、内忧外患的脆弱割据政权之上。由于受《三国演义》的影响，许多人将孙权即位视为"坐领江东"，一个"坐"字，看似轻而易举，却并非如此。

《三国志》中对孙策去世后的江东局势是这样描述的："是时惟有会稽、吴郡、丹杨（《辞海》等皆为丹阳）、豫章、庐陵，然深险之地犹未尽从，而天下英豪布在州郡，宾旅寄寓之士以安危去就为意，未有君臣之固。"

这句话比较全面地揭示了当时孙氏政权面临的三重危机：（1）孙策虽然用武力打下了江东六郡，但所占据的不过是呈点状分布的都邑，而在南方广袤的山地与丛林之中，依然有大量不肯服从孙氏统治，甚至与孙氏公然为敌的势力，因而孙氏在江东的统治并不稳固。（2）南方人才众多、豪杰云集，但对于外来的孙氏政权，他们多持观望态度，隐匿于州郡之中，未能为孙氏政权效力。（3）即便是那些已经追随孙氏由北方淮泗地区南渡而来的文武之士，在孙策突然辞世的巨大变故之下，也产生了狐疑的态度，他们对孙氏政权的忠心也不得不打上个问号。

这三重危机在孙策时期就已经存在，而孙策显然还没有处理好从"打江东"到"坐江东"的转变，比如他对江东豪族采取军事高压政策。这在某种程度上并不能化解危机，反而让矛盾逐渐累积，像一个火药桶一样，随时都有爆炸的危险。

这种情形，孙策不会不知，甚至他的遇刺，也源于他诛戮豪族所结下的仇恨。他临终前对江东孙氏政权的忧虑，从他给辅臣张昭留的一句遗言就能看出："若仲谋不任事者，君便自取之。正复不克捷，缓步西归，亦无所虑。"

"君便自取"四个字，明确表露了孙策对孙权的极度不放心，以至要去请求一个外臣在迫不得已的情况下来主持家业。而"缓步西归"（一般理解为从江东撤回孙策起兵的江淮一带）更是让人很难相信，这样"认尿"的话会出自一个曾经驰骋沙场的大英雄的口中。可见，在孙策的弥留之际，他已经对孙氏政权做了最坏的打算——实在不行，就废掉孙权，放弃江东，退回两淮，至少能够保全家族。对孙策而言，他留这句遗言时该是多么的无奈与痛楚。

当时孙权只有十九岁，而且此前的履历甚为平庸。孙策曾让孙权驻守宣城，但孙权疏于防范，导致被山贼数千人围困，猛将周泰为了保护他，身中十二处创伤，险些丧命。孙权还曾统军围广陵太守陈登于匡琦城，却遭到惨败，为陈登"斩首万级"。孙氏政权是一个军事集团，其领导者不仅是政治领袖，更是军事统帅，而孙权在军界扎根尚浅，还败军辱师，这自然是不能服众的。

因此在孙策临终之际，张昭曾提出以孙家的老三孙翊为接班人选。孙翊虽然年纪更小，但"骁悍果烈"，是一员猛将，与孙策有更高的相似度。而在孙氏宗族内部，孙权的地位也遭受着质疑和挑衅，此后接连发生了同族兄弟孙暠谋逆、孙辅通曹等事件。然而，孙策还是坚持选择了孙权。孙策留给孙权的遗言是："举江东之众，决机于两陈之间，与天下争衡，卿不如我；举贤任能，各尽其心，以保江东，我不如卿。"这句话，与其看作孙策对孙权的赞扬之语，不如看作孙策对孙权表达的一种期待和施加给他的压力。

孙策的担忧在他死后即刻应验，庐江太守李术据城而反，从而有了孙权给曹操写的第一封信。

二、孙曹蜜月

庐江是哪里？李术又是谁？

建安五年，孙氏政权拥有扬州六郡之地，即会稽郡、吴郡、丹杨郡、豫章郡、庐陵郡、庐江郡。我们习惯上称它们为"江东六郡"，但这实际上并不是太准确，因为六郡中五郡在江东，唯有庐江郡全境皆在长江西北岸，范围大致是今安徽中西部一带。

孙氏政权与庐江郡有很深的渊源。与孙策情同手足的周瑜即庐江郡舒县（今安徽庐江，一说今安徽舒城）人，孙策年少时，还曾举家搬去舒县与周瑜比邻而居，这也意味着孙权在庐江度过了几年的童年时光。孙策依附袁术时，曾奉命攻打庐江太守陆康，破城之后，袁术却背弃承诺，将庐江赐给了旧吏刘勋。这起事件也成为孙策决心摆脱袁术的诱因。建安四年，已初定江东的孙策再度攻破庐江郡治皖城（今安徽潜山），夺取这一江北要地，作为北上中原的踏板。除了扩充地盘以外，孙策的夫人大桥、周瑜的夫人小桥，以及后来成为孙权妾室的步夫人、袁夫人（袁术之女）都是此次战役的"战利品"。

孙策略定庐江后，就以汝南人李术为太守。当时孙策所占据的六郡之中，除孙策自领会稽太守，其余诸郡郡守，不是孙氏宗亲（孙贲、孙辅、吴景），就是孙氏旧将（朱治），李术在孙氏政权的地位可见一斑，他的使命显然就是为孙策打通北上中原的道路。果然，李术就任庐江没多久，就杀害了曹操委派的扬州刺史严象，此举更像是受孙策指使的。当时的扬州刺史所能控制的只有九江郡（后改为淮南郡）一郡之地，而九江郡正是孙策起兵之所，杀了严象，下一步自然是继续向两淮扩张，这与孙策阴袭许都的战略方向是一致的。

李术北上的"先锋"任务随着孙策暴毙、孙权接位而生变。若孙权不再秉承孙策的北上战略，李术无疑将沦为一枚弃子。巨大的不安使得李术开始拒绝听从孙权的命令，并且公然收留从孙权那里叛逃的将士。当孙权移书质询，索要这些逃兵时，李术回复了一句非常不客气的话："有德见归，无德见叛，不应复还。"公开辱骂孙权无德，如此则反迹已现。

事实证明，李术的直觉是准确的，孙权果然暂时放弃了北上，并开始与曹操媾和，而李术恰恰就成了孙权交上去的"投名状"。

孙权的信递到曹操手中的时候，大约是曹操在官渡与袁绍对峙最为艰难的时刻。这封信让曹操看到了一丝曙光：

> 严刺史昔为公所用，又是州举将，而李术凶恶，轻犯汉制，残害州司，肆其无道，宜速诛灭，以惩丑类。今欲讨之，进为国朝扫除鲸鲵，退为举将报塞怨仇，此天下达义，夙夜所甘心。术必惧诛，复诡说求救。明公所居，阿衡之任，海内所瞻，愿敕执事，勿复听受。（《三国志·吴

主传》注引《江表传》）

　　孙权在信中将扬州刺史严象的死完全归罪于李术，指责李术"轻犯汉制，残害州司，肆其无道"，将李术的行为与孙氏政权完全切割开来。而后，孙权主动向曹操请求去征讨李术，一来为朝廷除祸患，二来为严象报仇。

　　孙权为严象报仇，这个理由用得非常妥帖，因为严象在担任扬州刺史时，为了执行曹操安抚江东的方针，曾做过一件事情，就是举荐孙权为茂才。汉代实行察举制，郡察孝廉、州举茂才是当时年轻人求官入仕的不二法门，因此察举他们的州刺史、郡太守也往往被视为"恩主"。司空袁逢（袁绍生父）曾经举荐过荀爽（荀彧叔父），虽然荀爽没有应命，但袁逢逝世后，荀爽按照对待父母的礼节，为他服丧三年，可见当时举荐者与被举者之间的情谊。孙权将严象之死搬出来，为自己的讨伐制造了充足的理由。

　　当然，孙权还不忘提醒曹操，李术叛变，一定会向曹操求救，希望曹操不要对他施以援手。在信中，孙权称呼曹操为"明公"，称赞曹操"阿衡之任，海内所瞻"。"阿衡"是商代的师保之官，商朝名相伊尹曾任此官，后来被引申为辅佐君王的重臣。《诗经·商颂·长发》云："实维阿衡，实左右商王。"伊尹佐太甲，成为后世名臣辅佐幼主的典范楷模。孙权将曹操比作伊尹，算是拍了一个谦恭而得体的马屁。

　　按理说，当时曹操的心思都在对付袁绍上，无暇顾及南方的形势，即便没有这封信，曹操也不大可能腾出手来支持李术反孙权。孙权如此在意曹操的态度，实际上是源于此前孙策对曹操的"辜负"。

　　曹操与孙家兄弟，原本并没有积怨，因为相距较远，起初也没有领土争端。而且，孙策、孙权的父亲孙坚曾在破黄巾、讨董卓之中两度与曹操协同作战，有故人之谊。后来孙策与袁术断交，曹操主动示好，对孙策可谓极尽招抚之能事，以朝廷的名义两度派遣使者来为孙策拜官赐爵，表孙策为讨逆将军、封吴侯，等于认可了孙策对江东的割据。

　　孙策这边也投桃报李，不仅恢复了对朝廷的朝贡，还委派自己文官中的二号人物张纮到许都担任侍御史，以表达自己与曹操盟好的诚意。紧接着，孙曹两家还进行了政治联姻，曹操将侄女许配给孙策的四弟孙匡，同时为三子曹彰迎娶了孙策堂兄孙贲之女。当时孙匡的年龄应当不超过十六岁，曹彰则只有十二岁，联姻的两位女子想必年龄更小。两对新人如此早婚，足见此次联姻之匆忙。

　　就这样，孙策与曹操开始了一段短暂的"蜜月期"，之所以短暂，是因为天下形势的变化之快大大超出了人们的预料，曹操与多年的故友和盟友袁绍彻底决裂，一场决定北方霸主的战事一触即发。袁绍大军南临，将曹操的注意力全部吸引到北线，汉献帝所在的许都就不免引起孙策的垂涎。因而，李术杀严象、孙权攻陈登，都可以被视为孙策对北方不安分的试探。孙策一旦跨江北上，曹操则不可避免地遭遇腹背受敌的困境。

　　好在孙策已死，李术已叛，孙权完全可以把此前兄长对曹操所做的趁火打劫式的事情推得一干二净，露出一个崭新的笑容，来换一个与曹操更长时间的"蜜月期"。

　　孙权的这封信送到曹操手中之后，效果可谓立竿见影。当年，孙权以徐琨、孙河等宗亲为将，亲率大军围李术于皖城。李术果然向曹操求救，而曹操自然是见死不救。这场围城战异常惨烈，城内"粮食乏尽，妇女或丸泥而吞之"。城破后，孙权为了泄愤，不仅枭首李术，还进行了血腥的屠城，并迁李术部曲三万余人渡江南归。这一行为，或许也是孙权在向曹操表态：我们放弃江北之地，从此再也不打北上的主意。曹操则像当年安抚孙策一样，依样画葫芦，表孙权为讨虏将军，领会稽太守。"讨虏将军"这个名号，是从孙坚的"破虏将军"和孙策的"讨逆将军"中各取一字组成的——曹操可谓一片苦心。

曹操与孙权的和平岁月，持续时间长达八年之久，但是无论是曹操还是孙权，都必然清楚一个道理：在群雄逐鹿的乱世，哪有永恒的朋友，战争终究不可避免。而这一次，天下格局将彻底为之一变。

三、大战前夜

从建安五年到建安十三年（208）的九年，是曹操高歌猛进的九年，是孙权坐稳江东的九年。

这期间，曹操取得了官渡之战的胜利，进而将河北四州之地纳入囊中，摧毁袁氏势力。同时，大破三郡乌丸，降服公孙康，彻底消灭东北方的隐患。而孙权在平息了李术叛乱后也开始展现其少年英主的才略，广纳贤才，征讨山越，让江东政权的面貌焕然一新。同时，孙权先后主导了三次西征江夏的战事，诛杀刘表所置江夏的太守黄祖，不仅实现为父亲孙坚报仇雪恨的愿望，更是甩掉了不懂军事的帽子，树立了自己在江东将士之中的威望。

这九年，也是孙曹关系最为融洽的九年。孙权的势力从江北退出，曹操也无意进犯江南。当然，有吞吐天下之志的曹操并非对江东没有想法。在孙策刚刚去世时，曹操曾试探性地表露过趁机伐吴的主张，但很快就被拥有江东背景的张纮所劝阻，理由是趁人之丧不符合道义，而且如果失败反倒会结下仇恨。曹操便顺水推舟地放张纮回到江东，担任会稽东部都尉，"令纮辅权内附"。同时，多次抵御孙策进攻的广陵太守陈登也向曹操献上吞灭江南之策，而换来的结果是自己被曹操调离广陵，改任东城①太守。这很可能也是曹操对孙权示好的一种表示。当然，多年以后，曹操临长江而兴叹，后悔没有听从陈登的计策而使孙权坐大，这就是后话了。

这段孙曹"蜜月期"中也曾出现过摩擦。建安七年（202），曹操在宿敌袁绍病死的欢喜心情中，下书给孙权要求他"质任子"。任子制是汉代的一种选官制度，二千石以上级别的官员工作满三年，就可以送一名子弟入朝为郎中，也就是越过了察举的选官制度，属于合法的"裙带关系"。这样一种恩荫赐赏，在战乱年代反而成为一种变相的质押手段，任子也就变成了质子。曹操在官渡之战前派钟繇持节督关中军事，拉拢关中军阀马腾、韩遂。钟繇不辱使命，成功劝说马腾、韩遂送质子入朝，解除了曹操西侧的隐患。如今曹操如法炮制，要求孙权送质子，显然是对江东的一次战略性试探。

当时孙权尚无子，如果送质子，人选当在孙权的三个弟弟孙翊、孙匡、孙朗之中。这时候孙权接位不过两年，正是对内树立自己的统治威望，争取孙氏宗亲和旧部支持的关键时期，若是送弟弟入质，将会大失人心。孙权当然是明白这一点的，他的内心也是拒绝的，但是开会一讨论，张昭、秦松这些谋臣却"犹豫不能决"。为何不能决？多半是不敢得罪曹操。

好在周瑜站出来当了孙权的"定盘星"。周瑜直言："质一人，不得不与曹氏相首尾，与相首尾，则命召不得不往，便见制于人也。"这话说得明白，送质子就等于受制于人，从此也就失去了独立性。在江东群臣对曹操施加的压力颇为畏惧的时候，周瑜坚定地站在孙权身边，给予这位少年英主信心与力量。

最终，这起送质子风波以孙权不送质、曹操也未见追究而不了了之。然而谁能想到，在六年之后的建安十三年，随着曹操的一封书信的到来，张昭畏惧、孙权迟疑、周瑜坚决……同样的一幕再度上演，只是南北形势已经大不相同。

建安十三年秋七月，已登丞相之位的曹操亲率大军十余万南下，目标直指荆州刘表。此时距离曹操平定三郡乌丸尚不到一年时间，河北残破、百废待兴、州郡新定、民心未附，而曹操为了南征在邺城修筑玄武湖训练水师，也不过才半年光景。作为一个成熟的政治家和军事家，曹操何以如此急切地挥师南下？

原因只有一个，那就是孙权已经赶在前面行动了，曹操不能再等了。

孙权的行动，就是在这一年的春天第三次征讨江夏黄祖。孙权军破其众、斩其首、屠其城、掳掠民众数万。这对江东政权来说是一场辉煌的胜利，而对曹操不啻为当头棒喝。这一年曹操五十四岁，而孙权的年龄恰好是他的折半——二十七岁，老英雄用他磨砺半生的政治嗅觉判断出：这个南方的年轻人绝不是一个守家之犬，他西征江夏，也绝不仅仅是为父报仇，他是要西出，他是要夺荆州，他是要当整个南中国的主人，他甚至还想跟我曹孟德争天下。

我们有理由相信，孙权对江夏的征服打乱了曹操的部署，成为促使曹操提前南下的重要动因。无论是《三国志·武帝纪》还是《后汉书·孝献帝纪》，都记载着此次曹操南征的目标是刘表。可刘表垂垂老矣，曹操岂会放在心上？他的荆州战略实质上是在遏制孙权在长江中游的扩张。

曹操与孙权在同一年将兵锋对准了同一片疆土，绝对不是巧合，这理所应当地成为他们兵戎相见的前奏。

注释：

①东城，今安徽定远县东南，原为县，隶九江郡。《三国志集解》引赵一清说，认为未见东城设郡，"东城"恐为"东郡"之误。钱仪吉、谢钟英则认为东城于汉末曾短暂设郡。

四、会猎于吴

建安十三年深秋，即便是温润的江南也能够感受到凛冬将至的寒意。盖着丞相之印封泥的信札被一叶扁舟送到了孙权手中，信很短，但字字千钧、字字凶险：

近者奉辞伐罪，旄麾南指，刘琮束手。今治水军八十万众，方与将军会猎于吴。（《三国志·吴主传》注引《江表传》）

前一句，是曹丞相的告知。短短三个多月，刘表病死、刘琮出降、刘备大败，或许连曹操自己都没有想到，荆州的得手竟如此顺利，有如神助。这么多的好消息凑在一起，自然要与孙权分享一下。

而后一句，则是赤裸裸的挑衅。八十万是虚夸之数，但据史料粗算，曹军投入荆州战场的兵力约有二十万，仍数倍于江东兵力。强调"水军"，则更是意在心理威慑，明白告诉孙权：你们江东的水战优势已经荡然无存。

最值得一品的是最后这四个字："会猎于吴"。

我们读《三国演义》，会发现有关这部分的记载与《江表传》的略有出入。《三国演义》第四十三回载曹操的来信，其中一句为：

今统雄兵百万，上将千员，欲与将军会猎于江夏，共伐刘备，同分土地，永结盟好。

此句当为《江表传》中的原信的改写，关键之处在于将"会猎于吴"改成了"会猎于江夏"。一词之差，千里之遥。吴在今江苏苏州，是孙权的根基所在；江夏在今湖北武汉，是刘备的屯驻之地。《三国演义》何以要将"会猎于吴"改为"会猎于江夏"呢？

笔者以为，《三国演义》作为一部通俗历史小说，重要事件需要紧扣主线人物，《三国演义》的主线人物包括刘备、诸葛亮，因而改写之后，曹操这封信的内容就成了与孙权共商消灭刘备之策，从而为后面的孙刘联盟做一铺垫。

而当我们回到史籍中所言的"会猎于吴"，则可以看到曹操的字里行间少了些狡诈，而多了单刀直入的侵略性。这无疑更符合曹操当时的心态——刘备已呈穷途末路之状，完全不值得拿到台面上来提，唯一令他兴奋的是终于要与孙权这个后起之秀面对面交锋，因此他提出了"会猎"这个富有武人精神的方式来向孙权邀战，地点不在前线，就在孙权身后的吴地。这话的潜台词是，由荆州顺江而下吴会，曹军已成不可阻挡之势，江东已然唾手可得。

实际上，曹操与孙权都是狩猎运动的重度爱好者。曹操像孙权这么大的时候，曾经被迫辞职归乡，当时他最大的心愿就是在老家谯县（今安徽亳州）筑精舍一间，秋夏读书，冬春射猎。2009 年，考古工作者在安阳高陵的发掘中，发现了刻有"魏武王常所用格虎大戟""魏武王常所用格虎短矛"等字样的圭形石牌，这些文物成为曹操好猎虎的实证。而孙权更是将猎虎当作磨砺心性与胆魄的日常游戏，尽管张昭一再苦口婆心地劝阻，他仍旧我行我素。后来有一次，孙权座下马竟被老虎抓伤，将孙权掀翻在地，所幸孙权抽出随身携带的双戟投向老虎，才得以脱身。同是猎虎，又同是用戟，曹操与孙权真可谓是知音难觅。若是两人真能策马同行会猎一番，倒不失为一桩美谈，只是命运捉弄，这两位乱世英豪，终究无法并马齐鞍、谈笑风生。

曹操的来信在孙权这里激起了不小的水花。孙权将信给群臣传看时，群臣"莫不向震失色"，这说明曹操的威慑还是有用的。但对于孙权来说，这种内外交困的高压，反倒能够给他带来超乎凡人的勇气。数日之后，孙权当众抽剑，砍断了中国历史上最有名的一个桌角，向曹操正式宣战。这个冬天的长江比以往任何一年的都要寒冷，因此就更需要一把熊熊的火焰。而曹操的水师战船不幸成了这场冬夜火舞的燃料，赤壁之战注定让这惊心动魄的一年载入史册。

对于赤壁之战的过程，《三国志》呈现了相互矛盾的记载。《周瑜鲁肃吕蒙传》载，周瑜以黄盖诈降，趁着风势放火烧船，连带岸上的大营一并烧毁。（"顷之，烟炎张天，人马烧溺死者甚众。"）而《武帝纪》载，曹操是为刘备所阻，随后因军中疫病盛行而主动撤军。（"公至赤壁，与备战，不利。于是大疫，吏士多死者，乃引军还。"）这么看起来，这场仗跟孙权、周瑜都没什么关系，而且也并没有多么激烈。

显然，以上两种互异的记载分别来自立场相对的史料，孙吴方面要渲染自己辉煌的战绩，曹魏方面则要淡化失败，让疫病这种不可抗力来背锅。《三国志》的作者陈寿将两种互异的史料放在同一本书中，并非他偷懒不想进行辨析，而是希望后人看到，当一个国家分裂成了三个，在一场历史事件中，站在不同的立场会得出不同的叙事。这内容本身就是一种对真实历史的高度还原。

《吴主传》中同样记载了一版赤壁之战，说的是周瑜、程普率领江东水师两万余人，会合刘备的军队，在赤壁共同击败了曹操。而曹操将剩余的船只烧掉退走，同时因为疫病，军士死伤大半。笔者以为，这一版本算是以上两个版本的折中，也许更加接近历史的真相。在这场闻名遐迩的战事中，周瑜的火攻存在，刘备的助战存在，曹操方面的疫病盛行和自烧部分船只也同样存在。

与这段记载呼应的还有《江表传》中记载的曹操给孙权的一封信，信中说："赤壁之役，值有疾病，孤烧船自退，横使周瑜虚获此名。"史家引用这封信的内容，是想说明赤壁之战后周瑜威望大增，曹操、刘备都赶上门来离间周瑜与孙权的关系。笔者认为，曹操寄这封信的目的，倒不一定是诋毁周瑜，而是向孙权展示他对此次失败是如此的不甘心。可以想见，一个五十多岁的老英雄，被一帮二三十岁的年轻人打得气喘吁吁，大约是一件十分尴尬的事。他爬起来，用拳头拭去嘴角的血迹，绝不会就此认为这场比试输赢已定，而是会带着睥睨的眼神和狡黠的笑容，不紧不慢地说："小子，我还没出招呢！"

因此，曹操写这封信与其说是为自己辩解回护，不如说是向孙权再一次宣战。而这一次，没有了刘备，也没有了周瑜，曹操与孙权要进行一场面对面的较量。

实际上，就在赤壁火光冲天、凯歌高奏之时，孙权并不在现场，他率领着另一支军队乘船顺江而下，转濡须水北上，驶入浩渺的巢湖。他将船队靠岸的地点选在了巢湖西岸，大军一旦登陆，便可立即对面前这座叫合肥（今安徽合肥）的小城形成合围之势。

孙权一定为他的选择而兴奋不已，他对着舆图仔细揣摩，终于找到了这个北上的突破口：只要攻下合肥这座不起眼的小城，大军便可以继续从施水入水，一路而上入淮水，进而入河、洛，江东水师的水战优势就可以最大限度地发挥出来，直捣中原也将不再是遥不可及的梦想。

是啊，天下人的目光都被吸引到赤壁，谁又能想到，孙权的真正意图在这里呢？

然而当孙权走下舷梯，望见眼前一座固若金汤、旌旗林立的城堡时，他怔在了那里。原来，早在严象死后，继任的扬州刺史刘馥就将治所移驻到了合肥，筑城郭、聚民众、抚贼寇、兴屯田，愣是将一座空城打造成为坚固的前线堡垒。这一切就是等待着孙权今日的到来。

年轻气盛的孙权自然是不服气的，毕竟曹操本人远在赤壁，鞭长莫及、捉襟见肘，这里即便是铜墙铁壁，能奈我何？孙权围城百余日，最终的结果居然是束手无措。更可笑的是，他还中了扬州别驾蒋济的疑兵之计。他的手下抓到一名试图入城的信使，得知曹军步骑四万来援的消息，于是他仓皇烧寨退兵；而在回军之后他才得知，那是蒋济有意给他释放的假消息，曹操的援兵只有张喜率领的千名骑兵，而且还因为疫病被困在了路上。

如果说赤壁之战是孙权的一场被动的防御战，那么同年的第一次合肥之战就是孙权的一次危险的挑衅，他暴露了自己窥视中原的雄心壮志，也暴露了自己精挑细选的北伐捷径。未来在合肥这一战线，将有无数战事在等待着孙权和他的将领们，中国南方和北方的霸主，也将多次在这里狭路相逢，一决雌雄。

五、春水方生

赤壁之战的三年后，即建安十六年（211），曹操决定再给孙权写一封信，此时的他刚刚在渭水击败了马超、韩遂等关西诸将，平定了西方的隐患，得以腾出手来重新审视他与孙权的关系。这封信需要恩威并重，又要文采斐然，于是曹操物色了一名合适的人选，那就是自己的贴身"文胆"——阮瑀。

阮瑀是建安时期名噪一时的文人，被曹丕列入"建安七子"之中，后来在"竹林七贤"中声名远播的阮籍和阮咸则分别是他的儿子和孙子。阮瑀任司空军谋祭酒，与另一位大文豪陈琳共同担任曹操的文书部门记室，当时的军国书檄，多由他们二人撰写。曹操在西征路上，曾让阮瑀执笔代他给韩遂写一封书信，阮瑀就在行军的马背上写好了文章，曹操提起笔来，想要做一些修改，却发现这篇文章完美到增一字、减一字都不行。曹丕也称赞阮瑀"书记翩翩"。

阮瑀这篇《为曹公作书与孙权》是一封长信（全信见附1），虽然是阮瑀代笔，但文字中无不体现着曹操的口气和意志。信中包括三层意思：为自己赤壁战败做回护，为孙权分析江东的危险处境，以及要求孙权除掉刘备和张昭并向自己投降。

书信一开始，曹操就先送上甜言蜜语，回顾曹家与孙家曾经盟好的"蜜月期"以及互为姻亲的亲密关系。"离绝以来，于今三年，无一日而忘前好"，"离绝"说的就是赤壁之战，这个词很有拟人化的效果，就像一对已经分手的恋人，一方在极力挽回，字里行间流露着对对方绝情绝义的抱怨，殊不知最先破坏感情的是他自己。

诉说完了对孙权的一片深情，曹操开始主动为孙权的"背叛"圆场，他列举了韩信、卢绾、英布对汉高祖，彭宠对汉光武帝"不忠"的行为，指出他们都是被逼无奈的；因此孙权在赤壁抗命的行为，也可以被解释为是受了奸佞小人的挑唆，包括刘备的煽动，再加上年轻气盛，才做出了荒唐的事情。（"而忍绝王命，明弃硕交，实为佞人所构会也。"）

在表达了对孙权大度的谅解和宽容后，曹操直截了当地提出了重修旧好的期冀。"更申前好，二族俱荣，流祚后嗣。"然而无论如何，三年前的赤壁之战是绕不过去的话题，一个败军之将，当然是没有资格以居高临下的态度去招抚胜利者的。因而曹操花了不小的篇幅为赤壁之败开脱，他将战争的结果归因于疫病，强调自己是自烧战船主动撤退的，而并非周瑜之功。至于南郡失守，也是因为粮食匮乏而主动放弃的，更不是周瑜的能耐使然。可能有人已经发现，这封信跟《江表传》中记载"横使周瑜虚获此名"的那封信出奇地相似，因此也有学者认为两封信实为一封，《江表传》是对阮文的改写。

为展现自己更为广博的胸襟，曹操连此前心心念念的荆州也不当一回事了：你瞧，这荆州原本就不是我的，干脆送给你孙权做个人情礼。"荆土本非己分，我尽与君，冀取其余，非相侵肌肤，有所割损也。"都仁至义尽到这个地步了，你还好意思跟我作对吗？

此前，即赤壁之战刚落幕的建安十四年（209）二月，曹操曾移驾老家谯县，在此亲自监督打造战船、训练水军。曹操意识到，未来与孙权的水战多半都要在东线发生，而谯县正是一个可以策应合肥、通络江淮的前线基地。在书信中，曹操正式告诉了孙权自己在谯县新造船只的事情，虽然遮遮掩掩地解释"非有深入攻战之计"，实则是一种笑里藏刀的战略威慑。他又举伍子胥等人能够预知祸患的例子，含沙射影地警示孙权，江东将有灾祸，别以为你能高枕无忧。曹操甚至还以军事前辈的口吻教育孙权，想要依托长江来抵御王师是行不通的。（"江河虽广，其长难卫也。"）

招降当然不是无条件的。最后，曹操在信中亮出了要求："内取子布，外击刘备"，即对内除掉张昭，对外攻击刘备。"外击刘备"易理解，是为了拆散孙刘联盟，但很多人会对"内取子布"有些疑惑。张昭不是"亲曹派"吗？在赤壁之战前，张昭是主张对曹操"迎之"的代表人物，为何曹操偏偏要孙权对他下手？

笔者认为，关于赤壁之战前孙权阵营内部的主战与主和之争，曹操未必知情。而从曹操的角度去看，孙权作为一个二十来岁的未经世事的年轻人，敢于与王师抗命，绝不是出于他本人的意志，而是受身边谋臣的教唆，也就是前文中所写的"佞人所构"。孙权身边的首席谋臣就是张昭，因此这"佞人"的帽子自然也就得他来戴。建安十六年周瑜已死，所以在曹操看来，如果张昭也能够被除掉，那么孙权就失去左膀右臂，势单力孤了。可见，这时候的曹操对孙权依然缺乏充分的了解。字里行间表露出来的傲气，仍然建立在他对孙权的轻视之上。毕竟赤壁之战是周瑜打的，如今没了周瑜，孙权还有硬起来的底气吗？

我们无法知道孙权收到这封信的心情是怎样的，但我们看到的是，这封信寄过去后便杳无音信，它非但不能动摇孙权的意志，反而促使孙权加紧备战。这一年，孙权做了几项重要的铺排，比如采纳张纮的建议，将治所迁徙到便于指挥东线作战的秣陵，更名建业，这成了南京这座城市作为南方政治中心的开端。还有，他采纳吕蒙的建议，在濡须水口修筑军事要塞濡须坞，以防备曹操来袭。

一年后，即建安十七年（212）十月，曹操终于率大军东下，于次年一月抵达濡须口（今安徽含山县西南六十里濡须山与无为县西北五十里七宝山之间），曹操与孙权期待已久的濡须之战就此爆发。这是双方主帅的第一次对垒，意义非凡。与赤壁之战一样，这场战事在《三国志》中也呈现出两种截然不同的记载：在以曹操为主人公的《武帝纪》中，史书大为夸耀曹操"攻破权江西营，获权都督公孙阳"的战绩，只字不提损失；而在《吴主传》（以孙权为主人公）注引《吴历》的记载中，史书则着重渲染了孙权以水军围曹操油船，生擒三千余人，又淹死曹军数千人，仿佛曹操水军将士是一群一击即溃的旱鸭子。《吴历》中甚至还用富有传奇色彩的笔墨记叙了孙权如独行侠一般乘坐轻舟来到曹操水军前观阵，曹操却不忍放箭，任他观我军威，全身而退。曹操那句著名的"生子当如孙仲谋"，就是由此感慨而发。魏国人鱼豢私撰的《魏略》也同样记载了这件事，但细节有很大出入，比如孙权乘坐的不是小船，而是大船；曹操则并不是不忍放箭，而是疯狂放箭。大船一面被扎满了箭后，孙权又让船转了个身，使另一面也受满了箭，使船达到平衡才悠然返回。这一素材启发了后代的小说家，创作了妇孺皆知的诸葛亮草船借箭的故事。

总之，濡须之战持续了三个月，双方互有胜败，却谁都没法占据上风。就在这期间，刘备开启了对益州的征伐，汉中张鲁蠢蠢欲动，马超杀了凉州刺史韦康，在凉州继续割据作乱。曹操和孙权都深知，如此僵持下去对谁都没有好处，各自罢兵是双方唯一正确的决定。然而对堂堂的大汉丞相曹操而言，如此大举进军，又草率收场，面子上挂不住，总得需要一个台阶下。

这次是孙权做了打破僵局的人。他给曹操送来一封短笺，上面只有八个字：

春水方生，公宜速去。

当时正值冬去春来的时节，气候转暖，冰河解冻，大江小河的水量都会暴涨，不利于北军而有利于南军，这也是曹操每次征讨孙权都要选在冬天的原因。"春水方生"是孙权给曹操退兵找的理由，"公宜速去"则是一语中的地说出了曹操的真实想法。

有趣的是，在这封短笺之外，孙权另附了一张"别纸"。"别纸"是我国古代书信中常见的一种，可以理解为正式书信之外附带的一封信。与正式书信程式化的行文相比，"别纸"的内容和风格较为随意和多样。"别纸"之风在晚唐五代的官场十分流行，敦煌出土文献中就发现了大量的"别纸"。孙权可能是有据可查采用"别纸"的第一人。这封"别纸"依旧只有八个字：

足下不死，孤不得安。

在正式书信中，孙权尊敬地称呼曹操为"公"，在"别纸"里孙权则毫不客气地称曹操为"足下"，而把自己提升到"称孤道寡"的位置上。显然，与正式书信中礼貌的建议相比，"别纸"中的孙权更具挑衅意味和幽默感，也更投曹操的气味。两封短笺，一庄一谐，让曹操放声大笑，留下一句"孙权不欺孤"，撤兵而回。

这次南征受挫并未影响曹操的政治规划。回到邺城不久，曹操就如愿收到天子的策命，晋升为魏公，迈出了汉魏禅代实质性的一步。而与此同时，曹操下令沿江郡县的居民全部内迁，坚壁清野，以避免孙权对江北的劫掠。这一政策反而将庐江、九江、蕲春、广陵四郡的十余万民众逼得渡江投奔了孙权，曾经富庶的江淮之地沦为一片无人区。

从起初"会猎于吴"的傲慢，到如今不得不采取守势，孙权这个对手，让曹操渐生敬畏。更重要的是，此时的孙权不过而立之年，而曹操已经年近花甲。曹操必须面对有生之年无法一统天下这个残酷的现实，同时，他还要确保在自己死后，他的继承者能够继续与孙权抗衡下去。

六、勾践之奇

建安十八年（213）的濡须之战仅仅是曹操与孙权在江淮一线角逐的

序章，此后的几年间，双方几乎每年都有战事发生：

建安十九年（214）五月，孙权亲征皖城，四面并攻，以甘宁为升城督，吕蒙为后继，闰月破城，获庐江太守朱光、参军董和以及男女数万口。

同年七月，曹操得知皖城失守，不听主簿贾逵、参军傅幹的劝谏，自领大军至合肥，但孙权已退军，曹军无功而返。

建安二十年（215）八月，孙权趁曹操西征张鲁，无暇东顾之际，又大兴十万之众围合肥。合肥守将张辽以八百名敢死之士突出城外，大挫孙权。孙权围城十余日不可破，撤军返回，却在逍遥津（在今安徽合肥市东北隅）北遭遇张辽的袭击，孙权在甘宁、凌统等拼死护卫下马跃津桥得脱。此战成全了张辽"威震逍遥津"的威名。

建安二十一年（216）十月，已经平定汉中、进位魏王的曹操再次南下至濡须口。在出兵之前，曹操委派另一位"文胆"陈琳写了一篇檄文：《檄吴将校部曲文》。这次他不再试图招抚孙权，而是分化瓦解江东的世家大族。由于吕蒙置强弩万张于濡须坞，据城固守，曹操无法攻克。至次年三月引军返还。

一个不认卯，一个不服气，曹操、孙权两人在合肥—濡须口这个沟通南北的咽喉要道反复"掰手腕"。这期间，双方虽然互有胜负，各有折损，但总体而言，孙权是处在比较被动的位置，他屡次想要从合肥—濡须口一线打开一个北上的豁口，几乎倾注了江东的全部主力，却没有尺寸进取。而曹操只需要腾出一只手来就遏制了孙权的企图，另一只手则在西边破马超、平宋建、降张鲁，势力大为扩张。曹孙双方的实力差距被进一步拉大了。

在曹操与孙权这一次濡须口会战结束后不久，即建安二十二年（217）

三月，孙权做出了一个令人意外的举动，他派了一名叫徐详的都尉到曹操那里，"公报使修好，誓重结婚"。这是什么操作？与曹操硬刚了十年的孙权，为什么主动服软了？

陈寿在《三国志》中这样评价孙权："屈身忍辱，任才尚计，有勾践之奇，英人之杰矣。故能自擅江表，成鼎峙之业。"他将孙权比作春秋时期的越王勾践，能够忍辱负重，克成大业。

而越王勾践的可贵之处，不仅仅在于忍辱负重，更在于根据时局的变化，灵活调整自己的战略方针和行动部署，既不因失意而沉沦，又不执着于一城一地的得失，做意气之争。

孙权亦如此，从某种程度上来说，这正是孙权优于其兄孙策的地方。如果孙策有着孙权那样能屈能伸的韧性，对不合作的江东士族稍加抚慰，或许就不会猝然离去。而孙权如果像孙策那样刚而易折，在合肥—濡须口非要跟曹操撞个头破血流，结局只会是将江东的家底白白拼光。

经历了漫长的拉锯战，建安二十二年，孙权开始坐下来静思：孙氏政权是不是非得北伐不可？孙氏政权还有没有别的出路？孙氏政权的敌人到底是谁？

没有永远的朋友，也没有永远的敌人。建安二十二年，曹操和孙权尽管并没有解除敌对关系，但至少取得了一个共识，那就是需要遏制刘备的扩张。

刘备在这十年以一种惊人的速度在壮大。遥想赤壁之战前，刘备只有残兵败将不足万人，寄居樊口，向孙权寻求庇护。到了次年，周瑜逐走曹仁，攻下了南郡，孙权割南郡南岸狭小之地予刘备屯驻，刘备仍是看人眼色，寄人篱下。但仅仅过了七年，刘备已经跨有荆州、益州，聚集了一大批文武精英，这个流浪半生的"皇叔"终于咸鱼翻生，在曹操与孙权南北争衡的夹缝中顽强生存下来，直至能够分庭抗礼，鼎足一方。

与此同时，孙权与刘备脆弱的联盟关系也走到了尽头。早在建安二十年，孙刘双方就因为荆州领土的争端险些大打出手，若不是传来曹操攻占汉中、威胁益州的消息，素来吝啬的刘备断然不会割三郡之地给孙权，以换取荆州局势的暂时稳定。为了挽回名存实亡的孙刘联盟，孙权还打算做最后的努力。他在向曹操派遣使者"誓重结婚"后，还向驻守荆州的刘备大将关羽抛去了橄榄枝，依然以婚姻为筹码，为儿子孙登求娶关羽之女，然而换来的却是"羽骂辱其使，不许婚"。在《三国演义》中，关于关羽的骂辱有了一句具体的话："吾虎女安肯嫁犬子。"这当然不是在骂使者，而是在骂孙权。

孙权纵然有容人之量，但也不是没有软肋——他尤其受不了别人瞧不起他。当年李术骂他"无德"，孙权几个月后就枭了李术的首级。孙权设宴给群臣劝酒，虞翻趴在地上装醉，不领情，孙权震怒之下拔出剑来，差点就把虞翻杀了。这种心理可能来源于他过早地成为一方主宰，父亲、兄长、张昭、周瑜所共施的无形的压力，育成了他脆弱的自尊心。面对咄咄逼人的关羽、忘恩负义的刘备，孙权终于再一次做出了足以改变历史走向的抉择。

建安二十四年（219），趁着关羽在樊城与魏将曹仁、徐晃酣战之际，吕蒙渡江袭取江陵（今湖北荆州）、公安（今湖北公安），在关羽的背后插了凶狠的一刀。到了次年正月，关羽的首级就被送到了洛阳曹操的面前。面对这一惊天巨变，六十六岁的曹操不知该喜还是该悲，整整十二年，他终于拆散了孙刘联盟，让这两个阻碍他一统天下的绊脚石自相残杀起来，这难道不该欢庆吗？悲怆的是，他的生命也正巧走到了尽头。

曹操收到的最后一封孙权的来信，是一封劝进信。"孙权上书称臣，称说天命"，而曹操的反应很有趣，他将这封信给大臣们传阅了一圈，笑道："是儿欲踞吾著炉火上邪！"曹操的潜台词是：明明是你小子想当皇帝，却让老夫我来走出这危险的一步，再受那千万人的唾骂之声。我被骂够了，我也累了，我不想带着一个篡逆者的身份去邙山下见汉朝的列位皇帝。好在我还有个儿子曹丕，今后的日子，由他和你继续斗吧。

建安二十五年（220）正月庚子，曹操在洛阳去世。一个时代落幕了，另一个时代也随之开启了。

七、临江而叹

曹丕与孙权是同辈人，小孙权五岁。虽然他与父亲相伴的时间更久一些，但获得的父爱并不比孙权获得的多多少，也过着如履薄冰的日子。曹丕和孙权，这两个同样生于英雄家庭、排行老二的儿子，被夹在一批优秀的兄弟之间，想要获得这个时代顶尖的文臣武将的认可和服膺，并不是一件容易的事情。曹丕能从嗣子之争中击败曹植、笑到最后，源自他自十岁随军征战以来长期磨炼而成的沉稳与练达。但他与其父亲相比，缺点也很明显，比如偏狭、贪婪与虚荣，这些在不久之后都会成为他乃至曹魏帝国的致命伤。

曹丕正月嗣位为魏王，三月就急不可待地派人制造"黄龙见谯"这样的祥瑞，为自己代汉称帝制造舆论。六月，曹丕在洛阳东郊举行了大规模的阅兵仪式，并且宣布挥师南征。一个未察上意的大臣霍性真以为曹丕要发动战争，上疏劝阻，却白白送了性命。曹丕大军南行到了曹氏的老家谯县，在这里大摆筵席，款待父老乡亲。随后曹丕挥军北归，来到了距离许都很近的曲蠡（今河南临颍县北），直到这时候，人们才反应过来曹丕大动干戈的真正意图：并不是要打仗，而是向天下耀兵，震慑内臣与外敌，进而逼汉献帝尽快交出皇帝宝座。

在此期间，曹丕也密切关注吴、蜀两个势力的动态，毕竟他要做的是改朝换代的大事情，孙权和刘备的态度是他不得不考虑的因素。

好在陆续传来的都是好消息：刘备还沉浸在丧失关羽的悲痛中，其大将孟达又携上庸三郡来降。曹丕若是代汉，刘备的反应可能最为激烈，但其毕竟力量薄弱，最令曹丕担心的还是孙权。

孙权没有让曹丕失望。就在曹丕离开洛阳南下不久，孙权便"遣使奉献"，表达臣服之意。与使者一同来到洛阳的，还有此前被关羽俘获的曹魏大将于禁。而在之前，孙权还送还了被囚禁六年之久的庐江太守朱光。孙权频频向曹丕示好，亦是在试探这位北方新主对南方的态度。

而于禁的护军浩周、军司马东里衮则被孙权发展成了自己的说客，他们此次随同使团北归，肩负的使命就是向曹丕表达孙权的一片忠心。《魏略》中记录了浩周带给曹丕的孙权手书（全信见附2），虽然只有三个互不连续的片段，但基本可以看出，孙权在字里行间流露出十足的谦卑与恭顺。

我们来看看这封信。

第一个片段，孙权主要解释为什么没有第一时间遣返于禁，拖了这么久。孙权认为曹操当时对他还有所怀疑，而如今曹丕嗣位，双方此前的不快已经冰消水解，他才有机会表一把忠心。（"权之赤心，不敢有他，愿垂明恕，保权所执。"）

第二个片段，孙权把自己贬损了一番，说自己文不能、武不行，全靠父兄的老本和曹操的关照才有了今天。他又检讨此前与曹操的多次交兵，称过错全在自己，并感激曹操不计前嫌，派他去攻打关羽为朝廷立功。孙权说他生怕一片忠心没有为曹丕知晓，后来从出使魏国归来的使者梁寓口中得知，曹丕对待他的态度一如曹操，这让孙权喜出望外。（"权之得此，欣然踊跃，心开目明，不胜其庆。"）

第三个片段，孙权除了再次谦卑地表达效忠之意，还委婉地向曹丕提出了不满。信中提到，曹操曾经撤去合肥的守军，以表达与孙权盟好的诚意，但曹丕上台后让张辽、朱灵又率兵回到了合肥，这是几个意思？而在不久前，双方边境居巢一带还出现了一次小摩擦，孙权虽然检讨自己没有约束好部队，但也对魏军步骑抵达江边的行为表达了不解。一番牢骚之后，孙权再次向曹丕请求信任，言辞极为恳切。

曹操已死，孙权本该长舒一口气才是，他为何要对曹丕如此低三下四？也许，对于越是不知底细的对手，越要在一开始露怯，好让对方在自骄自大中露出破绽，这是高明的玩家才能想到的方法，前提是不需要太爱惜脸面。当然，若说孙权对曹丕没有畏惧，也不太可信。这封信很可能是曹丕六月宣布南征之后，孙权仓促派人送去的。因为如若曹丕这时候真的发兵攻打，那孙权确实会苦于防御——前脚刚因为杀关羽得罪了刘备，后脚吕蒙突发疫疾去世，军中无帅。孙权需要时间稳住曹丕，让他尽可能久地沉浸在当皇帝的虚荣之中，忘却大江之南这个难缠的对手；而孙权则要利用这个有限的战略机遇期，充分地做好既防魏又防蜀的准备。

　　孙权在信中反复提到的浩周成为此行的关键，此君一定在东吴得了孙权不少好处。史载，他向曹丕献上孙权的信笺后，就不断为孙权美言，信誓旦旦地说孙权绝对是真心臣服。相比而言，东里衮是个敢说真话的人，他认为孙权并不会臣服，希望曹丕对孙权提高警惕。显然，人只会相信自己愿意相信的话——曹丕信了浩周的话。

　　不久，曹丕如愿登上受禅台，身登九五之尊，随即派浩周为使者封赏孙权为吴王，认可孙权对长江以南的统治。但狡猾的曹丕也留了一手，他重新上演了二十年前曹操"质任子"的戏码，要求浩周催促孙权，尽快将儿子孙登送到洛阳入侍。孙权在招待酒宴上，对浩周的要求满口答应，甚至指天为誓。但酒席过后，孙权对此事却以百般借口，一拖再拖。明眼人都能看出来孙权对曹丕的臣服是真心还是假意，而曹丕却在这个关键的时候反应迟钝了，这将成为他一生最为懊悔的事情。

　　短暂的信任期让曹丕和孙权的通信频繁了起来。魏黄初二年（221）秋七月，在成都刚刚称帝的刘备率领大军东征伐吴，孙权遣使请和，遭到果断回绝，一场大战不可避免。次年正月，孙权向曹丕上书汇报刘备的动态，并请缨出战：

　　刘备支党四万人，马二三千匹，出秭归，请往扫扑，以克捷为效。（《三国志·文帝纪》注引《魏书》）

　　曹丕也及时给予回复和勉励，坐山观虎斗的意味很是明显：

　　昔隗嚣之弊，祸发枸邑，子阳之禽，变起扦关，将军其元厉威武，

勉蹈奇功，以称吾意。（《三国志·文帝纪》注引《魏书》）

这场战事从正月一直持续到闰六月，从冬天一直缠斗到夏天。临危受命的东吴第四代军事统帅陆逊在抵挡住刘备初期猛烈的攻势后，成功将其拖在长江三峡闷热难耐的夏日里。刘备犯了兵家大忌，舍舟登陆，在深山密林之中连营七百里，成全了陆逊的火攻之策。夷陵之战，刘备几乎全军覆没，只身逃往白帝城。

这场战事持续长达半年，胜败却在一夜之间，这让远在洛阳隔岸观火的曹丕有些猝不及防。他方从傲慢与虚荣织就的龙榻上惊醒，意识到真正的三国时代已经拉开了序幕，魏国必须做点什么了。

实际上，早在吴蜀夷陵之战开战之时，魏国的朝中大臣就曾经针对怎样趁火打劫这个议题展开过激烈的争论。侍中刘晔认为，孙权并没有臣服之心，应该趁这个机会联蜀灭吴。而司空王朗则认为，既然孙权称藩，就应该帮助东吴从北边夹击蜀汉。可曹丕没有采纳任何建议，他或许是想看到吴蜀斗得再猛烈一些，伤得再重一些，自己的渔利空间更大一些。可他未曾想到，战机一失，便再难追回。

击退刘备的孙权并没有长舒一口气。翻检史料我们会发现，他交付陆逊抵御刘备的兵力只有五万多，而早在并吞荆州全境之前，孙权就已经能够调动十万大军攻合肥了。其他的兵力哪里去啦？自然是布防在长江自江陵至京口的漫长防线上了。孙权从未放松对曹丕的警惕和防备。而回过神来的曹丕掐指一算，才发现孙权送质子的事情已经拖了一年之久。这一年间孙权频繁地以儿子年幼体弱、需要给张昭做工作辅佐儿子、希望给儿子在洛阳找个门当户对的媳妇等各色理由推诿搪塞，如今看来竟然都是缓兵之计。那个信誓旦旦为孙权作保的浩周已经沦为一个笑料，这让他终其一生都不被曹魏复用。

曹丕拍案而起，决定大举南征，教训一下孙权。这时候无论是当年"联蜀伐吴"的支持者刘晔，还是"联吴伐蜀"的支持者王朗，都反对此时伐吴。但曹丕一意孤行，于当年九月命曹休、张辽、臧霸出洞口，曹仁出濡须，曹真、夏侯尚、张郃、徐晃围南郡，曹丕则銮驾许昌居中指挥。曹魏政权史无前例地采取三路并发的方式向江南发动攻势，摆出的俨然是打灭国战的架势。孙权也早有应对，令吕范、孙韶、徐盛率水师在东路抵御曹休，以朱桓为濡须督在中路抵御曹仁，令朱然固守江陵，并遣诸葛瑾、潘璋、杨粲往救。

据《三国志·吴主传》载，就在曹丕发兵南征之后，孙权仍旧没有卸下自己谦逊的伪装，他向曹丕"卑辞上书，求自改厉"，信中有这么一句：

> 若罪在难除，必不见置，当奉还土地民人，乞寄命交州，以终余年。
> （《三国志·吴主传》）

"若是我真的得罪了陛下，我就奉还土地和人民，寄身交州（治所在今越南河内以东），了此残生吧！"

这话当然不能当真。曹丕就算只有寻常人的智商，也不会相信这个在赤壁击败过曹操、在夷陵击败过刘备的孙权会束手就擒、不战而降，把自己放逐到交州这个瘴气之地。为了配合孙权演戏，曹丕也假模假样地回了一封信（全信见附3）。在信里，他就像拯救一个失足少年一样，一面夸赞孙权之前称臣、朝贡、打刘备的优异表现，一面借朝臣之口，将其数落了一番，充分显示了自己对孙权的爱之深、责之切。你看，我对你可是仁至义尽了，实在是朝臣们议论纷纷，我才不得不动武。（"故遂俯仰从群臣议。"）孙权答应了送质子而后又反悔，这是孙权理亏。曹丕牢牢抓住送质子这个事情，对孙权恩威并施，甚至表示我大军都可以原地不动，等你送儿子过来，我就撤兵。（"若君必效忠节，以解疑议，登身朝到，夕召兵还。"）

这封信送过江去，注定不会再有回音。从这一年冬天到次年春天，东、中、西三路战场全面开打。东西两路都是互有胜败：东边曹休在洞浦掀了吕范的战船，却为徐盛所阻；西边夏侯尚击败诸葛瑾的援军，却被朱然拖在江陵城下久攻不克。唯中路东吴濡须督朱桓巧施诱敌之计大败曹魏大司马曹仁，扭转了整个战局。黄初四年（223）三月，魏文帝曹丕宣布撤军——他依然没能摆脱他的父亲屡次南征无果而终的魔咒。

然而，曹丕并不死心。此后的黄初五年（224）和黄初六年（225），曹丕连续两年御驾亲征，率水师、驾龙舟，由中渎水东下至广陵，试图对孙权展开持续性的施压。但两次亲征都以曹丕临长江而兴叹草草收场。一次叹的是"彼有人焉，未可图也"，一次叹的是"嗟乎！固天所以隔南北也"！面对着波涛汹涌的长江之水，以及对岸严阵以待的军队，骄傲的曹丕也不得不认识到，他自己亦不能完成父亲未竟的一统大业。

黄初七年（226）五月，四十岁的曹丕带着无限遗恨驾崩于洛阳。三年之后，四十八岁的孙权终于摘掉了魏国封赏的带有屈辱意味的吴王头衔，在武昌称帝，使东吴与曹魏和蜀汉平起平坐。那些书信里的意味深长，被永恒地尘封于历史的幽微中，而此后五十年，南北之间，便只有不绝的战争了。

附1：《为曹公作书与孙权》

阮瑀

离绝以来，于今三年，无一日而忘前好，亦犹姻媾之义，恩情已深，违异之恨，中间尚浅也。孤怀此心，君岂同哉！

每览古今所由改趣，因缘侵辱，或起瑕衅，心忿意危，用成大变。若韩信伤心于失楚①，彭宠积望于无异②，卢绾嫌畏于已隙③，英布忧迫于情漏④，此事之缘也。孤与将军，恩如骨肉，割授江南，不属本州，岂若淮阴捐旧之恨。抑遏刘馥，相厚益隆，宁放朱浮显露之奏⑤，无匿张胜贷故之变⑥。匪有阴构贲赫之告⑦，固非燕王淮南之衅⑧也。而忍绝王命，明弃硕交，实为佞人所构会也。夫似是之言，莫不动听，因形设象，易为变观。示之以祸难，激之以耻辱，大丈夫雄心，能无愤发。昔苏秦说韩，羞以牛后，韩王按剑，作色而怒⑨，虽兵折地割，犹不为悔，人之情也。仁君年壮气盛，绪信所嬖，既惧患至，兼怀忿恨，不能复远度孤心，近虑事势，遂赍见薄之决计，秉翻然之成议。加刘备相扇扬，事结衅连，推而行之。想畅本心，不愿于此也。

译文：

自从赤壁一战相别至今已有三年，我始终不能忘却我们此前的友好。

我们之间已经建立了很深厚的姻亲关系，而我们彼此敌对的时间毕竟很短，不知道您是不是跟我有一样的想法？

　　每次我读史书，看到那些背叛主公的人之所以会做出这样的事，都是有缘由的，要么是被欺凌羞辱，要么是因为误会而产生了不满和焦虑。比如韩信是因为失去楚国的封地，彭宠是因为求封地无望，卢绾是因为和高祖之间已经有了嫌隙，英布则是因为忧虑机密泄露，这些都是他们"不忠"的原因。我和孙将军您的关系就像亲兄弟一样，我把江南之地都交给您统治，不算作我的地盘，难道您会像韩信那样怀着对我的恨意吗？我又有意抑制了扬州刺史刘馥的权力，对您的待遇更胜往日，又怎么会像光武帝轻信朱浮谗言那样怀疑您呢？如果没有张胜通敌、贲赫告密，燕王卢绾和淮南王刘安是不会背叛主公的，他们之所以后来做出了背信弃义的事情，实在是因为被小人给害了。那些似是而非的话，往往很具煽动性，比如用所谓未来的祸患来激发人内心的耻辱心，凡是有雄心壮志的大丈夫哪个不会被激愤？当年苏秦去游说韩王，就讽刺韩国的地位是"牛后"，一下就把韩王激怒了，他就算损兵割地也在所不惜，这都是人之常情，可以理解。您现在年轻气盛，很容易受到佞臣的挑唆，忧患意识很强，内心有不满的情绪，不能从长远的角度来看问题，只盯着眼前的时局就匆忙做出了与我为敌的决定。加上刘备也在旁边煽风点火，事情就越来越糟糕。我想，您从本心出发，也不希望我们的关系变成现在这样吧。

　　注释：

　　①韩信伤心于失楚：韩信，西汉初年功臣，因功受封为楚王，后来被刘邦贬为淮阴侯，于是日益产生怨恨。

②彭宠积望于无异：彭宠，更始年间被更始帝封为渔阳太守，助刘秀平定河北。刘秀称帝后，对彭宠没有加封，彭宠失意。

③卢绾嫌畏于已隙：卢绾，刘邦的同乡好友，两人情同手足，刘邦称帝后封卢绾为燕王。陈豨叛乱时，刘邦要求卢绾共同讨伐，卢绾却迟疑不前，并与匈奴暗通。刘邦派人召卢绾问话，卢绾托病不出，与刘邦产生了嫌隙。

④英布忧迫于情漏：英布，西汉初年名将，因功受封为淮南王。刘邦诛杀彭越后，英布十分畏惧，开始密谋集结军队造反，但这一密谋为中大夫贲赫告发，英布索性直接造反了。

⑤朱浮显露之奏：朱浮，被刘秀封为幽州牧，与彭宠不和，向刘秀构陷彭宠，将其逼反。

⑥张胜贷故之变：张胜，卢绾派往匈奴的使者，背着卢绾私下与匈奴勾结。

⑦阴构贲赫之告：贲赫，英布中大夫，向刘邦密告英布谋反。

⑧燕王淮南之衅：燕王卢绾、淮南王英布对汉高祖刘邦的叛变。

⑨苏秦说韩，羞以牛后，韩王按剑，作色而怒：苏秦为合纵六国抗秦，游说韩王。苏秦引用俗语"宁为鸡口，无为牛后"，将韩王臣服于秦国的行为比喻为"牛后"，为他感到羞耻。韩王听后按剑长叹："寡人虽死，必不能事秦！"

孤之薄德，位高任重，幸蒙国朝将泰之运，荡平天下，怀集异类，喜得全功，长享其福。而姻亲坐离，厚援生隙，常恐海内多以相责，以为老夫包藏祸心，阴有郑武取胡之诈①，乃使仁君翻然自绝。以是愤愤，怀惭反侧，常思除弃小事，更申前好，二族俱荣，流祚后嗣，以明雅素，中诚之效。抱怀数年，未得散意。昔赤壁之役，遭离疫气，烧舡自还，以避恶地，非周瑜水军所能抑挫也。江陵之守，物尽谷殚，无所复据，徙民还师，又非瑜之所能败也。荆土本非己分，我尽与君，冀取其余，非相侵肌肤，有所割损也。思计此变，无伤于孤，何必自遂于此，不复还之。高帝设爵以延田横②，光武指河而誓朱鲔③，君之负累，岂如二子？是以至情，愿闻德音。

译文：

　　我德望浅薄，却身居如此高位，都是承蒙国家有了好运势，我有心一统天下，降伏异族，完成这样的大事，让人们长久享受幸福。然而您作为我的姻亲，却与我为敌，这就会让天下人指责我，以为我藏着什么坏心思，就像郑武公用嫁女儿的方式诈取胡人那样，才让您一下子跟我翻脸，内心愤愤不平。我很希望我们能够重续之前的友好，曹孙两个家族一荣俱荣，将这种友好延绵到后代，以此表明我的心迹。这种想法我已经保有很多年了，至今也没有打消的念头。当年赤壁之战，我军遭遇了严重的疫病，我只好自己烧掉船只以离开这个险恶的地方，而并不是像外界所传的被周瑜水师打败。至于丢掉江陵，那是因为城中粮草已经用完，我主动迁徙了民众、撤回了军队，也不是周瑜的本事使然。荆州这片土地，本来就不是我的，我将它全部送给您了，对我也没什么损害。赤壁之战对我也没有造成太大的损伤，我何必纠结这件事而不对荆州放手呢？当年汉高祖设置爵位招降田横，光武帝指着黄河发誓为朱鲔封官加爵，您心里的负担哪有这两个人的重啊？我如此诚心诚意，希望听到您令人满意的答复。

注释：

①郑武取胡之诈：春秋时，郑武公为了灭胡国，先将女儿嫁给胡国国君。胡国国君以郑国为亲家，不做防备，而郑武公突然发兵灭了胡国。

②高帝设爵以延田横：田横，秦末齐国贵族，占据齐地为王。汉高祖称帝后，派遣使者招揽田横，向他许诺王或侯的爵位。

③光武指河而誓朱鲔：朱鲔，更始帝刘玄将领，在洛阳为刘秀所困。刘秀有意招降，朱鲔则因为此前参与谋害刘秀的哥哥刘縯，不敢投降。刘秀用手指着黄河水，表示宽恕朱鲔，决不食言，朱鲔才投降。

往年在谯，新造舟舸，取足自载，以至九江，贵欲观湖潨之形，定江滨之民耳，非有深入攻战之计。将恐议者大为己荣，自谓策得，长无西患，重以此故，未肯回情。然智者之虑，虑于未形；达者所规，规于未兆。是故子胥知姑苏之有麋鹿①，辅果识智伯之为赵禽②。穆生谢病，以免楚难③；邹阳北游，不同吴祸④。此四士者，岂圣人哉！徒通变思深，以微知著耳。以君之明，观孤术数，量君所据，相计土地，岂势少力乏，不能远举，割江之表，宴安而已哉？甚未然也！若恃水战，临江塞要，欲令王师终不得渡，亦未必也。夫水战千里，情巧万端，越为三军，吴曾不御⑤；汉潜夏阳，魏豹不意⑥。江河虽广，其长难卫也。

译文：

往年我在谯县建造舟船，不过是为了自己的水上交通，后来前往九江，目的是去观察巢湖、长江一带的地形，安抚长江沿岸的人民，并没有渡江攻打的计划。恐怕江东议者看到此情此景，会以为良策奏效而沾沾自喜，认为从此可以高枕无忧，没有来自西向的隐患了，因此也就没有给我回音。但是高明的人考虑事情，都是有先见之明的，早早看到了征兆，做出了规划。伍子胥看见麋鹿游于姑苏之台就预见了吴国的败亡；辅果准确预判到了智伯将成为赵襄子的俘虏；穆生托病离开，避免卷入楚王刘戊的叛乱之祸中；邹阳离开吴王向北云游，没有被牵连到吴楚七国之乱中。这四位，难道是天生的圣人吗？不过是懂得变通、思虑深远、见微知著罢了。以您的聪明，看看我的计谋韬略，再比较一下你们江东和我所占据的土地，您就该明白，我难道是那种兵微将寡、不能远征、划江而治、安守现状的人吗？当然不是了。您如果想凭借着水战的优势，借助长江的要塞来阻挡王师南渡，恐怕不是长久之计。水战的战线长达千里，战争的情形可谓变化莫测，当年越国就以三支军队攻破了吴军笠泽的防线，韩信也是利用疑兵之策巧渡黄河，俘虏了魏王豹。长江黄河虽然很宽广，但是因为它们战线太长，反而很难防卫。

注释：

①子胥知姑苏之有麋鹿：伍子胥，春秋时吴国重臣。吴王夫差骄奢淫逸，伍子胥屡次劝谏，并称自己在姑苏台下看见了麋鹿，是不祥之兆。后来吴国果然被越国所灭。

②辅果识智伯之为赵禽：辅果，原名智果，春秋时晋国大夫。时晋国四家争权，智伯瑶联合智、魏、韩三家围赵家于晋阳。智果看出魏、韩二君有背叛的迹象，劝智伯瑶杀了他们，智伯瑶不听，智果为了免于灾难就将自己的姓改为辅姓。后来魏、韩果然与赵联手将智家族灭。

③穆生谢病，以免楚难：穆生，西汉名士，楚王刘交经常设酒宴款待他。楚王刘戊即位后，不再厚待他，穆生就称病离开了楚国。后来刘

戊参与七国之乱，身死国除，而穆生未被牵连。

④邹阳北游，不同吴祸：邹阳，西汉名士，吴王刘濞门客。刘濞密谋反叛，邹阳苦劝不听，于是邹阳离开吴国向北投奔梁孝王刘武。后来刘濞发动七国之乱，身死国除，而邹阳未被牵连。

⑤越为三军，吴曾不御：春秋时越国征伐吴国，吴国将军队部署在笠泽岸边，与越军隔江而对。越国部队利用夜色做掩护，采取两翼佯攻，诱使吴军将兵力分散，然后集结三军主力，悄声渡江，对吴国中军突然发动攻势，吴军大败。

⑥汉潜夏阳，魏豹不意：楚汉之争中，刘邦以韩信为将攻打西魏王魏豹，魏豹将重兵部署在蒲坂、临晋，以黄河为屏障抵御汉军，韩信用疑兵之计，假意要从临晋渡河，却派伏兵用木盆、木桶代替船只，率军从夏阳渡河，径直袭击魏都安邑，魏豹大败被俘。

凡事有宜，不得尽言，将修旧好而张形势，更无以威胁重敌人。然有所恐，恐书无益。何则？往者军逼而自引还，今日在远而兴慰纳，辞逊意狭，谓其力尽，適以增骄，不足相动，但明效古，当自图之耳。昔淮南信左吴之策①，汉隗嚣纳王元之言②，彭宠受亲吏之计③，三夫不寤，终为世笑。梁王不受诡胜④，窦融斥逐张玄⑤，二贤既觉，福亦随之。愿君少留意焉。

译文：

凡事都应当有度，这里就不便多说了。我是希望重修你我的旧好，才来分析现在的形势，并不是在进行威胁，逼使你成为我的敌人。但我还是有点担心，担心这封信收效不大。为什么呢？以前我们兵戎相见，我主动撤走了兵马，现在离您很远，送去慰问的信件，如果用词过于谦逊，会让你们以为我军力量大不如前，徒增您的骄傲，没法触动您。我只好讲几件古人的事情，做何选择您自己看着办吧。当年淮南王刘安听信左吴的策略，隗嚣采纳王元的言论，彭宠接受身边亲信的计谋，这三个匹夫执迷不悟，最终都迎来败亡，成为天下人的笑柄。梁王刘武不庇护公孙诡、羊胜，窦融斥责并驱逐了张玄，这两位贤明的人有警觉性，他们的福分也就随之而至。希望您稍加用心领悟。

注释：

①淮南信左吴之策：左吴，淮南王刘安帐下谋士。刘安准备谋反，日夜与左吴照着地图部署兵马。但后来刘安的密谋泄露，刘安自杀。

②汉隗嚣纳王元之言：隗嚣，新莽末期割据陇西的军阀。起初归顺刘秀，但受到其部将王元挑唆，再度割据陇西反叛刘秀，最终为刘秀所败，愤恨而死。

③彭宠受亲吏之计：刘秀征召彭宠入京，彭宠听从了手下属吏的建议，迟迟不奉诏应征。最终彭宠反叛，为家奴所杀。

④梁王不受诡胜：梁王，即汉景帝之弟梁孝王刘武。刘武曾想谋求储君之位，但大臣袁盎向汉景帝直言劝谏，不同意以刘武为储。刘武深恨袁盎，于是与亲信羊胜、公孙诡合谋，派刺客刺死了袁盎。景帝大怒，下令追查凶手，刘武听从韩安国的建议，逼羊胜、公孙诡自杀，又派人通过长公主刘嫖向窦太后认罪，才获得了景帝的谅解。

⑤窦融斥逐张玄：窦融，新莽末期割据河西的军阀。刘秀称帝后，窦融有心向东归附。这时隗嚣派辩士张玄来劝窦融，让他继续保持割据

身份，并与隗嚣、公孙述等联手对付刘秀。窦融仍然决定向东归附刘秀，得到了刘秀的厚待。

　　若能内取子布，外击刘备，以效赤心，用复前好，则江表之任，长以相付，高位重爵，坦然可观。上令圣朝无东顾之劳，下令百姓保安之福，君享其荣，孤受其利，岂不快哉！若忽至诚，以处侥幸，婉彼二人，不忍加罪，所谓小人之仁。大仁之贼，大雅之人，不肯为此也。若怜子布，愿言俱存，亦能倾心去恨，顺君之情，更与从事，取其后善。但禽刘备，亦足为效。开设二者，审处一焉。

　　译文：

　　如果您能对内除去张昭，对外攻打刘备，向朝廷奉献赤诚忠心，恢复我们以前友好的关系，那么您就可以长久担任江东之主，还可以轻松获得更高的官职和爵位。对上而言，朝廷没有了东边的忧患，对下而言，百姓能够安居乐业免除兵灾，您享受荣华富贵，我也能获得些好处，这不是大快人心的事情吗？您如果不听从我的良言，抱有侥幸心理，对张昭、刘备这两人不忍加罪，那就是所谓的小人之仁，这是对大仁的一种损害，您是大雅之人，肯定不会这样做的。如果您怜惜张昭，希望保他一命，那我也能消除对他的恨意，送您一个顺水人情，让他留着继续做事来将功抵过。您只要能够生擒刘备，我也能认可。以上这两个条件，您选择其中一个就可以。

　　闻荆杨诸将，并得降者，皆言交州为君所执①，豫章距命，不承执事②，疫旱并行，人兵减损，各求进军，其言云云。孤闻此言，未以为悦。然道路既远，降者难信，幸人之灾，君子不为。且又百姓，国家之有，加怀区区，乐欲崇和。庶几明德，来见昭副，不劳而定，于孤益贵。是故按兵守次，遣书致意。古者兵交，使在其中。愿仁君及孤虚心回意，以应诗人补衮之叹，而慎《周易》牵复之义。濯鳞清流，飞翼天衢，良时在兹，勖之而已。

译文：

荆州、扬州投降过来的将领们都告诉我，您关押了交趾（今属越南）太守士燮，豫章也发生了叛乱，不服从您的统治，而且江东旱灾和疫病一起盛行，死了很多百姓和士兵，他们都劝我趁这个时候进军江东。我听到这些话并没有高兴的感觉，这里距江东道路很远，来投降的人说的话可信度都不高，而且趁着别人遭灾而征伐，这不是君子所为。何况百姓都是国家的子民，应该对他们多加关怀，维护来之不易的和平局面，这才是一个有德之人该做的。不用让我劳神就能安定江东，对我来说当然是一件更好的事情。因此我按兵不动，给您先送这封信以表达我的心意。古来两军交战，都会派出使者，希望您能够理解我的心意，及时回心转意，就像《诗经》中说的"衮职有阙，维仲山甫补之"，及时将功补过，再审慎地思考《周易》中"牵复，吉"的大义，迷途知返。到那一天，鱼儿在清水中欢愉地游泳，鸟儿在长空中振翅翱翔，如此太平盛世的景象，还需要你我一起携手创造啊！

注释：

①交州为君所执：交州，唐代李善注《文选》认为这里指孙权的族

兄弟孙辅，他曾为孙策署为交州刺史，后因暗通曹操，为孙权所幽禁。笔者提出异议，一则孙辅交州刺史之职为孙策伪封，曹操在信中不应称其为"交州"；二则孙辅被拘之事已过去多年，曹操不可能才从降者那里听到。笔者推断"交州"可能指交趾太守士燮，士燮为曹操表为绥南中郎将、总督交州七郡，虽无交州刺史之名而有刺史之实。在阮瑀作此信的前一年，即建安十五年（210），孙权遣步骘率军控制交州，士燮表示归附。此事由降人传到曹操那里，可能就变成士燮被孙权关押。

②豫章距命，不承执事：豫章，李善注《文选》认为这里指被孙策驱逐后逃到豫章郡的扬州刺史刘繇。刘繇早在十三年前就已死去，显然这里所指并非刘繇。笔者认为，"豫章距命"指的应为豫章郡频繁出现反抗孙权统治的山越叛乱。豫章郡是山越较为活跃的地区，《三国志》多有吴将在豫章平叛的记载。如"（张昭）攻破豫章贼率周凤等于南城""（蒋）钦屯宣城，尝讨豫章贼"。

附 2：《上魏王笺》

孙权

昔讨关羽，获于将军，即白先王，当发遣之。此乃奉款之心，不言而发。先王未深留意，而谓权中间复有异图，愚情偻偻，用未果决。遂值先王委离国祚，殿下承统，下情始通。公私契阔，未获备举，是令本誓未即昭显。梁寓传命，委曲周至，深知殿下以为意望。权之赤心，不敢有他，愿垂明恕，保权所执。谨遣浩周、东里衮，至情至实，皆周等所具。

译文：

当年我们讨伐关羽，救出了于禁将军，于是就立即告诉了先王（曹操），表达了将他送回魏国的意愿。这是我的一片赤诚忠心，不言自明。可是先王没有仔细留意我的诚意，反而指责我在中间有什么阴谋诡计，我的一片赤诚之心也就没能得到回应。后来先王崩逝，殿下您承继了大统，我们之间的往来才恢复了正常。因为公务和私人事务繁忙，我没有来得及向您陈述，因此也没能让自己的心意得到彰显。梁寓出使回来，把您的话细细讲来，我才知道殿下对我深深的期待。我孙权心怀赤诚之心，不敢有其他想法，希望您宽宏大量，保全我的地位。我如今将浩周、东里衮送回，我的真情实意，都像浩周他们所说的那样。

权本性空薄，文武不昭，昔承父兄成军之绪，得为先王所见奖饰，遂因国恩，抚绥东土。而中间寡虑，庶事不明，畏威忘德，以取重戾。先王恩仁，不忍遐弃，既释其宿罪，且开明信。虽致命虏廷，枭获关羽，功效浅薄，未报万一。事业未究，先王即世。殿下践阼，威仁流迈，私惧情愿未蒙昭察。梁寓来到，具知殿下不遂疏远，必欲抚录，追本先绪。权之得此，欣然踊跃，心开目明，不胜其庆。权世受宠遇，分义深笃，今日之事，永执一心，惟察倭倭，重垂含覆。

译文：

我孙权天资浅薄，没有什么文武之才，当年承袭了父亲与兄长以军功建立起来的基业，并得到先王恩赐的官职爵位，才承蒙朝廷的恩泽，统治东方的土地。在这期间我考虑不周，犯了糊涂，忘却了此前的恩德，因此铸成大错。先王宽宏大量，不忍心抛弃我，不仅原谅了我的罪过，还给予了我充分的信任。于是我奉命去攻打敌人，虽然擒杀了关羽，但这份功劳很浅薄，不足以报答先王恩情的万分之一。先王大业未成就撒手人寰了，如今殿下继位，威望与仁德为人们广为传颂，我生怕自己的一片忠心未能被陛下明察。梁寓出使回来后，我才知道殿下并没有疏远我，希望对我抚慰任用，就像先王待我一样。我孙权听到这消息，别提有多么欢欣雀跃了，心也敞开了，眼睛也明亮了起来，止不住地欢庆。我孙权世代受到朝廷的恩宠，情深日笃，如今我要做的事情，就是与您始终一条心，希望您明察我的真心，重新对我施以恩泽。

先王以权推诚已验，军当引还，故除合肥之守，著南北之信，令权长驱不复后顾。近得守将周泰、全琮等白事，过月六日，有马步七百，径到横江，又督将马和复将四百人进到居巢，琮等闻有兵马渡江，视之，为兵马所击，临时交锋，大相杀伤。卒得此问，情用恐惧。权实在远，不豫闻知，约敕无素，敢谢其罪。又闻张征东、朱横海①今复还合肥，先王盟要，由来未久，且权自度未获罪衅，不审今者何以发起，牵军远次？事业未讫，甫当为国讨除贼备，重闻斯问，深使失图。凡远人所恃，在于明信，愿殿下克卒前分，开示坦然，使权誓命，得卒本规。凡所愿言，周等所当传也。

译文：

先王认为我孙权的诚心真切无误，因此将军队撤回，除却合肥的守军，显示出我们两国之间的信赖，这才能让我孙权在征讨荆州的时候长驱直入，没有后顾之忧。但我最近听到边防守将周泰、全琮等人报告，上月六日，有北军步骑七百人直接进军到了横江，督将马和又率领四百人进军到了居巢。全琮等人听说有兵马要渡江，于是前去侦察，却为兵马所攻击，他们不得不打了一场仗，双方都折损了不少人马。突然得到这个消息，我内心十分恐惧。我孙权离前线太远，事先并不了解情况，没有约束好自己的部属，在此向您谢罪。我又听说征东将军张辽、横海将军朱灵如今又返回合肥驻守。我与先王的盟好，并没有过去多久，我自认为没有得罪您，不知道您如今为何发动大军远道而来？我的任务还没有完成，正准备为了魏国继续讨伐逆贼刘备，但听到了这些消息，内心有些失望。像我这样地处偏远的人所能够仰仗的，就是朝廷的信任，希望殿下能够停止现在的行为，开诚相待，让我能够为您效力，完成我的责任。我的这些真心话，浩周等人应当都替我传达给您了吧！

注释：

①张征东、朱横海：张征东即征东将军张辽，但张辽在孙权写信的延康元年已转任前将军。朱横海在《三国志》中无载，三国时横海将军一职可考的仅有《隶释》卷十九《横海将军吕君碑铭》所记载的魏将吕常。吴金华《三国志丛考》认为"朱横海"或为"吕横海"之误。卢弼《三国志集解》转引沈家本说，认为朱横海为魏后将军朱灵。洪饴孙《三国职官表》中亦将朱灵缀于横海将军目下。

附3：《又报吴主孙权》

曹丕

君生于扰攘之际，本有从横之志，降身奉国，以享兹祚。自君策名已来，贡献盈路。讨备之功，国朝仰成。埋而掘之[1]，古人之所耻。朕之与君，大义已定，岂乐劳师远临江汉？廊庙之议，王者所不得专；三公上君过失，皆有本末。朕以不明，虽有曾母投杼之疑[2]，犹冀言者不信，以为国福。故先遣使者犒劳，又遣尚书、侍中践修前言，以定任子。君遂设辞，不欲使进，议者怪之。又前都尉浩周劝君遣子，乃实朝臣交谋，以此卜君，君果有辞，外引隗嚣遣子不终[3]，内喻窦融守忠而已[4]。世殊时异，人各有心。浩周之还，口陈指麾，益令议者发明众嫌，终始之本，无所据仗，故遂俯仰从群臣议。今省上事，款诚深至，心用慨然，凄怆动容。即日下诏，敕诸军但深沟高垒，不得妄进。若君必效忠节，以解疑议，登身朝到，夕召兵还。此言之诚，有如大江！

译文：

您生在天下大乱的时代，原本有纵横南北的志向，但现在自降身份臣服于我魏国，来享受封赐与爵位。自从您被册封为吴王以来，对朝廷进贡不绝，击败刘备立下大功，朝廷都是看在眼里，记在心里的。记得

《国语》里"狐埋狐掘"的古谚吧，若是反复无常，那就要被天下人耻笑。朕和您的君臣大义已定，朕哪里愿意耗费这么大的军力远征江汉？只是朝廷上大臣们都在议论您，朕身为一国之君也不能独断专行，而且三公上奏陈述您的过失，都是有理有据的。朕没有多少贤明，虽然也有像曾母投杼这样的疑惑，但仍然盼望朝臣们对您的指责是不可信的，这才是国家的福分。所以朕先是派使者前去犒劳，又派尚书桓阶、侍中辛毗前去与您巩固盟好，尽早落实送任子的事情。您却百般推脱，不肯送任子，朝廷上下对您议论纷纷。之前都尉浩周劝您送任子，实际上是朝臣共同商议的事情，以此来试验您的忠心，果然您总是有借口推诿。一会儿拿隗嚣送儿子入朝却最终被杀的例子说事，一会儿又把自己比喻成忠心耿耿的窦融。这个世界变化太快了，人们也各有自己的小心思。浩周回来后，一再为您说情，更让大臣们对您疑惑丛生，加上您对朝廷做出的承诺也根本不可信，于是我只好赞同朝臣们的建议发兵讨伐。现在看到您的上书，写得非常真实诚恳，让我感动得眼泪都要落下了。于是我现在就下诏，让各路大军挖深沟筑高垒，不得随意前进。如果您真的想要向朝廷表明您的忠节，打消朝臣们对您的质疑，您就把儿子孙登送来，他前脚到，后脚我就把大军全部撤回。我说到做到，滚滚长江可以做证！

注释：

①埋而掘之：典出《国语·吴语》。"狐埋之而狐搰之，是以无成功。"这是越国使者诸稽郢为保全越国，游说吴王夫差时引用的一句民谚。狐狸经常把东西埋藏在土里，又经常自己挖出来，比喻做事反复无常。

②曾母投杼之疑：孔子的弟子曾参住在费地，当地有一个和他同名同姓的人犯了杀人案，有人报信给曾参的母亲，曾母不信，但连续有三

个人都这么说，曾母害怕地扔掉手中的杼（织布用的梭子）逃走了。该典故说明流言可畏。

③隗嚣遣子不终：隗嚣，新莽末期割据陇西的军阀。汉光武帝刘秀派人招抚，说服他将儿子隗恂送来当人质。后来隗嚣反叛攻汉，刘秀将隗恂处死。

④窦融守忠而已：窦融，新莽末期割据河西的军阀，受刘秀招抚归顺汉室，并助汉军大破隗嚣，得到刘秀的厚加封赏，入朝任大司空，并与皇室结为儿女亲家。

放发山林：

西取益州的仁者谲诈

1923 年，鲁迅先生将他在北京大学等高校讲授中国小说史的讲稿集结修订，出版了《中国小说史略》一书。书中在写到《三国演义》时，留下这样一句著名的评语："至于写人，亦颇有失，以致欲显刘备之长厚而似伪，状诸葛之多智而近妖。"

　　作为一部虚构的小说，《三国演义》的传播力和影响力远远超过了任何一部史书，以致产生了"以假乱真"的效果，让人们根本分不清何为演义、何为史实，从而不自觉地将书中的角色等同于历史上的人物。鲁迅先生对《三国演义》评价不高，可以理解。

　　诚然，依据小说的艺术规律，作者需要对角色进行一定程度的夸张变形；但《三国演义》里的诸葛亮动辄身披道袍、呼风唤雨、观星象、测吉凶，无不灵验，和历史上勤勉朴素的诸葛亮已经相去甚远，说"状诸葛之多智而近妖"不假。然而，说《三国演义》"欲显刘备之长厚而似伪"却着实有些冤枉了罗贯中——《三国演义》里的刘备动辄哭泣流泪、收买人心，的确有伪善之嫌，可问题是，历史中的刘备就不虚伪吗？

　　为了解答这个问题，我们不得不检阅史料，而当事人的书信无疑最有发言权。

一、荆州逐食

建安十三年冬天的赤壁之战，让不可一世的曹操铩羽而归，也让孙权与刘备的军事联盟尝到了甜头。于是，乘胜拿下长江中游军事重镇江陵，甚至夺取整个荆州，就立即被列入了孙刘联盟的计划表中。

荆州是一块肥肉，它对于刘备和孙权这两只饿狼而言，有着非同寻常的意义。

在著名的《隆中对》中，诸葛亮为刘备擘画了一幅宏伟的蓝图，其中第一步就是占领荆州，摆脱寄人篱下的处境。（"荆州北据汉、沔，利尽南海，东连吴会，西通巴、蜀，此用武之国，而其主不能守，此殆天所以资将军，将军岂有意乎？"）当时的荆州之主是刘表，他收留了落荒而逃的刘备，可谓刘备的恩主，此外，刘表与诸葛亮也沾着亲，是诸葛亮夫人黄氏的姨丈。有如此密切关系在前，诸葛亮却能够在第一次与刘备见面的时候就直言不讳地说"其主不能守"，怂恿他横夺其地，可见，在战略家的眼里，为了荆州，一切道德伦理都可以抛诸脑后。谁承想，突如其来的曹操南下和刘琮献城打破了刘备君臣的幻想，让他们不得不求助于孙权，蜷居于夏口（今湖北武汉），寻求基本的生存。于是当曹操兵败北返，荆州出现巨大的权力真空时，《隆中对》中提到的蓝图便再次浮现在刘备的眼前。

而对孙权来说，荆州既是孙氏政权的兴业之地，又是孙氏家族的伤心之所。孙权之父孙坚曾受朝廷征召前往荆州南部平叛，并因功担任荆州九郡的长沙郡太守，随后他由长沙举兵参加关东诸侯讨董联军，率师北上，斩将夺关，直入洛阳，声威大震。然而不到两年光景，孙坚在进攻刘表的战争中，为其将黄祖射杀于襄阳郊外的岘山脚下，以至孙策、孙权兄弟不得不过早地担负起领导"孙家军"的重任。孙权掌事后，鲁肃拜见孙权，合榻对饮，献上了富有战略远见的"榻上策"，其中明确提到了"剿除黄祖，进伐刘表，竟长江所极，据而有之，然后建号帝王以图天下"。也就是说，取江夏，斩黄祖，西出荆州，不仅仅是报家仇，更是孙权克成帝业的关键一步。此后七年，孙权先后发起三次江夏会战，终于斩杀黄祖，叩开了荆州的东大门，在赤壁大胜曹操之后，"孙家军"的统帅、中护军周瑜就迫不及待地率数万之众发起了南郡战役，向荆州腹地江陵发起了攻击。

曹操北归之前，选派了最为信赖的宗亲将军、征南将军曹仁留屯江陵，以拒周瑜。然而毕竟曹操收降荆州才一年，立足未稳，加上孙刘联军有新胜之利，士气正盛，因此在南郡战役一开始，曹仁就陷入了被动。尽管如此，曹仁不愧为曹家名将，他奋勇当先，面对敌众我寡的情形仍能擐甲挥戈，将陷于敌阵中的部将救出。他与周瑜相持一年多，还一度让周瑜中箭负伤，双方"所杀伤甚众"，战况十分惨烈。最终，回天乏术的曹仁委城而走，周瑜付出了巨大的代价将孙家势力范围推进至荆州腹地。

当这场长达一年的南郡攻防战进行时，刘备又身在何处呢？

早在大战之前，刘备就跟周瑜开了碰头会，提出了孙刘两军在这场战役中的分工建议。刘备的思路是，曹仁据守江陵，而城中粮草充足，围城苦战并非上策，不如让张飞率领千余人跟随周瑜在正面攻城，而让周瑜调遣两千人跟随他，沿夏水而上去截曹仁的后路，如此，曹仁必会不战而溃。

给一千，得两千，自己净赚一千，还避开了和敌人正面交锋，保存了实力，这还真是笔精打细算的买卖。周瑜却爽快地答应了此提议，立即就给刘备拨发了兵马。笔者以为周瑜可能出于以下两个方面的考虑：（1）张飞的部队擅长陆战，而周瑜的部队擅长水战，双方交换部分战力，正好补齐了双方的短板；（2）周瑜需要在南郡战役全取战功，为孙氏政权扩大战果，刘备主动要求在后方袭扰，倒是正中他的下怀。

于是在周瑜与曹仁激战正酣的时候，关羽率军北上，执行史书上所说的"绝北道"计划，而他率领的队伍，很可能是由周瑜拨给的擅长水战的这两千人组成的。从史料上可以看出，关羽此次行动更像是一场游击战，他在襄阳与江陵之间的水路流动作战，和徐晃、乐进、文聘等曹军名将都交过手，但似乎都是一触即退，并不纠缠。后来曹仁撤军北上，汝南太守李通南下接应，顺利突破了关羽的防线，让曹仁安全北返。这似乎也从侧面印证了关羽所部的作用仅限于袭扰，甚至没有起到"断其归路"的作用。

无论关羽的"绝北道"对曹仁的"委城而走"是否有用，总之，赤壁之战一年后，周瑜成功拿下了梦寐以求的南郡。对外而言，这又是孙刘携手取得的一次胜利，而且不再是防御，而是进攻，这种威慑让曹操三年不敢南下用兵。但是对于孙刘联盟而言，南郡之战的落幕，意味着孙刘两家的利益迎面相撞，冲突就变得不可避免了。我甚至愿意相信，曹操是故意让曹仁弃城，战略性地放弃南郡的，以便腾出一块地方，等着看刘备与孙权因为分赃不均而大打出手，一如他当年缓兵不进，坐观袁氏二子内讧，最终坐收渔利一样。

二、不久为人臣

周瑜逐走曹仁后，孙权拜周瑜为偏将军，领南郡太守，将下隽、汉昌、刘阳、州陵四县作为周瑜的奉邑。周瑜获得了荆州地区的军政大权，个人威望到达了顶点。但他很快发现，孙氏政权的最大敌人并不是远在北方的曹操，而恰恰是近在咫尺的刘备。

在周瑜与曹仁激烈交战的一年内，刘备做了什么呢？如前所述，他从周瑜那里领了兵后，并没有如约亲自率军去袭扰曹仁后方，而是将"绝北道"的任务交给关羽，自己则亲率本部南征，逐一夺取了荆州南部四郡——武陵（治所在今湖南常德）、长沙（治所在今湖南长沙）、桂阳（治所在今湖南郴州）、零陵（治所在今湖南零陵）。

《三国志》载南四郡太守"皆降"，《三辅决录注》又纠正称武陵太守金旋是为刘备"攻劫死"。也就是说，刘备南征的四郡中至少有三郡都是没有怎么交战就望风而降，和周瑜耗费一年死磕江陵相比，刘备简直如有神助。刘备南征何以如此顺利？首先要归功于曹操。曹操在收降荆州诸郡后，急于东下与孙权"会猎于吴"，根本无暇对荆州各级官员进行重新部署，尤其是四郡位于大江之南，去国悬远，曹操的势力尚未进入。四郡太守之中，唯一被刘备"攻劫死"的武陵太守金旋是京兆人，曾入朝任议郎、中郎将，可能是曹操所派，其余三郡太守则可能是刘表时期的旧部。曹操对他们的处理只是派刘巴前去招降，并未介入军事力量。而随着曹操兵败、曹仁被围，荆南四郡与北方已经隔绝，孤悬在外，刘备正可趁着这个时机对其一网打尽。

　　刘备南征如此顺利，还靠着手中的一个法宝，那就是刘表的长子刘琦。刘琦懦弱无能，被刘备表为荆州刺史，成为他招降刘表旧部的工具。这一时期，刘备扩充地盘、招贤纳士，成效十分显著，一时间"荆、楚群士从之如云"，甚至连盘踞在庐江的山贼雷绪都率领部曲数万口前来归附，大大充实了刘备的兵力。不久刘琦病故，刘备便自领荆州牧。为防止与江北的周瑜产生冲突，刘备将屯驻地选在与江陵隔江而望的油口，并将此地改名为公安，取"左公安营"之意（刘备官至左将军）。其虎窥江北，欲与周瑜争南郡之心已不言而喻。

　　刘备在周瑜的眼皮底下做出这么多动作，或许也得到了孙权的默许。但如今曹操势力已经暂时退去，刘表的旧部也已各自选边站队，刘备和周瑜面对的是如何切分荆州这块大蛋糕的难题，裁决之人自然是孙权。史载，刘备在取得荆南四郡后，便曾亲赴孙权的驻地京城（今江苏镇江）拜会孙权，其目的是"求都督荆州"，也就是希望代替周瑜，为孙权总督荆州事务。这是一步十分冒险却十分高明的棋，一来可以打消孙权的顾虑，做出"我把你当主公，我为你守荆州"的姿态；二来也可以理直气壮地向孙权索要更多在荆州的合法权益。

　　而此时的周瑜，已经对刘备这个危险的盟友抱有高度的警惕。在刘备赴江东之时，周瑜就向孙权上疏，建议他趁机将刘备迁往吴地居住，以美色娱其心志，并隔离开关羽与张飞，从而将刘备彻底掌控在自己的手中。如果丧失了这个机会，让这三个人重新聚在一起，恐怕导致的结果就是"蛟龙得云雨，终非池中物"。原信如下：

　　刘备以枭雄之姿，而有关羽、张飞熊虎之将，必非久屈为人用者。

愚谓大计宜徙备置吴，盛为筑宫室，多其美女玩好，以娱其耳目，分此二人，各置一方，使如瑜者得挟与攻战，大事可定也。今猥割土地以资业之，聚此三人，俱在疆场，恐蛟龙得云雨，终非池中物也。（《三国志·周瑜鲁肃吕蒙传》）

周瑜此计，算不得高明，更算不得正派，却是当时孙权抑制刘备最有效的方式。以刘备之雄杰，自然不会心甘情愿地放弃自己的英雄梦，老老实实去吴地做一个"富家翁"。周瑜的潜台词无非就是让孙权趁着刘备到江东的时候将其软禁，然后授权周瑜动用武力消灭关羽、张飞，彻底解决这一心头大患。在江东内部，吕范也赞同周瑜的主张，劝孙权扣留刘备。但此举遭到了鲁肃的强烈反对，作为孙刘联盟最初的倡导者和坚定的守护者，鲁肃不遗余力地为刘备说情，他认为当下曹操虽败，但依旧是江东最大的敌人，孙权不仅不应该与刘备为敌，还应当"借地"予刘备屯驻，让刘备成为抵御曹操的藩篱。"多操之敌，而自为树党，计之上也。"这就是大家所熟悉的"借荆州"。

一个主张徙吴以禁锢，一个主张借地以为党羽，昔日同心抗曹的周瑜和鲁肃，在如何对待刘备的问题上，竟然针尖对麦芒，给出了两个截然相反的方案。孙权深知，他的抉择不仅将决定刘备的命运，还将影响今后天下形势的演变，其意义绝不亚于他两年前在桌角砍下的那一剑。

孙权选择了鲁肃的建议，理由很简单，那就是在赤壁之战后，他开始有一种超然的自信。尽管他已经充分了解刘备此前二十年间在任何一任主公的麾下都不那么安分的历史，但依然相信自己能够驾驭刘备这匹不羁的烈马，可以让刘备心甘情愿地为自己"看家护院"。反倒是周瑜，作为一位从孙策死后就站在孙权身边指导他如何治国的兄长般的人物，在两次大捷之后声威大震，与孙权的关系也变得微妙起来。

刘备正是嗅到了这一层关系，才在拜会孙权的时候，当面离间他与周瑜的关系。刘备说："公瑾文武筹略，万人之英，顾其器量广大，恐不久为人臣耳。"前半句是夸，后半句是砸，心机之深，令人叹服。也许只有刘备，才知道"不久为人臣"这五个字的杀伤力。我们无法得知当时孙权的反应，但这五个字，就像块顽石一样投入了孙权那深不见底的心海里，虽然掀不起风浪，却让原本平静的水面泛起了阵阵涟漪。

刘备满意地获得了在荆州的权益，毫发无损地离开了江东。不久，刘备向朝廷表举孙权为徐州牧，孙权则将妹妹嫁给刘备，加固双方的盟好。关于这场联姻，《三国志·先主传》认为是孙权对刘备产生了畏惧。（"权稍畏之，进妹固好。"）这恐怕是蜀人对刘备的美化，并非实情。仅仅占据荆南四郡的刘备还不至于让孙权畏惧。孙权嫁妹的真实动机，可能还是出于对刘备的防范。史载孙夫人嫁过去之后，随身带着持刀侍婢百余人，且"多将吴吏兵，纵横不法"，刘备则"心常凛凛"，"惧孙夫人生变于肘腋之下"。可以想见，这并不是一段对等的、幸福的婚姻，更像是孙权给刘备套上的一副纸枷锁。刘备为了让孙权放心，只有暂时忍耐。

三、养虎为患

又是"借地"，又是嫁妹，孙权给予刘备超乎寻常的信任让周瑜大惑不解。而此时的周瑜，也大约能够感受到自己与主公孙权之间的些许隔阂。孙权已非当年那个少不更事的孩子，他需要的是一个能够帮助他实现霸业的臣子，而不是一个用长辈口吻来训导他的"兄长"，这也是为什么孙权更愿意信任鲁肃而非周瑜。当领悟到孙权的这一层心思时，周瑜也许才明白自己当初劝孙权囚禁刘备是多么不合时宜——孙权对周瑜的期待，是为孙氏政权实现更高层次的战略，即与曹操争衡天下，而不是揪着眼前无关痛痒的刘备不放。

周瑜风尘仆仆地赶到京城拜见孙权，向孙权献上了自己的作战计划：从南郡出兵西进，攻取益州刘璋，而后北上吞并汉中张鲁，并与关中马超呼应，共图曹操。这一蓝图可以被视为鲁肃所说的"竟长江所极"的升级版和细化版，明确提出了西取巴蜀、汉中，与曹操南北并峙的构想。同时，为了打消孙权对他拥兵自重的顾虑，争取孙权的充分信任，周瑜还在作战计划中特意加入了孙权的堂兄弟、奋威将军孙瑜，包括安排孙瑜和自己共同统帅西征大军，在战胜之后留孙瑜固守蜀地，自己则回到孙权身边与他一道在襄阳抵抗曹操。

孙权对周瑜如此谦恭的姿态表示满意，立即批准了他的作战计划。对于这次远征益州，周瑜可谓是做了充足的准备，可是周瑜千算万算，却没有算到，孙权竟然转手就将他的计划写信告诉了刘备，并邀请刘备共同伐蜀。信中说：汉中张鲁已经沦为曹操的耳目，时刻准备并吞益州；而益州牧刘璋又不能自守，与其让益州为曹操所得，不如我们抢先攻取刘璋、张鲁，到那个时候，就算有十个曹操，咱也不怕了。原信如下：

　　米贼张鲁居王巴汉，为曹操耳目，规图益州。刘璋不武，不能自守。若操得蜀，则荆州危矣。今欲先攻取璋，进讨张鲁，首尾相连，一统吴楚，

虽有十操，无所忧也。（《三国志·先主传》裴注《献帝春秋》）

这封信的到来，让刘备一下子难以安睡。很显然，周瑜的入蜀战略和诸葛亮给刘备设计的"隆中对"战略高度重合。如果听任周瑜西取益州、北联马超，那么刘备将没有任何战略空间可以拓展，注定将成为孙权的附庸，这对于"宁为鸡口，毋为牛后"的刘备来说，是无论如何都不能忍受的。

针对孙权的邀请，刘备帐下主簿殷观认为，出兵助孙权伐蜀是不可取的，因为这样做进不能克蜀，退则可能被孙吴偷袭，很不划算。不如表面上赞同孙权的计策，但借口新占领诸郡不能轻易动兵，"吴必不敢越我而独取蜀"。

刘备采纳了殷观的意见，事后还为他加官至别驾从事。但据《献帝春秋》载，刘备却给孙权回了一封很"刚"的信，全盘否定了西取益州的战略。在信中，他首先反驳孙权对益州局势的判断，认为刘璋虽弱，但凭借蜀地的富足和蜀道的艰险，足以自守；张鲁虚伪，也未必听命于曹操。这时候长途跋涉去攻伐益州根本不是什么好计策，即便军事艺术大师孙武、吴起再世，也不可能保证战必胜、攻必克。刘备还提醒孙权，曹操虽然赤壁失利，但他可没有丧失斗志，还始终梦想着"饮马于沧海，观兵于吴会"，如果在讨伐益州的时候曹操乘虚而入，那损失可就大了。原信如下：

益州民富强，土地险阻，刘璋虽弱，足以自守。张鲁虚伪，未必尽忠于操。今暴师于蜀、汉，转运于万里，欲使战克攻取，举不失利，此吴起不能定其规，孙武不能善其事也。曹操虽有无君之心，而有奉主之名，议者见操失利于赤壁，谓其力屈，无复远志也。今操三分天下已有其二，将欲饮马于沧海，观兵于吴会，何肯守此坐须老乎？今同盟无故自相攻伐，借枢于操，使敌承其隙，非长计也。（《三国志·先主传》裴注《献帝春秋》）

孙权没有想到，他出于善意邀请刘备，竟然碰了一鼻子灰，可能他到这时候也没有意识到，刘备并非目光短浅，而是想将益州据为己有。孙权不听刘备劝，催促孙瑜率军往夏口，继续执行伐蜀大计。而从江东出兵伐蜀则必然要经过刘备的地盘，刘备索性出动了兵马，使关羽屯江陵，张飞屯秭归（今湖北秭归），诸葛亮据南郡，自己驻守屠陵，完全阻挡了孙瑜的进军路线。同时他还给孙瑜寄去了一封信，信中有这么一句："汝欲取蜀，吾当被发入山，不失信于天下也。"

什么是"被发入山"？就是将发髻解开，长发披面，奔入山林之中。这四个字非表演型人格的天才不能创造。一个有身份的谦谦君子，不顾尊严，不要地位，像一个狂野之徒一般"被发入山"，他到底想要做什么？

这里没有说明白，不急，相似的叙述，我们在《三国志·周瑜鲁肃吕蒙传》和《华阳国志·刘先主志》中还能寻到。前者中列出了一封刘备给孙权的书信：

备与璋托为宗室，冀凭英灵，以匡汉朝。今璋得罪左右，备独竦惧，非所敢闻，愿加宽贷。若不获请，备当放发归于山林。

《华阳国志》也列出了一封刘备给孙权的书信：

益州不明，得罪左右，庶几将军高义，上匡汉朝，下辅宗室。若必寻干戈，备将放发于山林，未敢闻命。

两封信内容大同小异，不再是分析伐蜀之计的失策，而是代刘璋向孙权求情。大意无非是说，刘璋跟我都是汉室宗亲，不知道他哪里得罪了将军您，我替他请个罪吧，如果将军您还不放过他，执意要出兵讨伐，那我只好"放发山林"了。"放发山林"和"被发入山"，显然是一回事儿。

话都说到这个份上了，孙权还能怎么办呢？《献帝春秋》认为，孙权知道刘备坚持反对西征刘璋，于是命孙瑜退军了。实质上，孙权撤军的真正原因是周瑜突然离世。就在周瑜领命返回江陵展开伐蜀大计时，他在途经巴丘（今湖南岳阳）时一病不起，抱憾而终，年仅三十六岁。周瑜的早逝让孙权痛失栋梁，也让孙氏政权西取益州的战略不得不暂时搁浅。

可以想见，周瑜在临终之前有多么不甘心，他还有许多未竟的事业等待着他去完成，留下的唯有英雄遗恨。在病困之中，周瑜给孙权写了绝笔书，书中除了推举鲁肃继任以外，最重要的内容就是提醒孙权防范刘备。"今既与曹操为敌，刘备近在公安，边境密迩，百姓未附。""方今曹公在北，疆场未静，刘备寄寓，有似养虎，天下之事，未知终始。"周瑜将刘备与曹操并置在一起，作为孙氏政权最为可怕的两大敌人，反复告诫孙权不要养虎为患，铸成大错。

英雄们的那些遗言，往往都会一语成谶，这似乎成为中国历史中的一个奇特的规律。周瑜遗书中的"寄寓之虎"，即将在不久之后露出它锋利的獠牙。

四、引狼入室

建安十五年，周瑜的灵柩被送回吴郡，孙权亲自在芜湖迎接，流泪不止，之后一应后事料理，不在话下。葬礼结束后不久，一名扶灵的官员出了吴县的阊门，径直向西而去。此等小事，想来并没有引起江东之主孙权的注意，他不会想到，正是这个人，将彻底毁掉他"竟长江所极"的两分天下之梦。

这个人就是襄阳人庞统。

历史上的庞统并没有给曹操献过连环计，也没有为徐庶设计脱身，甚至很可能并不貌丑。在周瑜占据南郡之后，庞统就已经是周瑜帐下功曹，参与军政大事。庞统参加完周瑜的葬礼，报了对故主的恩情之后，便迫不及待地投身刘备帐下，在鲁肃"庞士元非百里之才"的举荐之下，迅速成为刘备身边仅次于诸葛亮的亲信谋士。

庞统出身荆襄大族，被司马徽称为"南州士之冠冕"，对刘备而言，他更有价值的身份是曾在周瑜身边做事，周瑜的一切军机事务他都了然于胸。一次刘备在与庞统宴饮时，特意向他求证，有没有周瑜劝孙权软禁他于吴地这件事情，庞统回答："有。"刘备冷汗直流，说："好险啊！幸亏当时孙权没有听他的，否则我可不就栽在周瑜手里了！"

正所谓富贵险中求，正是这一次连诸葛亮都反对的冒险行为，让刘备成功取得了孙权的信任，不仅在孙权的默许下吞下了荆南四郡，更在周瑜死后"借"得了控扼长江的南郡，将荆州大半置于自己手中。但是在庞统看来，此时的荆州经历了三年战乱，土地荒芜，人才凋零，根本无法凭借此地与曹操、孙权呈鼎足之势。刘备唯一的出路，就是西出巫峡，夺取有"天府之国"之称的益州。

庞统的说辞，跟诸葛亮的"隆中对"可谓不谋而合。我们甚至有理由相信，在周瑜身边目睹了孙氏政权伐蜀战略的出台的庞统，极有可能将这份战略规划原封不动地奉送给了刘备。因此，当刘备还在犹豫征讨益州刘璋会不会让自己失信于天下的时候，庞统立即打消他的顾虑："今日不取，终为人利耳。"这里的"人"，自然指的是孙权。虽然周瑜已死，但这不代表孙权放弃了西取益州的战略，如果不抢在孙权之前占据益州，就没法改变刘备大半辈子夹缝中求生存的命运。

庞统一席话，让刘备大彻大悟。他原本以为，只要自己的人生哲学跟他的死敌曹操相反，他就可以成大事，比如曹操急躁，他就稳重；曹操残暴，他就仁厚；曹操诡谲，他就守信。但事实证明，他的这一套对收买人心很是有用，对称雄图霸却是毫不顶用，否则，他也不至于快五十岁了还要冒着被拘禁的风险去向孙权这个晚辈求"借"地盘。从踏入巴蜀大地开始，刘备更加清晰地认识到，自己跟曹操本质上是一路人。

刘备入益州，最初是受了刘璋的邀请，为刘璋抵御宿敌张鲁。但刘备驻扎在葭萌（今四川广元市西南）后却并不打算讨伐张鲁，而是广施恩德，收买人心。时间到了建安十七年（212），曹操统率大军南下濡须，对孙权造成巨大的军事压力，而此时的孙权居然天真地向刘备求援。他没想到的是，刘备拿到他的求救信后，却反过去敲了刘璋一笔竹杠。刘备在给刘璋的信中说，我的盟友孙权与我唇齿相依，现在为曹操征伐，关羽又在青泥为曹操的将领乐进所困，如果不去救的话，恐怕后院会失火。而张鲁嘛，不过是自守之贼，不必忧虑。说完这番话，就开口向刘璋索要一万士兵和大量钱粮军需。原信如下：

> 曹公征吴，吴忧危急。孙氏与孤本为唇齿，又乐进在青泥与关羽相拒，今不往救羽，进必大克，转侵州界，其忧有甚于鲁。鲁自守之贼，不足虑也。（《三国志·先主传》）

刘璋就算是再好欺负，这时候也该清醒了。好嘛，我请你来帮我打张鲁，给你城池给你粮饷，你待了一年啥活儿没干，现在跟我说张鲁没必要打，狮子大开口要兵要钱就想走？还有这等好事？

换作别人，早就勃然大怒了，可是这刘璋还真是个憨厚的人，打了个折扣，答应给刘备四千兵，其余粮饷折半。即便这样，刘备也有翻脸的理由了。史载，他拿着这个折扣单子怒气冲冲地对着众将说："吾为益州征强敌，师徒勤瘁，不遑宁居；今积帑藏之财而吝于赏功，望士大夫为出死力战，其可得乎！"（我们辛辛苦苦为他杀敌，他却吝啬手中的钱财，还想让我们为他出死力，这太荒诞了！）当然，这是刘备为了激怒众将所做的表演。紧接着，刘备按照庞统的计策，袭杀了刘璋派来的将领杨怀、高沛，进占涪城（今四川省绵阳市涪城区），正式卸下了自己的伪装，将战火引到巴蜀大地之上。

五、岁在甲午

而此时，在濡须口与曹操相峙，焦急地等待刘备援兵的孙权，浑然不知当初那个信誓旦旦地为刘璋求情、甘愿"放发山林"的刘备，此时已经与刘璋刀兵相向。然而他身边的术士吴范已经预知到未来："岁在甲午，刘备当得益州。"孙权不相信以刘备的力量能够独吞益州，自然没有将吴范的预言放在心上。

其实，孙权对刘备也不是没有提防。此前，刘备引军入川为刘璋防备张鲁，孙权也派了昭信中郎将吕岱率两千名士兵跟随，一则助战，二则也有监视之意。相比刘备的避战，吕岱倒是曾试图主动出击，打算诱张鲁至汉兴蹇城（今四川剑阁）击之，但张鲁没有上当，吕岱看没有战机，也就撤兵回江东了。他离开的时候，刘备已经与刘璋撕破脸皮了，因此吕岱为孙权带回来了第一手的情报，可情报内容却是说，刘备"部众离落，死亡且半，事必不克"。

吕岱所言也并不是空穴来风。刘备征益州的开始阶段的确比较艰难，军师中郎将庞统中箭身亡，围攻雒城（治今四川广汉市北）近一年难以攻克。据《三国志·袁张凉国田王邴管传》，当时北方都流传着刘备已经在益州战死的消息，群臣向曹操庆贺，只有郎中令袁涣因为恩主之故不贺。此时已是建安十八年（213），曹操与孙权在濡须口会战数次，各有胜负，最终各自退去，而对于远在益州的刘备，他们都似有隔岸观火之意，等着看刘备的笑话。

直到翻过年去，建安十九年（214），在这个甲午年的夏天，曹操和孙权都收到了一则令人震惊的消息：刘璋开城投降，刘备入主成都，并自领益州牧。至此，地跨荆、益两州的刘备，在五十四岁到来的这一年，正式拥有了可以与曹操和孙权叫板的资本，三国鼎立的版图，也开始形成了大致的轮廓。

孙权感到自己受到了莫大的愚弄，以至听到这个消息后，爆了一句粗口："猾虏乃敢挟诈！"笔者就不翻译成白话了，诸君尽可细品。从赤壁之战到如今的六年间，孙权曾经有许多次机会可以避免这样的结果，如果他听从周瑜的建议将刘备拘禁于吴，如果他贯彻周瑜的战略抢先攻下益州，如果他将庞统留在江东为己所用……可惜历史没有如果，留给孙权的只有悔恨。

可是为君者从来不会自己认错，孙权将这一系列的责任都抛给了鲁肃。多年以后，孙权在与陆逊论及周瑜、鲁肃、吕蒙三位过世的东吴元勋时，还牢牢记着鲁肃的这一过失："劝吾借玄德地，是其一短。"

乱世求存，必然要杂糅王道与霸道，采取诈术与诡道更是不可避免，无论是人们印象中的奸雄曹操还是仁君刘备，概莫能外。但即便如此，刘备在建安十三年至建安十九年间，一面矫情自饰，百般阻挠孙权攻取益州；一面又以助防为名，图谋了刘璋的土地，种种谲诈，不仅背弃了两个曾给予他信任的盟友，也背弃了自己半生的行事准则。对于这件事情，当时还是曹操主簿的司马懿就这样评价道："刘备以诈力虏刘璋，蜀人未附。"而在情感上一向偏向蜀汉的东晋史学家习凿齿也直言不讳地批评："今刘备袭夺璋土，权以济业，负信违情，德义俱愆。"

刘备西取益州，给蜀汉政权翻开了一个新的篇章，同时也酿下了今后的苦果，孙刘之间再难以信义相托，仇恨一旦滋生，就会像一个危险的雪球一样，越滚越大，直到雪崩的那一刻。

建安二十年，孙权向刘备索要荆州不成，派吕蒙发兵去夺长沙、零陵、桂阳三郡；刘备则亲率五万大军东向。孙刘两家由盟友翻脸而成仇敌，后因为曹操南下汉中，威胁巴蜀，刘备才不得不与孙权划湘水为界，暂时媾和。

建安二十四年（219），孙权遣使向镇守荆州的关羽提亲，请求为儿子迎娶关羽之女。关羽骂辱使者，又借口缺粮，擅自派兵取东吴湘关之米。孙权大怒，于是趁关羽北上围樊城之时，使吕蒙白衣渡江奇袭江陵。关羽败，为孙权将潘璋所擒，斩于临沮。

关于关羽之败，很多人认为是孙权违反盟约偷袭所致，但东吴政权并不这么认为，他们坚持认为是刘备、关羽背弃孙刘联盟在先，东吴才被迫采取行动。多年以后，吴国大臣韦昭受命作十二首鼓吹曲，以歌颂吴国的武功烈绩。其中一首叫《关背德》，顾名思义，就是在指责关羽背信弃义。其词如下：

关背德，作鸱张。割我邑城，图不祥。称兵北伐，围樊、襄阳。嗟臂大于股，将受其殃。巍巍夫圣主，睿德与玄通。与玄通，亲任吕蒙。泛舟洪泛池，溯涉长江。神武一何桓桓，声烈正与风翔。历抚江安城，大据郢邦。虏羽授首，百蛮咸来同，盛哉无比隆。（郭茂倩《乐府诗集》）

东山犹叹：

建安文人的欢聚离散

一、南皮之游

建安二十年三月，魏公、丞相曹操亲领大军西征汉中张鲁，其次子、二十九岁的五官中郎将曹丕随军从征，在经过孟津县时，曹丕得到父亲的军令，驻扎在这里。一直到五月，曹丕一面在焦急地等待前方的战报，一面在揣测父亲那深不可测的心思，忧虑着自己的处境。

五月十八日这天，曹丕孤坐寓中，在这个寂静无声的夜晚，忽然想起了四年前的南皮之游，那份自在与欢乐仿佛就在昨日，在一片暮色之中，他仿佛能够看见那些文士友人的容貌。曹丕思来想去，夜不能寐，便提起笔来，决定给好友吴质写一封私人信函（全信见附1）。

吴质，字季重，济阴（治所在今山东定陶）人，博闻强识、文采斐然，和曹家的诸位公子经常往来，吟诗作赋，是圈子里的红人。他比曹丕大十岁，曹丕对他特别敬重，与他私交甚好。作为曹家公子的座上宾，他也参与了那次南皮之游。

此时的吴质已经被贬到朝歌（治所在今河南淇县）做县长。虽然朝歌与曹丕所居的邺城相距并不远，但由于曹操对诸子交往的严格限制，他们会面已非易事，只有通过书信进行往来。

在信中，曹丕说完了开篇的客套话后，直奔主题，怀念起南皮之游的欢乐时光。从信中的描述可以看到，那次的游玩可谓十分尽兴。曹丕与他的文友们读六经、谈百家、玩弹棋、戏六博、赛骏马、品美食，可谓尽享人生之乐趣。"浮甘瓜于清泉，沈朱李于寒水。"在篇幅不长的书信中，曹丕对美食的记忆细致到记得用冰水清泉泡过的甜瓜、红李子。在同样一个五月的仲夏之夜，想起如此清凉爽口的美味，曹丕依然口舌生津、津津有味。

南皮，属冀州渤海郡，即今河北南皮。汉末，袁绍任渤海太守，即以南皮为基业兴兵，遂鹰扬河朔。后袁绍死，其子袁谭与袁尚争位，袁谭走保南皮，曹操率军攻破之，斩袁谭而平冀州。曹操在这次胜利后心情大好，于是给自己放假一天，在南皮负弓走马、射猎为戏，"一日射雉获六十三头"。

曹丕与其父有诸多相像之处，其中之一就是喜好射猎。他曾在一首诗中这样描述自己的射猎场景：

行行游且猎，且猎路南隅。弯我乌号弓，骋我纤骊驹。走者贯锋镝，伏者值戈殳。白日未及移，手获三十余。

居住在邺城之后，曹丕仍然我行我素，时常换上便衣，带着随从去郊外射猎。冀州别驾崔琰直言规劝，他才稍作收敛。射猎是南皮之游中重要的一个项目，这或许也是曹丕对父亲的一种效仿。

南皮之游的时间，早不过建安十年（205）曹操平定冀州，晚不过建安十七年。因为阮瑀死于建安十七年，而在曹丕给吴质的信中，他特意提到了"元瑜长逝，化为异物"，表达了对阮瑀（字元瑜）的怀念，所以阮瑀当是南皮之游的参与者。而据《三国志·王卫二刘傅传》，曹丕为五官中郎将时，与北海徐幹、广陵陈琳、陈留阮瑀、汝南应场、东平刘桢并见友善。这些当时蜚声海内的文人，都依附于曹氏，齐聚邺下，也都参与了这场南皮之游。曹丕为五官中郎将是建安十六年正月的事情，故而南皮之游的时间可确定为这一年的五月。

这一年，曹丕二十五岁，在长兄曹昂阵亡后，他便是曹操众多儿子中最年长的一个。但曹操似乎更偏爱他那些聪颖的弟弟。比如小他九岁的曹冲，自小聪明伶俐，为曹操所独爱。曹操甚至多次对群臣表示"有欲传后意"。只可惜曹冲年仅十三岁便染病夭折。随后，小他五岁的同母弟弟曹植，又凭借着出口成章的斐然文采让曹操格外青睐。曹操在邺城筑成铜雀台，曹植援笔而成《铜雀台赋》，洋洋洒洒，让曹操大为欢心，也让曹丕内心忐忑不宁。建安十六年正月，朝廷的册封旨意下达到邺城，封曹丕为五官中郎将、副丞相，曹植为平原侯。表面上看，曹丕可以在曹操征战在外时署理丞相职能，似乎有着隐性的"世子"身份，但实质上，曹植虽封侯却并未就藩，仍居于邺城，宠爱未衰。曹丕与曹植的暗战才刚刚开始。

邺下在曹丕、曹植的引领下成了文学的中心。文人们终日在西园中饮酒畅叙、吟诗作赋，其中包括被曹丕纳入五官中郎将府为文学掾的徐幹、应场、刘桢，为曹操掌文书的陈琳、阮瑀，出身名门的王粲，以及吴质、邯郸淳、繁钦、路粹、丁仪、丁廙、杨修、荀纬等。曹丕曾在诗中如此描绘西园之宴的情景："乘辇夜行游，逍遥步西园。"而曹植的诗中亦有相似的画面："清夜游西园，飞盖相追随。"

这是乱世之中难得的平静时光，也是两位喜好文学的公子哥难得的和睦之时。

再对比曹丕在《与吴质书》中描述的南皮之游的景象："皦日既没，继以朗月，同乘并载，以游后园。"我们可以看到，这种情绪是连贯的，都是属于建安十六年曹公子的浪漫记忆。

然而，正是在南皮之游的时候，伴随着暮色降临，清风拂面，悲吟的胡笳声呜咽作响，曹丕的心头随之泛起了一股悲凉，他收敛起了脸上的笑容。他在冥冥之中感觉到，这样的快乐时光并不会长久——天下尚未平定，战争仍在继续，未来依然有太多的不确定，今日的欢乐，也许正预兆着明日的灾祸。他从出生之日起，就是一个悲观的人。他将自己的心思向众人和盘托出，吴质等人也转喜为悲，"咸以为然"。

后来的状况，不幸被曹丕言中。南皮之游后不久，发生了刘桢平视甄氏的事情。

甄氏是曹丕的妻子，是一位绝色佳人。一次曹丕与府内众文士宴饮，大家都喝得有些醉时，曹丕唤甄氏出来会见众人。依礼，众人为臣下，见主公的夫人都须伏地而拜，但刘桢生性不拘礼数，加上那天确实酒喝多了，不仅不伏地，反而直勾勾地盯着甄氏看。这就犯了大不敬之罪。曹操得知此事后，雷霆震怒，将刘桢收监，本欲降死罪，后来改为以服役抵罪。与此同时，与曹丕关系亲密的吴质也被遣出邺城，担任朝歌长。

显然，曹操对刘桢和吴质的处置，是在敲打乃至警示曹丕。这起事件也足以成为一个教训，让曹丕知道在这复杂的政治生态中，他必须如履薄冰、战战兢兢地走完余下的人生之路。

吴质被外放，无辜遭受牵连，这让曹丕始终内心不安，于是四年之后曹丕给吴质寄去的这封信，除了分享昔日南皮之游的美好记忆外，也有委婉表达歉意的意图。只是他未曾想到，真正的灾难，还没有到来。

二、大疫来袭

汉末三国，不仅是天下纷乱之际，也是疾疫肆虐之时。二者互为因果：战乱频繁加速了疫病的传播，而大规模的疾疫致死又会引发新的乱象。汉灵帝时期，正是因为疫病在民间盛行，官府无力医治，才有了张角兄弟以行医为名发展教徒数十万人，掀起了光和七年的黄巾起义。此后，疫病隔三岔五就光临这片满目疮痍的土地，并且常常与大规模的战事相伴。

建安十三年冬，曹操在赤壁大败于孙刘联军，其中最主要的原因是曹军营中暴发严重的瘟疫，致使吏士成批死亡，曹操不得不烧船自退。

建安二十年，孙权趁曹操西征张鲁时北上合肥，但张辽守城有方，孙权不仅不能速胜，反而遇上疫疾暴发，就在撤军返回的时候，被张辽奇袭于逍遥津，险些丧命。

建安二十一年，曹操称魏王，但并没有如众位臣僚期待的那样正太子之位，而是于当年冬天再度率军东下，以报复前一年孙权的入侵。然而到了建安二十二年正月，又是一个寒风刺骨的隆冬时节，瘟疫再度袭来，并且在曹军抵达居巢时于军中暴发。

这场瘟疫来得猝不及防，以致出现军中高级官员染病而死的现象。其中最著名的是时任兖州刺史的司马朗。他当时正随军负责后勤保障。得知军中暴发疫病，为官勤勉的司马朗亲自夫病患营中巡察，为患者递送汤药，但不幸感染瘟疫去世，年仅四十七岁。司马朗的早逝，让其二弟司马懿不得不挑起家族的重担，某种程度上也加速了司马懿在政治上的成熟。

然而这仅仅是这场瘟疫的开始。当年三月，曹操因为疫病从濡须撤军，但是由于缺乏有效的防护措施和治疗手段，病毒随着士兵的北归向北方扩散，导致了疫情的加剧。曹操统治的北方成为重灾区。

曹植在《说疫气》一文中描述了疫病流行导致的惨状：

家家有僵尸之痛，室室有号泣之哀。或阖门而殪，或覆族而丧。或以为疫者鬼神所作。

曹植在文中提到，许多百姓愚昧无知，以为疫病是鬼神降临惩罚人间，于是纷纷请巫师在家中悬挂符咒做法事，祛除厉鬼，自然是无济于事。但是曹植本人明显也对疫病缺乏科学的认知，他只能按照阴阳学的说法，将疫病归咎于"阴阳失位，寒暑错时"。

时年三十一岁的曹丕也是这场瘟疫的见证者，他当时奉命与母亲卞氏、儿子曹叡和女儿东乡公主随军东征，目睹了疫病在军中的暴发。次年二月三日，在疫情已经平息之后，曹丕再一次给吴质寄去书信（全信见附2），在信中悲痛地说道："昔年疾疫，亲故多离其灾，徐陈应刘，一时俱逝，痛何可言邪！"可见，徐幹、陈琳、应场、刘桢都在这大灾之年因疫病去世，再加上王粲在随军东征途中因其他疾病去世[1]，"建安七子"中的五人于同一年谢世，建安文学的巅峰期就此宣告落幕。

"建安七子"的称号，首见于曹丕的《典论·论文》：

今之文人：鲁国孔融、广陵陈琳、山阳王粲、北海徐幹、陈留阮瑀、汝南应玚、东平刘桢，斯七子者，于学无所遗，于辞无所假，咸以自骋骥𬴂于千里，仰齐足而并驰。

同时，他还在文章中逐一评点七人的文采优劣：

粲长于辞赋，幹时有逸气，然非粲匹也。如粲之初征、登楼、槐赋、征思，幹之玄猿、漏卮、圆扇、橘赋，虽张、蔡不过也，然于他文未能称是。琳、瑀之章表书记，今之俊也。应玚和而不壮，刘桢壮而不密。孔融体气高妙，有过人者，然不能持论，理不胜辞，至于杂以嘲戏。及其所善，扬、班俦也。

七人中，孔融早在建安十三年就被曹操所杀，和其他六人不同，他是曹氏政权的反对者和批评者，甚至曾当着曹操的面嘲讽曹丕纳甄氏一事，但曹丕仍然对孔融的文采仰慕不已，在他死后用重金收购他的遗作，并且对他的作品做出了较为公允客观的评价。

经历了建安二十二年的大疫，"建安七子"已成历史，南皮之游更是不可再得。因此在曹丕给吴质的第二封信里，悲伤的情绪就更为浓郁。曹丕再一次回顾了当年的南皮之游，怀念与众位文友把盏共饮、赋诗唱和、一醉方休的潇洒时光。（"每至觞酌流行，丝竹并奏，酒酣耳热，仰而赋诗。当此之时，忽然不自知乐也。"）但他笔锋一转，随即感叹，本想与知交故友相守百年，不想几年之内，友人纷纷零落成泥。"谓百年己分，长共相保，何图数年之间，零落略尽，言之伤心！"

在信中，曹丕还对除孔融外的建安六子做了逐一点评。考虑到这封信可能写于《典论·论文》之前，故而信中的评论内容或为《论文》的初稿，可以互照。比如对于徐幹，他评价非常高，称其《中论》二十余篇"辞义典雅，足传于后，此子为不朽矣"。然而除却文章，曹丕更欣赏徐幹的是他淡泊名利的处世态度。殊为难得的是，尽管中国向来有"死者为大"的传统观念，但曹丕在评价几位已逝的文友时，却对他们并不护短和过度赞誉，反而直率地提出了一些批评。比如说陈琳"章表殊健，微为繁富"，说刘桢"有逸气，但未遒耳"，说王粲"善于辞赋，惜其体弱，不足起其文"。这与他后来在《论文》中褒贬平衡的风格可谓一脉相承，无心之中，曹丕开启了一扇被称为"文学批评"的大门，在中国文学史上具有里程碑式的意义。

作为这次大疫的亲历者和见证者，曹丕更加认识到了生命的脆弱和短暂，这也激励他将更多精力投入文学的编辑与创作。他在信中提到，自己正在做的一件事就是将此六子的遗作编纂成集。（"顷撰其遗文，都为一集。"）而他的《典论》也大致是从此时开始动笔的。后来，他在给大理王朗的信中，提到了这次大疫对自己文学观的影响："人生有七尺之形，死为一棺之土。惟立德扬名，可以不朽；其次莫如著篇籍。"

在曹丕看来，人的生命很短暂，但文学的生命是永恒的。于是，就有了后来他在《典论》里那句对文学地位的经典论述：

盖文章经国之大业，不朽之盛事。年寿有时而尽，荣乐止乎其身，二者必至之常期，未若文章之无穷。

注释：

①《三国志》载，王粲在随曹操东征途中病逝，但他并非死于瘟疫。据皇甫谧《甲乙经》载，王粲二十岁时曾遇名医张仲景，张仲景对他说："君有病，四十当眉落，眉落半年而死。"张仲景让他含服五石汤治病，但王粲讳疾忌医，不愿服汤，二十年后果然眉落，后一百八十七日而死。曹丕在《又与吴质书》中写道"昔年疾疫，亲故多离其灾，徐陈应刘，一时俱逝，痛何可言邪"，独不提王，也可为证。

三、风云之会

实际上，此时曹丕的境遇已经比写上一封信时要好得多。在大疫结束那年十月，魏王曹操做出了一个重要的决定，即立曹丕为太子。我们无法得知曹操这个突如其来的决定和这一年的大疫有没有关系，更无法揣测曹操的内心中是否真正认可了曹丕作为自己的接班人。但是从曹丕给吴质的信中，我们丝毫看不到他喜悦的心情，反而看到他充满了迷茫。字里行间，他完全没有因为身为太子而居高临下，而是以一个友人的身份，推心置腹地与吴质探讨着文学的意义、生命的更迭。他对吴质说，自己每日思虑过甚，以致常常夜不能寐，身体也大受损伤，呈现出未老先衰的迹象。他甚至用相当严厉的语句贬抑自己，说自己"以犬羊之质，服虎豹之文。无众星之明，假日月之光"。曹丕以一个文人的细腻情感，顾影自怜，写下了对自己人生的哀叹。

曹丕与吴质本是君臣，曹丕没有必要对吴质过度自谦，他的这一番自我反思，可以被视为他当时真情实感的流露。回到建安二十三年（218），曹丕太子位已定，但天下依旧动荡。年逾六旬的曹操正面对着与刘备、孙权东西两线作战的挑战，疲于奔命，而就在曹丕写信的几天前，许都发生了以金祎、耿纪、韦晃为首的叛乱，让曹氏政权陷入内外交困的地步。身在邺城大后方的曹丕坐守殿中，不能为父亲分忧解难，自然而然会产生沮丧和挫败感。他在信中提到，汉光武帝刘秀三十多岁的时候已经在军旅中摸爬滚打了十多年，荡平天下指日可待。而如今他也这般年纪，却碌碌无为，虚度光阴。

联想到此后的一年中，曹操委派三子曹彰北上代郡平定乌丸，委派四子曹植南下樊城救援曹仁，我们就更能理解到曹丕此时心中的惶恐与不安了。他的能力究竟能不能配得上太子这个位置？他究竟能不能在曹操百年之后担负起这江山伟业？他没有把握。

曹丕的一番倾诉在吴质那里得到了回音。吴质在二月八日写下了回信。在信中，吴质除了对南皮之游进行回顾和对陈、徐、刘、应等人逝世表示缅怀外，更重要的是对悲观的曹丕给予安慰与激励。他在信中夸赞曹丕"优游典籍之场，休息篇章之囿。发言抗论，穷理尽微。摛藻下笔，鸾龙之文奋矣"，称曹丕的才华与当年的萧王（刘秀）相比，胜过百倍，因此才得到了许多臣子的拥戴。（"众议所以归高，远近所以同声。"）为了能让曹丕心里好受一些，忠诚的吴质又拿自己举例，说自己已经四十二岁，两鬓染霜，"实不复若平日之时也"。但他马上又表态，称自己尽管已经衰老，但仍旧要为曹丕效犬马之劳。（"臣幸得下愚之才，值风云之会。时迈齿载，犹欲触匈奋首，展其割裂之用也。"）

这一番宽慰的话，对于处于人生低迷期的曹丕来说不啻为雪中送炭。对于能够如此坦诚相待、书信往来的朋友，曹丕势必将用为腹心之人。

在曹丕与曹植的世子之争中，吴质时常建言献计，不遗余力地助曹丕博得曹操的认可。据《魏晋世语》载，一次曹操东征，曹丕与曹植都在路边送行，曹植脱口便咏出歌功颂德的诗赋，让曹操欣喜不已，曹丕不能及，吴质就让曹丕只管痛哭流涕，使周围人都为他的孝心感动，反而显得曹植工于心计、缺乏诚意。

在与曹植的心腹杨修斗智的过程中，吴质也往往能胜出一筹。《魏晋世语》还提到一个故事：当时曹丕经常让人将吴质藏匿在载绢布的车筐里，将他偷偷带进府里谋划大事。杨修得知后，向曹操举报。吴质将计就计，在曹操派人检查时将真正的绢布放满车筐。曹操一查并没有人，反而对杨修多了一份怀疑。

建安二十四年，让曹丕施展拳脚的机会终于到来。这一年曹操奔波于汉中与襄樊战场，统军在外，西曹掾魏讽趁机暗结党羽，图谋在邺城反叛。坐镇邺城的曹丕在得到消息后，果断出击，捕获并诛杀了魏讽一党。此案被株连者多达数十人，其中甚至包括曹丕的故友王粲的两个儿子。但曹丕用凌厉的手段为曹操稳定了后方，无疑博得了曹操的青睐，也让他的太子之位坐得更加稳了。

建安二十五年正月，曹操病逝于洛阳，曹丕嗣王位。此时，昔日南皮之游的好友们，存世的仅有吴质和曹丕的两位族兄弟曹真、曹休。曹真和曹休都有了将军职位，被封侯爵，而吴质在朝歌、元城等县徘徊多年，如今仅屈身为长史。曹丕当然没有忘记这位对他有大恩的老朋友，于是他第三次给吴质寄去书信，在信中表达了自己的愧疚之情：

南皮之游，存者三人，烈祖①龙飞，或将或侯。今惟吾子，栖迟下仕，

从我游处，独不及门。瓶罄罍耻，能无怀愧。路不云远，今复相闻。（《三国志·王卫二刘傅传》裴注）

注释：

①烈祖：对先祖或开创基业的帝王的尊称，这里应该指曹操。

曹丕并非不愿意提拔吴质，只是因为吴质出身低微，而在曹丕刚承嗣王位的时候，他更重要的任务是笼络世家大族，以实现代汉称帝的夙愿。等到当年十月，曹丕终于身登九五之尊，成为大魏开国皇帝，他立即派车驾将吴质接到洛阳，拜为北中郎将，封列侯，使持节督幽、并诸军事，将曹魏北方的两大州的军政大权交付于吴质。

吴质在曹丕一朝，受到格外的尊宠。当年刘桢曾因为平视甄氏而遭曹操责罚，但对于吴质，曹丕竟给予他特权——可以在皇后郭氏面前"仰谛视之"。吴质性情傲慢，曾在一次宴会上折辱大将军曹真和中领军朱铄，与之发生冲突，但曹丕对此不予追究。

魏黄初七年，四十岁的魏文帝曹丕去世。四年后，五十四岁的吴质被魏明帝曹叡调回朝中，担任侍中，于当年夏天病逝。吴质生前做的最后一件重要的事情，就是在魏明帝面前非议司空陈群，说他"非国相之才"，而盛赞骠骑将军司马懿，称其"忠智至公，社稷之臣也"。这话被明帝听进去了，从此疏远陈群，而重用司马懿。而吴质怎么也不会想到，二十年后，正是他口中的这位"忠智至公"的司马懿，篡夺了他的恩主曹丕一手开创的大魏江山。

附1：《与吴质书》

曹丕

五月十八日，丕白：季重无恙！途路虽局，官守有限，愿言之怀①，良不可任。足下所治僻左、书问致简，益用增劳。

每念昔日南皮之游，诚不可忘。既妙思六经，逍遥百氏，弹棋②闲设，终以博弈，高谈娱心，哀筝顺耳。驰骛北场，旅食南馆，浮甘瓜于清泉，沈朱李于寒水。皦日既没，继以朗月，同乘并载，以游后园，舆轮徐动，宾从无声，清风夜起，悲笳微吟，乐往哀来，凄然伤怀。余顾而言，兹乐难常，足下之徒，咸以为然。今果分别，各在一方。元瑜长逝，化为异物，每一念至，何时可言？

方今蕤宾③纪辰，景风④扇物，天气和暖，众果具繁。时驾而游，北遵河曲，从者鸣笳以启路，文学托乘于后车，节同时异，物是人非，我劳如何！

今遣骑到邺，故使枉道相过。行矣，自爱！

译文：

五月十八日，曹丕说，季重兄，别来无恙！虽然我与您相距不远，但因也我身负着公务要职，即使对您有殷切的怀念之情，也始终无法相见。您任职的朝歌县地处偏僻，我只能用书信的方式向您表达问候，更增加了您的烦劳。

如今我经常怀念起当年的南皮之游，那真是令人难忘的经历啊。我们当时一起研习六经的奥妙，在诸子百家的学说中畅游，时而玩弹棋游戏，时而对弈，每日畅快地谈天说地，连哀怨的筝声都变得悦耳起来。在北场纵马驰骋，在南馆欢饮达旦。我们品尝着清泉之上的甜瓜与红李子。等日头西沉，明月升起，我们就一起乘上车驾去后园游玩，夜色之下，车轮缓缓地转动，我们都寂静无声，这时候一阵清风袭来，不知从哪里传来悲凉的如同在呜咽的胡笳之声，我们欢乐的情绪一下转向了哀婉，那种凄然的情感令人伤怀。我当时对着众人说，我们今天的欢乐，恐怕难以长久啊，您和众人都点头称是。如今我们果然散落各处。阮瑀已经离开了我们，去往另一个世界，我每次想到这里，都不知道何时才能倾诉衷肠。

如今时值五月，南风吹拂，气候转暖，果树茂盛。有时我乘着车驾向北沿着河曲出游，尽管有演奏胡笳的乐手在前开路，博学的文士在后跟随，然而同样的季节，时代已经大不一样，物是人非，怎能不令人伤感！

现在我刚好派人去邺城办事，便让他绕道去朝歌致信于您。此致，珍重。

注释：

①愿言之怀：出自《诗经·邶风·终风》"曀曀其阴，虺虺其雷，寤言不寐，愿言则怀"。指殷切的怀念之情。

②弹棋：古代一种桌面娱乐游戏，起源于西汉。据葛洪《西京杂记》，汉成帝时，臣子担心蹴鞠运动量太大伤身，于是献上了弹棋替代。据载，

弹棋的玩法是，两人对局，黑白棋子各六枚，一方用手指弹棋子击打对方棋子，至曹丕时甚至发展到用手巾拂拭击子。弹棋在文人之间非常流行。

③蕤宾：古乐十二律中之第七律。古人将十二律与一年十二月相搭配，称为"律应"。蕤宾位于午，在五月，故代指农历五月。

④景风：南风。

附2：《又与吴质书》

曹丕

岁月易得，别来行复四年。三年不见，《东山》^①犹叹其远，况乃过之，思何可支？虽书疏往返，未足解其劳结。

昔年疾疫，亲故多离其灾，徐陈应刘，一时俱逝，痛何可言邪！昔日游处，行则同舆，止则接席，何尝须臾相失！每至觞酌流行，丝竹并奏，酒酣耳热，仰而赋诗。当此之时，忽然不自知乐也。谓百年已分，长共相保，何图数年之间，零落略尽，言之伤心！顷撰其遗文，都为一集。观其姓名，已为鬼录，追思昔游，犹在心目。而此诸子化为粪壤，可复道哉！

观古今文人，类不护细行，鲜能以名节自立。而伟长独怀文抱质，恬淡寡欲，有箕山之志^②，可谓彬彬君子者矣。著《中论》^③二十余篇，成一家之言，辞义典雅，足传于后，此子为不朽矣。德琏常斐然有述作意，才学足以著书，美志不遂，良可痛惜。间历观诸子之文，对之抆泪，既痛逝者，行自念也。孔璋章表殊健，微为繁富。公幹有逸气，但未遒耳，至其五言诗，妙绝当时。元瑜书记翩翩，致足乐也。仲宣独自善于辞赋，惜其体弱，不足起其文。全于所善，古人无以远过也。昔伯牙绝弦于钟期^④，仲尼覆醢丁子路^⑤，愍知音之难遇，伤门人之莫逮也。诸子但为未及古人，自一时之俊也。今之存者已不逮矣。后生可畏，来者难诬，然吾与足下不及见也。

年行已长大，所怀万端，时有所虑，至乃通夕不瞑。何时复类昔日！已成老翁，但未白头耳。光武言"年已三十，在军十年，所更非一"，吾德虽不及，年与之齐。以犬羊之质，服虎豹之文。无众星之明，假日月之光。动见观瞻，何时易邪？恐永不复得为昔日游也。少壮真当努力，年一过往，何可攀援？古人思秉烛夜游，良有以也。

顷何以自娱？颇复有所造述不？东望于邑，裁书叙心。

译文：

岁月流逝得可真快，我们一别将近四年的时光了。《东山》一诗中战士怀念家乡时都感叹三年很久，而我们未见已经超过三年，这份思念让人如何承受？尽管我们还保持着书信往来，但依然无法化解我对您的思念。

去年一场大瘟疫，许多亲人故友都遭遇了灾祸。徐幹、陈琳、应玚、刘桢，一时间都逝去了，我内心的痛苦无法言喻！回想当年我们一起郊游，出行则必定车驾相连，入室则必定座席相接，哪里有片刻的分离？每逢大家相互敬酒的时候，乐器同时奏响，每个人都喝得酣醉耳热，仰起头来大声咏唱诗赋。在那个时候，我们甚至都没有体会到这就是欢乐。我以为我们都能够有百年的寿命，可以一直这样相处下去，哪能想到这才短短几年时间，好友们凋零殆尽，说起来令人格外伤心。最近我正在编纂他们的遗作，合成一本文集。看到他们的姓名，已经被记在阴间的生死簿上。回忆起当年一起畅游，仿佛近在眼前，而这几位朋友，却已经化为泥土，我又能再说什么呢？

纵观古往今来的文人们，他们大多不拘小节，因此很少能有凭借名节立于世上的人。然而徐幹却文采与品行俱佳，他生性恬淡，无欲无求，有着许由那样的志向，可以说是一位彬彬君子了。他写下了《中论》二十余篇，自成一家之言，文辞典雅，足以流传后世，使之成为一位不朽的人物。应场常常有写作的热情，他的才学也足以著书立说，然而这样美好的意愿却未能实现，实在是一件令人痛惜的事情！最近我经常翻阅这几位朋友的文章，忍不住对着文章抹眼泪，既痛惜于他们的离去，也为自己感到忧虑。陈琳写的奏章和表文，文采雄健，只是略微有些烦冗。刘桢的文章有飘逸的气质，但是力度不足，他很擅长写五言诗，水平超出了同时代的诗人。阮瑀的文书文采斐然，让人读来津津有味。王粲尤其擅长辞赋，只可惜他体弱，文章缺乏气势。在他擅长的辞赋方面，就算是古人也达不到他的高度。当年伯牙因为钟子期的死而摔琴绝弦，是在伤痛知音之人难遇。孔子听说子路被人杀害，剁成肉酱，命人将家中的肉酱倒掉，是在伤痛弟子之中再没有人能比得上他。这六位才子虽然不能与古人比肩，但也是当代的俊才，如今在世的文人们，已经没有能够比得上他们的了。当然，孔子说过，后生可畏，今后的人才是不容忽视的，我只怕你我都看不到了。

如今伴随着年岁的增长，内心总有着万端思绪。我常常思虑过度，以致一整夜都难以入眠。一个人的志向什么时候能再像年轻时那般高远？我觉得我已经衰老了，只是头发还没有变白罢了。光武帝曾经说过："我已经三十多岁了，在军中摸爬滚打了十年，什么事情没有经历过？"我的能力与他差远了，但是也到了三十多岁的年纪。我不过只有犬羊一般的才干，却享受着虎豹一般的身份地位。我没有星辰那样耀眼，不过是假借着日月的光辉罢了。我的一举一动都会被人审视放大，这种日子什么时候才是个头？恐怕我们永远不会再体会到当年南皮之游的欢乐了。真该珍重少壮年华，因时光一旦过去，就再也难以追回了。古人的秉烛夜游之说，的确很有道理啊。

您平常都用什么来消遣时光？写了新的作品吗？我在城中向东望去，写下这封信来表达我的心意。

注释：

①《东山》：出自《诗经·豳风·东山》"我徂东山，慆慆不归……自我不见，于今三年"。诗中描述的是西周初年士兵在经历三年远征后，于返乡途中思念家乡的心情。

②箕山之志：上古贤人许由隐居于箕山，尧帝前来拜访他，请他帮忙治理天下，许由推辞不受，逃至箕山下。因而箕山之志就是指不愿为官、甘愿隐居的志趣。

③《中论》：是徐幹所写的一部政论性著作，系属子书，其意旨"大都阐发义理，原本经训，而归之于圣贤之道"。

④伯牙绝弦于钟期：典出《吕氏春秋·本味》。春秋时伯牙善鼓琴，一日演奏时，钟子期从琴声中听出高山流水的意境，被伯牙引以为知音。后来钟子期死，伯牙摔琴绝弦，终身不再鼓琴。

⑤仲尼覆醢于子路：典出《礼记·檀弓上》。春秋时孔子的弟子子路在卫国的政变中被杀，他的肉被人做成醢（肉酱）孔子听闻后，命人将家中的醢倒掉。

禽权馘亮：

落寞才子的请战之表

曹植，三国时期的杰出诗人之一。诸葛亮，三国时期的杰出政治家之一。这两位人中龙凤，虽然生于同一时代，但一生未能蒙面。如果有一个机会，让曹植与诸葛亮见面，会发生什么？

答案可能会让你非常意外——曹植会拔出刀来，去割诸葛亮的耳朵。

这可绝不是笔者标新立异，耸人听闻。魏太和二年（228），雍丘王曹植向魏明帝上表，请求为国效力。这封《求自试表》（全文附后）中，赫然写着"禽权馘亮"四字，也就是说，一旦让他上了战场，他的目标就是生擒孙权、割下诸葛亮的耳朵。

这篇表章里的曹植是好战的、呼啸的、狂躁的，和我们印象中的那个文气有余而武略不足的曹植有着天壤之别。也许，将曹植定义为一个文学家、诗人本身就是对他的误读与偏见。曹植曾说"辞赋小道，固未足以揄扬大义，彰示来世也"（《与杨德祖书》）。他毕生都在追求政治理想，文学不过是他无心插柳而已。

然而，在写这份表章的时候，曹植已成为这个国家最有名的"囚徒"。这份表章换来的只有更多的失落与孤寂，而文学，反而成了他仅存的自由之隅。

一、白马饰金羁

建安二十五年正月庚子，魏王曹操崩于洛阳寝宫。曹操生前最钟爱的儿子曹植时年二十九岁，命运在这一年将他的人生劈成了两段。在此之前，曹植在父亲的荫庇下，过着优游裕闲、风流自赏的贵族生活，与他的文人好友们吟诗作赋、醉饮寻乐。而在此之后，他饱受猜忌与提防，在失意落寞中度过余生。

曹操有二十五个儿子，其中多数夭折或庸碌无为。在长子曹昂阵亡、幼子曹冲早夭之后，曹操的全部希望就寄托在卞夫人生的曹丕、曹彰、曹植三个儿子身上。曹彰是一员猛将，却无治国之才。真正存在竞争关系的，就只剩下丕、植二人。

曹丕与曹植虽然只相差五岁，但出生和成长的环境大不一样。曹丕出生于中平四年（187），当时曹操因为在济南严惩贪墨，触动权贵利益，三十岁出头就被迫辞官还乡，在谯县东五十里筑精舍，射猎读书，以待时机。曹丕就是在父亲怀有这种郁郁不得志的心情的情况下降生的。而后曹操入京师担任典军校尉，又经历洛阳之变、董卓废帝、讨董之战，连自身都难以保全，更别提照料家小了。到了曹植出生的初平三年（192），曹操的政治生涯已经显现出曙光。这一年，他被鲍信等迎至鄄城，领兖州牧，大破青徐黄巾，受降卒三十万众。"魏武之强自此始。"（何焯语）曹植的降临可算是喜上加喜。

曹操一生戎马倥偬，他喜欢带着儿子随军征战，一来能随时对他们进行教导、增进父子感情，二来也能让他们在军旅中得以历练。曹丕和曹植都曾随军，但所处的环境又大不一样。据曹丕在《典论·自叙》的记载，他曾于建安二年随曹操征讨张绣，张绣降而复叛，让曹操遭受惨败，长子曹昂、侄子曹安民、大将典韦皆阵亡，年仅十岁的曹丕凭借一身好骑术，乘马得脱。这次惨痛的教训，让曹操很长一段时间不再带儿子随军。直到曹操破袁氏、克邺城、初定河北，军旅不复溃败之虞，他才放心地带上自己才华横溢的儿子曹植。

　　从此之后的十多年间，但凡曹操出征，便总能看到曹植随军并作歌咏诗赋的记载。多年以后，曹植在《求自试表》中仍然十分具体地回忆他从征的经历，以证明自己对军旅生活的谙熟。"南极赤岸，东临沧海，西望玉门，北出玄塞"，分别说的是建安十三年的赤壁之战、建安十一年（206）东征海贼管承、建安十六年西征杨秋和建安十二年（207）北征乌丸。曹植随曹操出征次数之多、足迹之广，是其兄长曹丕远不能及的。偶尔，曹操也会留曹植镇守大后方邺城，比如建安十九年东征孙权时。但曹操在临行前特意给曹植赠送了勉励的话语："吾昔为顿丘令，年二十三，思此时所行，无悔于今。今汝年亦二十三矣，可不勉欤。"曹植则写下一首文采斐然的《东征赋》为曹操壮行。而曹丕，常年留镇后方，却似乎从未得到父亲只言片语的勉励。

　　曹植随曹操征战十余年，不仅对父亲的行军、用兵韬略耳濡目染，还是曹操诸多文学时刻的见证者。曹操在吟诵《观沧海》《龟虽寿》《短歌行》这些充满豪情壮志的诗歌时，曹植很可能都在场，他的诗文风骨势必更多地受到父亲影响。

　　在很多人的印象中，曹植的诗歌充满着文人的华丽的辞藻与贵公子的悠闲情调。诚然，他有过"美女妖且闲，采桑歧路间"（《美女篇》）、"清夜游西园，飞盖相追随"（《公宴》）这样的闲情逸致之作，但他更为人们称道的，是《白马篇》这样豪气干云的诗作。"白马饰金羁，连翩西北驰。借问谁家子，幽并游侠儿。"曹植在诗中赞颂驰骋在华北平原上弓马娴熟的游侠儿，很显然和他亲历北方的诸多战事有着密切的联系，而诗中"仰手接飞猱，俯身散马蹄"的游侠健儿，很可能就是曹植自己从军的写照。诗中最后几句"名编壮士籍，不得中顾私。捐躯赴国难，视死忽如归"也正是曹植在长期的戎马生涯中为自己立下的志向，这和多年以后曹植在《求自试表》里表达的"必乘危蹈险，骋舟奋骊，突刃触锋，为士卒先"可谓一脉相承。相比之下，同时期的曹丕则稍显落寞，在弟弟陪伴父亲东征西讨的时候，他只能在邺城忐忑不安地等待着自己的命运。故而曹丕的诗中多有闺怨之色，像"贱妾茕茕守空房，忧来思君不敢忘，不觉泪下沾衣裳"（《燕歌行》）这样的句子，或许就是曹丕当时心境的自述。

曹操对儿子们着力栽培，但又很担心他们因为有父亲的荫庇而不思进取，沦为庸人，故而曹丕和曹植在弱冠之后很久，都没有像一般的公卿子弟那样举孝廉、授官职。建安十三年，司徒赵温为了讨好曹操，利用三公的特权征辟曹丕为掾，但曹操得知后非常愤怒，向天子上奏赵温选举不实，将这位供职十四年的老司徒罢免了。朝臣们知道了曹操的脾性，从此对涉及曹氏诸位公子的奏议都持谨慎的态度。直到建安十六年春正月，曹操在邺城的霸府机构渐趋完善，留守邺城的曹丕需要一个名分，曹操才于是月请天子诏书，封曹丕为五官中郎将、副丞相，封曹植为平原侯。自此，两位公子的身边渐渐聚拢起一批谋臣智囊，暗流汹涌的世子之争变得不可避免了。

二、流金石之功

曹丕、曹植的世子之争在建安二十一年曹操进位魏王后进入白热化阶段。曹操登王位，却没有立即册封王太子，这为朝野中人增添了不少狐疑想象的空间。曹操有意放纵两个儿子在可控的范围内展开博弈，因为多年险恶的斗争经验让他相信，权力既非与生俱来，也非他人恩赐，而是要靠自己来争取，即便是他的儿子也需要遵循此道。

就在这一年，丞相东曹掾崔琰被曹操下狱处死。崔琰是河北名士，以直言敢谏著称。曹操在立太子一事上犹豫不决，以密函的方式询问几位臣僚的看法。多数人怕惹是非，保持沉默，而崔琰不仅力挺曹丕，还不惜破坏与曹操的政治默契，将自己的观点以"露板"的形式公之于众："盖闻春秋之义，立子以长，加五官将仁孝聪明，宜承正统。琰以死守之。"但《三国志》载，"太祖贵其公亮，喟然叹息，迁中尉"，也就是曹操并没有在这个时候对崔琰进行处罚。而曹植党羽、西曹掾丁仪却视之为眼中钉。不久，在丁仪的陷害之下，崔琰因言获罪，被曹操赐死，成为当时的一起著名的冤案。而在此之前，曹丕的"智囊"吴质则被外放朝歌令，不得与曹丕相见。这时的曹丕完全处于下风，曹操则明显更为偏袒曹植，他曾公开说："始者谓子建，儿中最可定大事。"史载曹植"几为太子者数矣"。

最终帮曹操拿主意的是老谋深算的太中大夫贾诩。当曹操屏退左右，向贾诩询问二子优劣时，贾诩沉默半晌后，抛出了一句狠话："思袁本初、刘景升父子也。"袁绍与刘表皆因废长立幼而败亡，这是前车之鉴。

曹操朗声大笑。此时的曹丕，正遵照贾诩的嘱咐，"朝夕孜孜，不违子道"，小心谨慎地做人做事。曹植却"任性而行，不自雕励，饮酒不节"，尤其是发生了开司马门飙车的违禁事件，让曹操深感失望。建安二十二年十月，曹操册封曹丕为魏太子。

然而，太子位的尘埃落定并没有给丕植之争画上句号，反而掀起了新的波澜。曹家的江山是曹操南征北讨打出来的，而此时的曹操诸子，没有一个人担任过军中职务、展现过军事才能。天下未定，曹操如何放心将基业交给一个毫无战阵经验的儿子？曹植虽然暂时落败，但因为久居军旅，较曹丕更容易获得上阵立功的机会。

曹植对于功名的渴望贯穿于他的人生终始。虽然他十多岁就能够诵读诗、论及辞赋数十万言，二十多岁"言出为论，下笔成章"，文采蜚声宇内，但在给密友杨修的信里，曹植却对舞文弄墨表示出不屑一顾的态度，视之为"小道"："辞赋小道，固未足以揄扬大义，彰示来世也。"而他的志向，则在于杀敌报国，建功立业，在他看来，只有这样才能流芳百世、标彰史册，这是男儿生于天地之间唯一值得追求的目标。（"吾虽德薄，位为藩侯，犹庶几勠力上国，流惠下民，建永世之业，流金石之功，岂徒以翰墨为勋绩，辞赋为君子哉！"）

建安二十三年，首个上阵建功的机会被曹操诸子中的鄢陵侯曹彰得到。曹操准备亲征汉中以拒刘备，但臣服十年的乌丸却在代郡、上谷突然举旗叛乱。当时曹营主要大将皆在防御吴蜀战线上，抽身不得，于是曹操举贤不避亲，果断提拔曹彰为北中郎将，行骁骑将军，出师北征。曹彰不负所望，亲冒箭矢，大破叛军，追亡逐北，曹操盛赞他："黄须儿竟大奇也！"因为曹彰平素与曹植相善，所以曹彰的建功让曹操萌生了起用曹植的想法。次年五月，征南将军曹仁为关羽围困于樊城，荆楚告急。曹操决定如法炮制，以临淄侯曹植为南中郎将，行征虏将军，南下驰援。但就在这个节骨眼上，曹植却犯了老毛病，醉酒误事，以致无法起身受命，曹操只好改派他人。

这是曹植唯一一次能够证明自己的军事才能的机会，也是他最接近自己人生理想的时刻。我们试想，如果曹植顺利领兵南下，击退关羽、解围樊城，历史将会如何书写？他是否可以凭此大功让曹操回心转意，更易太子？可惜，曹植没有把握住这次机会，他的人生将就此与悔恨相伴。

一年后，曹操去世。临终前百余天，曹操下令诛杀了杨修，罪名是"前后漏泄言教，交关诸侯"。他既然铁了心要将大位传给曹丕，就必须用残酷的手段剪除曹植的羽翼，让其彻底失去与哥哥争位的能力。曹操深知，一旦诸子相争、兵戈相向，他辛苦一生所建立的曹魏基业将土崩瓦解。某种程度上来看，这其实也是在保护曹植，寄托着一个老父亲的良苦用心。

然而，让曹操担心的事情还是发生了。曹操去世没几天，曹彰就在曹丕之前赶到了曹操灵柩所在的洛阳。曹彰一到，就试图拥立曹植，他对曹植说："先王召我者，欲立汝也。"曹植知道这是犯上作乱的事情，连连推辞称："不可。不见袁氏兄弟乎！"曹彰又向主管丧事的谏议大夫贾逵索要先王玺绶，贾逵正色道："太子在邺，国有储副。先王玺绶，非君侯所宜问也。"曹彰碰了钉子，只能悻悻作罢。

曹彰这一番愚蠢的行为，让兄弟不和顿时公开化，也触动了曹丕敏感的神经。曹丕深知，两个弟弟自恃有才能，心底里根本不服他，从他即位那天起，他们就不再是他的兄弟，而是这个国家最大的不安定因素。为了避免历史上兄弟争位的悲剧再一次重演，为了避免萧墙之内手足相残，曹丕不得不采取最薄情的手段，将这些顽劣的弟弟驯化成温驯的羔羊。

曹丕即王位后，继续清除曹植的党羽，诛杀丁仪、丁廙兄弟和其全族所有男丁，同时收缴曹彰的兵权，将所有兄弟遣往各自封国就藩，并在各封国置监国谒者，监督他们的一言一行。当年十月，曹丕受禅称帝，废汉献帝为山阳公。曹植在封地临淄听到此消息后，连作《庆文帝受禅章》《庆文帝受禅上礼表》，称赞曹丕"以圣德龙飞，顺天革命，允答神符，诞作民主"。但关起门来，曹植却穿上孝服，为汉献帝服丧，痛哭于地。曹植与汉献帝本没有什么交情，更谈不上忠于汉室。《魏略》中说得明白："临菑侯植自伤失先帝意，亦怨激而哭。"曹植哭的是父亲对他的绝情，发泄的是自己在好友被戮、身被禁锢之后积压已久的怨气。

连亲弟弟都公然为汉帝服丧，这让本就背负着篡逆恶名的曹丕更加颜面无存，他再也顾不得什么兄友弟恭了，决定采取更加严厉的惩罚手段。次年，即黄初二年，临淄侯国监国谒者灌均向朝廷上表，奏曹植"醉酒悖慢，劫胁使者"。以曹植不治行检、嗜酒如命的习性，捏造这样的罪名是不难的。于是三台九府会审之后，决定对曹植处以重罪。在卞太后的反复求情之下，曹丕才答应从轻处罚，贬曹植为安乡侯。这一段兄逼弟的故事，后来以"七步成诗"的典故流传了下来，为人们所周知。实际上，"七步成诗"不见于正史，而是出自志人小说集《世说新语》，其真实性历来广受质疑。但无论如何，曹丕对曹植的控制与打压可谓刻薄寡恩，这折射的自然是他内心的怯懦。非但如此，曹丕还因为曹植的事情而迁怒于母亲卞太后，不久，他就颁下诏书，宣布"群臣不得奏事太后，后族之家不得当辅政之任"。

三、抚心长太息

即便将兄弟们都外放藩国，严加监视，曹丕还是不放心。为了防止他们长期居于一地，与地方官吏和豪族结交，魏文帝曹丕、魏明帝曹叡两朝频繁迁徙诸侯王的封地。曹植初封临淄侯，至黄初二年贬安乡侯，后改封鄄城侯。黄初三年（222）三月，曹丕立长子曹叡为平原王，为表现他对宗亲兄弟的优待，他给曹彰、曹彪等十一名兄弟都封了王爵，但唯独不封曹植。也许这样的忌恨表现得实在有些明显，不利于皇家形象，曹丕拖到四月，才封曹植为鄄城王。

鄄城位于东郡，是曹操争夺天下起家的地方。兴平元年（194），张邈、陈宫叛迎吕布，曹操一夜之间丢了整个兖州，唯有鄄、范、东阿三城在荀彧、程昱等人的坚守下没有失去，成为曹操日后翻盘的本钱。据推测，鄄城很可能还是曹植的出生地。

曹植在鄄城没待满两年，在黄初四年（223），又被迁徙为雍丘王。雍丘位于陈留郡，也是曹操建功立业的重要节点。曹植四岁时，曹操兵围雍丘城四个月，破城后斩杀张邈之弟张超及张氏三族，重新平定兖州，并从这里出发踏上了横扫天下的征程。但雍丘却是个贫瘠之地，"下湿少桑……左右贫穷，食裁糊口，形有裸露"（《转封东阿王谢表》）。曹植迁居此处不久，又被监官检举，因有太后庇护，才得以保全。

是年夏五月，曹丕特下恩旨，准许诸王朝京师、会节气。曹植心怀感激，以为这是修复兄弟感情的一次好机会，他立即上《责躬》一诗，用恳切之辞认错悔罪，诗中满是自遣之辞，情意凄婉。（"咨我小子，顽凶是婴，逝惭陵墓，存愧阙廷。"）《魏略》载，这次朝见，曹植对曹丕又惧又畏，生怕曹丕不肯原谅他之前的错误，当众使他难堪，于是他在入关前将僚属留在关外，自己带着两三个随从去拜见长姐清河长公主，请她从中说情周全。结果官吏发现曹植失踪了，报告给曹丕，曹丕派人到处寻找都没有找到。卞太后得知此事，以为曹植畏罪自杀了，对着曹丕痛哭流涕不已。曹植发现自己捅了大娄子，连忙穿上粗布衣服、戴上枷锁，科头跣足来到宫中拜见曹丕和母后。见面时，曹植伏地泣涕，而曹丕坐在那里，不动声色，也不发一言，可谓绝情冷漠至极。

这次的朝见还发生了一件悲剧，就是任城王曹彰在朝京时突然发病，死在住所。《世说新语》对此也有记载，描述了一个残忍的场景，说曹丕邀请曹彰下棋，在棋盘旁边放了一盘枣子共同食用，其中有毒的被标上了记号，曹丕专拣没毒的吃，曹彰却吃了不少毒枣子。曹丕还提前将所有器皿都损毁，让闻讯而来的卞太后没有办法取水救人，最终曹彰毒发身亡。这个故事同样经不起推敲。叶嘉莹先生认为，当时是农历五月，枣子还未成熟，曹丕不可能用毒枣害曹彰，况且皇帝想要弄死臣子，也不需要用如此拙劣的方式。

不管曹彰是因何而死，这件事对于曹植来说无疑又是一次心灵上的重击。在朝京完毕归国的路上，曹植想和异母弟吴王曹彪同行一段路，但随行的监国使者秉承曹丕之命，为防范诸侯王们私自勾结，严厉地要求他们各行其道。曹植无奈地与曹彪分别，在愁怨之中写下了名篇《赠白马王彪》[①]，诗中有这样的句子：

踟蹰亦何留？相思无终极。秋风发微凉，寒蝉鸣我侧。原野何萧条，白日忽西匿。归鸟赴乔林，翩翩厉羽翼。孤兽走索群，衔草不遑食。感物伤我怀，抚心长太息。

微凉的秋风、孤鸣的寒蝉、萧索的原野、西沉的落日、归家的鸟群、离群的走兽等自然景象，勾起了曹植的愁苦，触发了他的伤悲情怀。同时，他在诗中也率性地写下这样的句子，痛斥构陷自己的奸邪小人：

鸱枭鸣衡轭，豺狼当路衢。苍蝇间白黑，谗巧令亲疏。

与曹彪分别后，曹植独自上路。正所谓诗人不幸诗之幸，曹植一肚子的苦闷，酝酿了强烈的创作欲望。渡过洛水之时，他想起洛水之神宓妃的故事，心有所感，援笔而成《洛神赋》。在这篇千古名作之中，曹植用绚丽的辞藻，描绘了一位美若惊鸿的女神。由于人神有别，洛神最终飘然而逝，留下诗人"怅盘桓而不能去"。曹植作《洛神赋》正如屈原作《离骚》一样，因久不得志，郁结于心，故而在诗赋中借用美人的意象，寄心于帝王。至于后世据此诗揣测曹植和嫂嫂甄氏的情感八卦，不过是市井流言罢了。

曹丕与曹植僵持的关系直到黄初六年（225）才得到一定程度的缓解。这年冬天，曹丕东征孙权无功而返，班师途中路过雍丘，曹丕主动前往曹植的王宫与他会面，并为他增加封邑五百户。兄弟二人说了什么，我们不得而知，但此时的曹丕身体已经抱恙，自知时日无多，他或许会在一个个孤独而清冷的深夜里回想童年时代的兄弟情谊，反思他与曹植一母同胞，何以走到了今日的地步。他或许会痛恨自己的无情，但这一切已经无法挽回。

注释：

①按《三国志·武文世王公传》，曹彪在黄初七年（226）徙封白马王，而在黄初四年朝京师时应为吴王。

四、喟然有终焉

黄初七年五月丁巳，曹丕崩于洛阳嘉福殿，年仅四十岁。长子曹叡即帝位，开启了曹魏全新的太和时代。北方少主践祚，很快引来了吴蜀两国的觊觎和异动。太和二年，西边，蜀汉丞相诸葛亮一年两度出兵北伐，南安、天水、安定三郡失守，关中响震；东边，吴鄱阳太守周鲂以诈降诱骗魏大司马曹休南下，陆逊在石亭设伏击之，曹休大败而归。边境战端屡现，国家正值用人之际，曹叡颁下诏书，要求公卿大臣向朝廷推荐良将。曹植抓住这个机会，向曹叡上《求自试表》，恳切地表达自己的一片忠心，请求曹叡能够重新起用他，让他到蜀、吴前线去杀敌立功，报效国家。

《求自试表》中提到"流闻东军失备，师徒小衄"，可见此表作于曹休兵败石亭之后。曹植用了大段的篇幅讲述自己无功而受爵位的惶恐与惭愧，进而表示，自己身处藩国，虽然衣食无忧，但寝食不安，只因蜀吴二国仍未平定，让他时刻盼望着为国杀贼的那一天。曹植在奏表中以诗人的浪漫情怀，对自己一旦奉诏出征的情景做了想象：或者随着大将军曹真西征蜀国，或者随着大司马曹休东征吴国。不管是驾驭骑兵还是指挥水师，曹植都"必乘危蹈险，骋舟奋骊，突刃触锋，为士卒先"。即便不能"禽权馘亮"，也要"虏其雄率，歼其丑类，必效须臾之捷，以灭终身之愧，使名挂史笔，事列朝策"。哪怕"身分蜀境，首县吴阙"，也无怨无悔，视死如归。他说，当听到曹休失利的消息时，自己"抚剑东顾，而心已驰于吴会矣"。

在《求自试表》里，曹植委婉地表达了对自己目前处境的不满，他说自己"生无益于事，死无损于数"，完全是一个"圈牢之养物"，日日在此虚度光阴。他感叹自己有"狗马之微功"，却无伯乐可以发掘。曹植说，尽管自己是个戴罪之人，但哪怕自己是一片尘雾，都要去补益山海的雄浑，哪怕自己是一点烛火，都要去为日月增添光彩，拳拳之心可谓诚恳至极。

然而，他的这位自小缺乏父爱的侄儿曹叡，对藩王的疑心和防范，比起其父可谓有过之而无不及。就在这一年春天，京师发生了一件与曹植有关的大事。当时曹叡移驾长安，督战对蜀战事，洛阳城内人心惶惶，一则流言不胫而走：皇帝已经驾崩，从驾群臣将要迎立雍丘王曹植即位。这流言传得满城风雨，连卞太后和朝臣们都惊慌不已。等到曹叡班师回朝，流言不攻自破。卞太后连忙派人去彻查，想知道这个恶毒的谣言是谁最先传播的。但是年仅二十五岁的曹叡却对他的祖母说："天下皆言，将何所推？"

这句看似不经意的话，颇值得玩味。曹叡并非不想彻查这起谣言事件，但比起谣言本身，更令曹叡恐惧的是居然有这么多人口口相传，信以为真，这说明曹植这八年的失落与冷遇反倒为他赚取了大量的民心，人们怜惜他的才华、同情他的境遇，甚至期待着他重返京师的那一天。对于这样的一位皇叔，曹叡只会进行更加无情的监视和流徙，更别提任用他为将了。

太和三年（229），曹叡可能担心雍丘距离京师太近，下诏徙曹植为东阿王。连续的迁徙让曹植心力憔悴。他在《迁都赋序》中写道："余初封平原，转出临淄，中命鄄城，遂徙雍邱，改邑浚仪，而末将适于东阿。号则六易，居实三迁。连遇瘠土，衣食不继。"朝廷给予藩王的待遇又很差，"寮属皆贾竖下才，兵人给其残老，大数不过二百人"。而曹植因为此前的罪过，各项待遇又都减半。

在东阿，曹植更加心灰意懒，他开始逃避世事，求仙问道，这一时期写了不少游仙诗。他还接触了当时尚未在中土兴盛的佛教，研读佛教经典，颇有所悟，于是创作了为佛教徒沿用至今的梵呗之音。曹植在写作上耗费了大量心血，以致"食饮损减，得反胃病也"。亲人故友相继离去后，曹植也感受到死亡正在向自己慢慢逼近。一天，他登上东阿郊外的鱼山，"喟然有终焉之心"，提前为自己选好了长眠之地。

太和五年（231），曹植四十岁，活到了曹丕的年寿，他自知曹叡已不可能再用他，于是退而求其次，只求能够让诸侯入朝，与亲人们相见。当时，为了对诸侯王进行隔绝，朝廷规定藩王无诏不得朝觐。曹植在这篇《求通亲亲表》中对这样不近人情的制度进行了抨击。"婚媾不通，兄弟乖绝，吉凶之问塞，庆吊之礼废，恩纪之违，甚于路人，隔阂之异，殊于胡越。"曹叡见诏，自知理亏，只能让下吏来"背锅"："国之纲纪，本无禁固诸国通问之诏也，矫枉过正，下吏惧谴，以至于此耳。"

最终，曹叡答应曹植的请求，诏令诸侯王于是年冬天入觐京师。此时，卞太后已逝去一年。曹植来到洛阳，除去中山王曹衮、楚王曹彪外，真正的亲人已经没有几个。曹叡见到曹植后，发现他的身子明显瘦弱了，脸色也黯淡了许多，再不复当年那个"任性而行，不自雕励"的才情公子。曹叡特意赏赐曹植一箱从凉州进贡而来的奈果，嘱咐他用温水浸泡而食。

次年二月，曹叡降诏，以陈四县封植为陈王，邑三千五百户。这是曹植最后一次迁徙。陈县毗邻武平，那是他的父亲曹操的封侯之地，再往东不远则是谯县，那是曹家的祖坟所在。曹丕、曹叡父子为曹植安排的这一连串的封地，巧妙地串联起了曹操辉煌的军事生涯，却反衬着曹植无路请缨的悲情人生。

曹植在人生的最后时刻，依然忧心国家的发展。他向曹叡上疏，痛陈朝廷疏远骨肉宗亲而重用异姓之臣的弊端。"苟吉专其位，凶离其患者，异姓之臣也。欲国之安，祈家之贵，存共其荣，没同其祸者，公族之臣也。今反公族疏而异姓亲，臣窃惑焉。"他列举田氏代齐、三家分晋的例子，提醒曹叡防范权臣威胁曹家皇位。而曹叡对此只是"优文答报"，并未放在心上。

是年十一月庚寅日，曹植薨逝于陈，葬于鱼山，谥曰思，史称陈思王。1951 年，考古人员在山东省聊城市东阿县鱼山西麓的荒烟蔓草间发现了曹植的坟茔。在为数不多的陪葬品中，曹植生前所用的两件陶耳杯尤为醒目。一千八百年后，我们似乎仍然可以看到那位落寞才子对影独酌的孤独背影。

附：《求自试表》

曹植

臣闻士之生世，入则事父，出则事君；事父尚于荣亲，事君贵于兴国。故慈父不能爱无益之子，仁君不能畜无用之臣。夫论德而授官者，成功之君也；量能而受爵者，毕命之臣也。故君无虚授，臣无虚受；虚授谓之谬举，虚受谓之尸禄，诗之"素餐"①所由作也。昔二虢不辞两国之任②，其德厚也；旦、奭不让燕、鲁之封③，其功大也。今臣蒙国重恩，三世于今矣。正值陛下升平之际，沐浴圣泽，潜润德教，可谓厚幸矣。而窃位东藩，爵在上列，身被轻暖，口厌百味，目极华靡，耳倦丝竹者，爵重禄厚之所致也。退念古之授爵禄者，有异于此，皆以功勤济国，辅主惠民。今臣无德可述，无功可纪，若此终年无益国朝，将挂风人"彼其"之讥④。是以上惭玄冕，俯愧朱绂。

译文：

臣听说士人生于世上，在家应当侍奉父亲，在外就应当侍奉君王，侍奉父亲可以让家族显得荣耀，侍奉君王可以让国家兴盛。因此再慈爱的父亲也不会喜欢不孝顺的儿子，再仁厚的君王也不会任用没有能力的臣子。根据才能高下而授予官爵的，才是能成就大业的君王；根据自己的能力来接受官爵的，才是尽职尽责的臣子。因此君王不能随意封赏官爵，臣子也不能随意接受官爵。随意封赏官爵，就叫"谬举"，随意接受官爵，就叫"尸禄"，《诗经》中所说的"素餐"说的就是这回事。当年虢仲、虢叔不推辞武王分封的两个国家，是因为他们品德高尚；周公、召公不推辞武王分封的燕国、鲁国，是因为他们功勋卓著。臣蒙受国家如此厚重的恩典，至今已历三代国君了。正值陛下治理的国家一派太平的时候，我沐浴在陛下的恩泽之中，受陛下的仁德教化滋养，可以说是非常幸运了。然而臣已经窃居藩王，爵位居于上等，身穿轻便暖和的衣裳，嘴里吃厌了各种美食，眼中看遍了奢靡的景象，耳朵里听倦了丝竹之音，这都是因为我得到了高官厚禄。我回想古代那些受封高官厚禄的人，跟我可大不一样，他们都是凭借功勋报效国家，辅佐君主、恩惠子民才得到了这样的待遇。可是如今臣没有什么功绩和德行可以记述，如果就此混沌一生，对国家没有什么益处，那就会蒙受《诗经》里"彼己之子，不称其服"的讥讽。因此，我虽然头戴玄冕，腰系朱绶，但内心是非常惭愧的。

注释：

①诗之"素餐"：出自《诗经·魏风·伐檀》"彼君子兮，不素餐兮"。素餐即指吃白饭而不做事。

②二虢不辞两国之任：二虢，指周文王的弟弟虢仲、虢叔。周武王灭商后，分封诸国，以虢仲为东虢公、虢叔为西虢公。

③旦、奭不让燕、鲁之封：旦，即周公旦；奭，即召公奭。周武王行分封，将周公旦封于鲁国，召公奭封于燕国。

④风人"彼其"之讥：风人，周朝负责到民间采集诗歌的官员。《诗

经·曹风·候人》"彼己之子，不称其服"，意在讽刺当时的大臣德行与他们的官服不匹配。

　　方今天下一统，九州晏如，而顾西有违命之蜀，东有不臣之吴，使边境未得脱甲，谋士未得高枕者，诚欲混同宇内以致太和也。故启灭有扈而夏功昭[1]，成克商、奄而周德著[2]。今陛下以圣明统世，将欲卒文、武之功，继成、康之隆，简贤授能，以方叔、召虎之臣镇御四境，为国爪牙者，可谓当矣。然而高鸟未挂于轻缴，渊鱼未县于钩饵者，恐钓射之术或未尽也。昔耿弇不俟光武，亟击张步，言不以贼遗于君父[3]。故车右伏剑于鸣毂[4]，雍门刎首于齐境[5]，若此二士，岂恶生而尚死哉？诚忿其慢主而陵君也。夫君之宠臣，欲以除患兴利；臣之事君，必以杀身靖乱，以功报主也。昔贾谊弱冠，求试属国，请系单于之颈而制其命[6]；终军以妙年使越，欲得长缨缨其王，羁致北阙[7]。此二臣，岂好为夸主而耀世哉？志或郁结，欲逞其才力，输能于明君也。昔汉武为霍去病治第，辞曰："匈奴未灭，臣无以家为！"夫忧国忘家，捐躯济难，忠臣之志也。今臣居外，非不厚也，而寝不安席，食不遑味者，伏以二方未克为念。

　　译文：

　　如今天下一统，九州太平，然而西边有违抗天命的蜀人，东边有不肯臣服的吴人。这使得边境的士兵们没法卸甲休息，谋士们没法高枕无忧，因为他们都希望天下能够真正统一，人民能够安享和平，就像陛下的年号"太和"一样。这就是为什么夏启灭了有扈氏、周成王征服了武庚和奄国而功德昭彰。如今陛下凭借圣明统治天下，将要实现周文王、周武王的功勋，继承周成王、周康王的伟业，选拔贤才能士，任用方叔、召虎一样的臣子去镇守四方边境。他们为国家的栋梁之材，可以说是非常合适的。然而高飞的鸟还没有被箭射中，池中的鱼还没有上钩，可能是因为钓鱼射箭之人的才能还没有完全发挥出来。当年耿弇不待光武帝抵达，就立即向张步攻击，他说不能将贼人留给君父。齐国的车右听见车毂鸣响就伏剑自刎，雍门狄听说越人攻入境就刎颈就义，这两人难道是厌恶活着而喜欢去死吗？他们是因为君王受到怠慢和欺凌而气愤不已。君王宠幸臣子，是为了让他们为国家兴利除弊；臣子侍奉君王，就必须能够舍得性命去平息乱象，以功劳来报答主公。当年贾谊年仅弱冠，就向文帝请求担任典属国出使匈奴，要用绳索系住单于的脖子逼他臣服。终军年纪轻轻就出使南越，准备用长缨擒住南越王赵兴，将他羁押回北方。这两名臣子，难道是喜欢在主公面前炫耀自己的本事吗？他们是胸怀大志而苦闷，想要施展才华来为明君效力罢了。当年汉武帝为霍去病修建宅邸，霍去病推辞说："匈奴还没有被消灭，臣要家做什么？"舍弃小家而心忧国家，牺牲小我而拯救苍生，这是忠臣的志向。如今臣居住在藩国，获得的待遇不可谓不厚，但我睡觉不踏实、饮食没味道，都是在忧心吴蜀两地还没有被平定的缘故。

注释：

①启灭有扈而夏功昭：启，夏朝建立者。启夺位后，有扈氏不服，启亲征有扈氏，在甘之战获得大胜。

②成克商、奄而周德著：成，周成王。周成王在位时，商纣王之子武庚和奄国发动叛乱，为周公所平定。

③"耿弇不俟光武"句：典出《后汉书》。耿弇，汉光武帝刘秀部

将。建武五年（29），耿弇率军在临淄与张步相峙。当时刘秀正在赶来援助的路上，泰山太守陈俊建议耿弇等刘秀到了再攻击。耿弇却说："乘舆且到，臣子当击牛酾酒以待百官，反欲以贼虏遗君父邪？"于是出战，大破敌军。

④车右伏剑于鸣毂：典出《说苑》。春秋战国时，齐王出猎，马车的左侧轮毂发出了响声，出了故障，按理说这是工师的责任，但是齐王的车右却说"吾不见工师之乘，而见其鸣吾君也"。于是自刎而死。

⑤雍门刎首于齐境：典出《说苑》。春秋战国时，越国攻入齐国境内，大臣雍门狄引用车右伏剑的故事，说"车右可以死左毂，而臣独不可以死越甲邪"？于是自刎而死。越人听说齐国有如此忠义之臣，遂退兵。

⑥"贾谊弱冠"句：贾谊，汉文帝时文学家。贾谊曾向汉文帝上《治安策》，请命讨伐匈奴。"陛下何不试以臣为属国之官以主匈奴？行臣之计，请必系单于之颈而制其命，伏中行说而笞其背，举匈奴之众唯上之令。"（《汉书·贾谊传》）

⑦"终军以妙年使越"句：终军，汉武帝时外交家，年仅二十余岁，自请出使南越国，令南越王臣服。"愿受长缨，必羁南越王而致之阙下。"（《汉书·终军传》）

伏见先武皇帝武臣宿将，年耆即世者有闻矣。虽贤不乏世，宿将旧卒，犹习战陈，窃不自量，志在效命，庶立毛发之功，以报所受之恩。若使陛下出不世之诏，效臣锥刀之用，使得西属大将军，当一校之队，若东属大司马，统偏舟之任，必乘危蹈险，骋舟奋骊，突刃触锋，为士卒先。虽未能禽权馘亮，庶将虏其雄率，歼其丑类，必效须臾之捷，以灭终身之愧，使名挂史笔，事列朝策。虽身分蜀境，首县吴阙，犹生之年也。如微才弗试，没世无闻，徒荣其躯而丰其体，生无益于事，死无损于数，虚荷上位而忝重禄，禽息鸟视，终于白首，此徒圈牢之养物，非臣之所志也。流闻东军失备，师徒小衄，辍食弃餐，奋袂攘衽，抚剑东顾，而心已驰于吴会矣。

译文：

我看到当年跟随武皇帝（曹操）征战的那些老将军，虽然已经年老过世，但他们的威名仍为当世之人所闻。如今虽然国家不缺乏贤才，但那些饱经沙场的老将老兵依然在为作战而操练。我不自量力，也心怀为国家效力的志向，希望能够建立哪怕微小的功劳，来报答陛下给予我的恩情。如果陛下能够颁布诏书允许我为国效力，让我跟随西边的大将军曹真，统领一校的人马，或者跟随东边的大司马曹休，统领一小支水军，我一定冒着危险，驾舟疾行、纵马驰骋，身先士卒地冲入刀剑如林的敌阵之中。即使不能生擒孙权、斩杀诸葛亮，也要擒获敌人的大将，歼灭敌人的军队，为国赢取些许胜利，以弥补我终身的遗憾，使我的姓名和事迹得以被写入史册中。哪怕我在蜀国战场被身分两段，在吴国战场被悬首于宫阙，我也将视死如生。如果我这一点微薄的才能没有用武之地，我直到死了都默默无闻，那么我这一生就是白白养了一副空皮囊，活着没什么益处，死了也没什么影响。占据着高官厚禄，却像禽兽一样度过一生，直至白头，这简直就是被圈养起来的牲畜，绝不是臣的人生理想。最近听说东边的军队遭遇失利，我无意进餐，挽起了衣袖，抚着长剑向东望去，我的心已经飞向了江东的战场上了。

　　臣昔从先武皇帝南极赤岸①，东临沧海②，西望玉门③，北出玄塞④，伏见所以行军用兵之势，可谓神妙矣。故兵者不可豫言，临难而制变者也。志欲自效于明时，立功于圣世。每览史籍，观古忠臣义士，出一朝之命，以徇国家之难，身虽屠裂，而功铭著于鼎钟，名称垂于竹帛，未尝不拊心而叹息也。臣闻明主使臣，不废有罪。故奔北败军之将用，秦、鲁以成其功⑤；绝缨盗马之臣赦，楚、赵以济其难⑥。臣窃感先帝早崩，威王弃世，臣独何人，以堪长久！常恐先朝露，填沟壑，坟土未干，而身名并灭。臣闻骐骥长鸣，则伯乐照其能；卢狗悲号，则韩国知其才⑦。是以效之齐、楚之路，以逞千里之任；试之狡兔之捷，以验搏噬之用。今臣志狗马之微功，窃自惟度，终无伯乐、韩国之举，是以于邑而窃自痛者也。

　　译文：

　　臣曾经跟随父亲武皇帝，向南抵达赤岸，向东临渤海，向西远望玉门关，向北出卢龙塞，我所见到的行军用兵之道可以说是非常精妙绝伦的。军事从来无法预言，考验的是人临阵应变的能力。我立志要在明君盛世的时代为国建功立业。我每次读史书，看到古代那些忠臣义士为国殉难，即便被杀害，但功名都铭刻在鼎钟与竹帛之上，这让我每每抚着胸口赞叹不已。臣听说英明的君主不会因为臣子之前的罪责而不任用他。比如秦国和鲁国任用败军之将孟明视、曹沬，取得了胜利。楚庄王、秦穆公赦免了绝缨盗马的臣子，后来在危难时获得了他们的救助。臣想到先帝（曹丕）过早驾崩、任城威王（曹彰）也已去世，而臣这样的人，竟然苟活了这么久！我常常担心我像朝露一样，埋入黄土之中，坟冢还没有晒干，我的肉体与名声就都已经湮灭了。臣听说良马长嘶一声，伯乐就能够知道它的本领，因此让它奔驰在齐楚的路上，发挥它一日千里的才能。卢狗悲号一声，韩国就知道它有本事，让它去捕捉野兔，以检验它捕捉猎物的能力。如今臣愿意像马和狗一样建立一些微小的功劳，但思前想后，却发现没有能发现我的伯乐、韩国，所以我才在封地暗自伤痛。

注释：

①南极赤岸：赤岸，一说即赤壁（赵一清《三国志补注》），一说在今南京市六合区（《太平寰宇记》）。

②东临沧海：建安十一年八月，曹操征管承，曹植此处或指此役。

③西望玉门：建安十六年十月，曹操自长安西征杨秋，围安定。安定距玉门尚远，故称望。

④北出玄塞：玄塞，即卢龙塞。建安十二年，曹操北征乌桓，出卢龙塞。

⑤奔北败军之将用，秦、鲁以成其功：典出《史记》。春秋时，秦穆公遣孟明视、西乞术、白乙丙三将偷袭郑国，在崤山被晋人伏击大败，三将被擒，后释放回国，秦穆公仍令三将统兵。后三将发兵大败晋人，报崤山之仇。鲁庄公用曹沫为将，与齐国作战，三战三负。鲁庄公与齐桓公会盟时，曹沫持匕首劫齐桓公，迫使其归还所侵鲁国之地。

⑥绝缨盗马之臣赦，楚、赵以济其难：绝缨，典出《说苑》。春秋时楚庄王与群臣宴饮，烛火吹灭之际，有一人调戏楚王宠妃，妃子将其冠缨摘下，向楚王告发。楚王连忙下令暂不点亮烛火，而让所有臣子都摘下冠缨共饮，宽恕了那位臣子。后来楚与晋交战，当年绝缨之臣奋力杀敌，报答楚王之恩。盗马，典出《吕氏春秋》。春秋时秦穆公车驾的一匹马被盗，秦穆公亲自寻找，发现一群山野之人将马偷走并且杀而食

之。秦穆公不仅不生气，反而送给他们美酒。后来在秦晋韩原之战中，秦穆公受困，险些被生擒，这时当初盗马的三百多人拯救了秦穆公，大败晋军，俘获了晋惠公。因为前句已经用了"秦"字，而秦君为赵姓，所以此句用"赵"字互文。

⑦卢狗悲号，则韩国知其才：卢狗，战国时韩国名犬。韩国，战国时齐国相狗名家。

夫临搏而企竦，闻乐而窃抃者，或有赏音而识道也。昔毛遂，赵之陪隶，犹假锥囊之喻，以寤主立功，何况巍巍大魏多士之朝，而无慷慨死难之臣乎！夫自炫自媒者，士女之丑行也。干时求进者，道家之明忌也。而臣敢陈闻于陛下者，诚与国分形同气，忧患共之者也。冀以尘雾之微补益山海，荧烛末光增辉日月，是以敢冒其丑而献其忠。

译文：

那些观看博弈而跷起脚跟、听到乐曲而暗地里击掌的人，或许就懂得乐理与棋道。古代的毛遂不过是赵国的一个下人，尚且用囊中之锥来做比喻，激发主人平原君立功，何况我巍巍大魏国拥有这么多人才，怎么能没有为国家慷慨献身的臣子呢？固然，自我夸耀、自我做媒是男女不齿的行为，迎合时代求取功名是道家忌讳的事情，但臣敢于将自己的志向告诉陛下，实在是因为我与陛下都是一家人，可以共同面对国家的忧患。希望我能够用似尘雾一样的微薄力量来补益陛下的高山与大海，用烛火的微光来为陛下的日月增添光彩，因此我宁愿被人轻视也要向您表达我的一片忠心。

遗种之叟：
汉末名士的分隔之伤

七十多岁的王朗决定提笔写信，收信人是同样七十多岁的许靖。在三十多年前，他们是一同避居会稽的知交好友，而如今，王朗是魏国的司空，许靖则是蜀汉的司徒，两人同登"三公"，却分属敌对的两国，山水相隔，宛若身处两个世界。

　　王朗与许靖都是汉灵帝时期举孝廉出身的，在曹魏和蜀汉相继践祚称帝后，他俩已经是存世最老的一批旧汉臣。王朗在信中说"侪辈略尽，幸得老与足下并为遗种之叟"——"遗种之叟"，当是他们的真实写照。东汉王朝的崩溃与瓦解在两位老者的人生中留下了无法磨灭的伤痕；王朗由汉入魏，留下千古骂名；许靖流落巴蜀，不得落叶归根。随着魏蜀之间书信通路的重启，这两位故交老友终于得以借由笔墨而重逢。

　　只是此时，他们的身份以及他们所处的时代都已改变。于魏国，文帝曹丕已经篡汉自立三年，并且得到了东吴孙权的臣服，正是春风得意之时。于蜀汉，昭烈帝刘备在夷陵遭受重挫，病死白帝城，幼主刘禅即位，却是"危急存亡之秋"。两相比对，冷暖自知。

　　趁着蜀汉新丧，曹丕决定先采取舆论攻势，派遣五位德高望重的大臣给蜀汉辅政大臣、丞相诸葛亮写信，向他"陈天命人事"，劝他"举国称藩"。这五大臣是：司徒华歆、司空王朗、尚书令陈群、太史令许芝、谒者仆射诸葛璋，个个来头不小。华歆是东汉太尉陈球门生、汉臣遗老；王朗是东汉太尉杨赐门生、汉臣遗老；陈群是东汉颍川名门陈氏之后，早年在徐州曾担任过刘备别驾；许芝精通谶纬之学；诸葛璋则疑似与诸葛亮同宗，同出琅玡诸葛氏。

针对曹魏五大臣的劝降信，诸葛亮发表了一篇《正议》，相当于公开信。这封《正议》列举了汉高祖、汉光武帝以弱胜强的例子，表明了蜀汉"据道讨淫，不在众寡""据正道而临有罪"的决心。其中对曹操、曹丕也多有贬损，比如就曹操的汉中之败数落了一番，说他"旋还未至，感毒而死"；说曹丕"子桓淫逸，继之以篡"，假托尧舜禅让来篡位，把尧舜都侮辱了。这算是狠狠地回击了魏国在舆论上的威逼。

《三国演义》中，有一段"武乡侯骂死王朗"的戏，让不少读者印象深刻。历史上王朗当然不是被骂死的，他甚至根本就没有去过魏蜀交兵的前线，但这个虚构的情节也并非毫无根据，五大臣的劝降和诸葛亮的《正议》，或可被视作其蓝本之一。

而王朗给许靖写的这封信，可以被视为"武乡侯骂死王朗"的另一个蓝本。当时与王朗一起给许靖写信的还有华歆和陈群，名义上"申陈旧好，情义款至"，实际上仍然是劝降。但仅仅王朗这封信的部分内容得以流传，这或许是后世小说家安排王朗上阵与诸葛亮对骂的原因吧。

一、会稽难安

如果没有建安元年（196）孙策对江东的征伐，王朗和许靖本可以在山高皇帝远的东海之滨谈经论道、终老余年。

当时王朗担任会稽太守。会稽郡是汉帝国最东南的一个郡，辖今浙江省大部和福建省，面积虽然广大，但大多地区未曾被开发或为山越土著占据，实际管辖之地不过郡治山阴（今浙江绍兴）至余姚（今浙江余姚）狭长一带而已，其生产和文化水平更不可与中原的同日而语。师承名门的大儒王朗何以托身如此荒蛮之处呢？

自然是因为战乱的逼迫。王朗家乡所在的徐州，从灵帝时期开始就饱受黄巾军劫掠之苦，董卓之乱后，又成为兵家必争之地。王朗原本在徐州牧陶谦手下担任治中从事，但他看到徐州并非久居之地，所以借着向天子朝奉的机会，求得会稽太守一职，南下赴任以避兵戈。果然，王朗离开徐州没多久，曹操就大兴复仇之师讨伐陶谦，所过城邑多遭屠城之灾。

许靖则在三年前就率先踏上了曲折坎坷的流亡之路。许靖出身汝南平舆（今河南平舆县北），而汝南、颍川两郡盛产名士，有"汝颍多奇士"之说。许靖擅长品评人物，他与从弟许劭共同创办的"月旦评"是当时最有影响力的品评活动。每逢初一，"月旦评"都会公布对于当时人物的品评、褒贬评价。无论是谁，一旦得到"月旦评"的赞扬，就会身价倍涨；而被贬损，则会声望大挫。评价曹操的那句著名的评语"子治世之能臣，乱世之奸雄"就是出自许劭之口。可以说，许劭、许靖兄弟就是当时士人阶层的"意见领袖"。

但不久后，许劭与许靖关系闹僵，以致互相倾轧，"月旦评"废止。而后董卓秉政，许靖在朝担任御史中丞，惧于董卓暴行，逃出京城。他先后投靠豫州刺史孔伷、扬州刺史陈祎、吴郡都尉许贡，几番波折，一路南下，终于来到故友王朗所管辖的会稽郡。

当时的北方已经是战火纷飞之地，人民流离，哀鸿遍野。相比而言，长江以南的地区相对较为安宁，这一背景触发了中国第一次大规模的人口南迁。南迁之人中有相当一部分是世家望族、学者名士，王朗与许靖便属此类。在会稽，他们度过了几年难得的平静岁月。

王朗与许靖都是儒家经典教导出来的虔诚信徒，施仁政、行义举。当时会稽盛行着祭祀秦始皇的传统，将秦始皇与夏禹的雕像放在同一座庙里祭拜，王朗到任后，因认为秦始皇是无德之君，于是下令移除其雕像，移风易俗。史载他"居郡四年，惠爱在民"。许靖来到会稽后，经常接济逃难到此地的乡里族人，照顾他们的生活起居，"收恤亲里，经纪振赡，出于仁厚"。

然而若论起割据一方、乱世图存，王朗和许靖显然与这个时代格格不入。《后出师表》这样评价王朗在会稽的作为："刘繇、王朗各据州郡，论安言计，动引圣人，群疑满腹，众难塞胸，今岁不战，明年不征，使孙策坐大，遂并江东。"就是说，刘繇、王朗成天引用圣人的言论，夸夸其谈，却没什么真本事。尤其是他们坐郡自保，不好征战，最终导致被孙策消灭的下场。

兴平二年，孙策自牛渚（今安徽马鞍山市采石镇）渡江对江东展开攻略，他先是消灭了据守曲阿（今江苏丹阳）的刘繇，进而兵锋直至会稽。面对这样的骁勇之将，王朗如何能是对手？他在固陵（今浙江杭州市南）勉强抵挡了一阵，便兵溃如山倒。王朗乘船南逃至东冶（今福建福州），被孙策紧追不放，最终被迫出降。而许靖不得不再次踏上流亡的道路，远行五岭之南的交州。面对随时可能到来的敌兵，他从容地坐在岸边，看到自己的亲友、乡里、随从一个个都登船了，自己最后才离岸。"当时见者莫不叹息。"

王朗与许靖自此分离，而且越离越远。孙策敬重王朗，不加伤害，甚至还派张昭劝其归降，但为王朗所拒。曹操听闻后，以朝廷的名义征召王朗，孙策无意得罪曹操，便放王朗北归。但当时由于战乱影响，南北陆上道路隔塞，王朗只好由曲阿乘船，取道海路，辗转多年才抵达许都。而许靖则用自己的脚步在中国的大地上画了一条长长的曲线，他由交州流离巴蜀，成为刘璋的座上宾。两个人都在乱世中吃尽了苦头。

许靖在交州时，曾给曹操复信，信中这样描述自己流亡以来所见所闻的凄惨场景：

经历东瓯、闽、越之国，行经万里，不见汉地，漂薄风波，绝粮茹草，饥殍荐臻，死者大半。

会苍梧诸县夷、越蜂起，州府倾覆，道路阻绝，元贤被害，老弱并杀。靖寻循渚岸五千余里，复遇疾疠，伯母殒命，并及群从，自诸妻子，一时略尽。复相扶侍，前到此郡，计为兵害及病亡者，十遗一二。

乱世改变了王朗，也改变了许靖，求生成了他们的本能，因而他们虽然侥幸地活了下来，但都付出了名节的代价。

二、汉臣失节

许靖漫长的避难轨迹在成都画下终点，但他的厄运并没有因此而结束。他此前先后依附的五位州郡长官，或逝去，或为人征服，蜀中注定也不可能成为世外桃源。

建安十九年，刘备与刘璋翻脸，举兵将成都团团围住，逼迫刘璋投降。当时许靖担任蜀郡太守，受到刘璋厚待。可是在这个节骨眼上，德高望重的许靖却做出了一件让自己"人设崩塌"的事情——他居然趁着夜色试图翻墙出去，向刘备投降。而倒霉的是，偏偏许老夫子的行动被察觉了，人也被守城的兵士抓了回来。当年在会稽岸边登船的那份淡定，在许靖历尽劫波之后，已经荡然无存。

这一下，许靖变得里外不是人，不仅刘璋看不起他，进城后的刘备也不打算理睬他。还是刘备的谋主法正看得透彻，他评价许靖是"天下有获虚誉而无其实者"，但他认为，虽然许靖名不副实，刘备却需要重用此人。因为许靖毕竟资历深、名气大，如果将他弃之不用，天下人都会说刘备轻视贤人，所以不如将他当个花架子供起来，不指望他能为国家做多少实际的事情，就借他的名望树一面招揽人才的幌子罢了。（"宜加敬重，以眩远近。"）

刘备对法正几乎是言听计从的，于是他封许靖为左将军长史。刘备称汉中王后，以许靖为太傅，班位在诸葛亮之前，因而群臣向刘备上表劝进时，许靖排在首位。

刘备称帝后，以诸葛亮为丞相，许靖为司徒。这是一个不太符合常规的授官方式。西汉哀帝时罢丞相，置三公，司徒为三公之一。曹操为了独揽大权，恢复丞相，废三公。曹丕称帝后，为了抑制相权，又罢丞相而复三公。可见，从西汉至曹魏的二百多年里，丞相和司徒的职权彼此重叠，从来都没有同时存在过。而刘备却一反常理，将丞相和司徒并置，却空置了司空和太尉，很明显，实权归于诸葛亮，而许靖只是得了一个"荣誉头衔"。

许靖身上兼具三重身份，一是来自中原腹地的名士宿儒，二是在前朝中央任过职的官员，三是益州故主刘璋的旧部。对于一个新生的承续汉嗣又继掌巴蜀的政权而言，许靖的价值显然是无可比拟的。

就在许靖带领群臣向刘备上尊号的前一年，远在北方的许都，身为魏王国御史大夫的王朗也参与了向曹丕上尊号的劝进活动，他的名字在所有大臣中排第三位，仅次于相国华歆和太尉贾诩。如今在河南省临颍县繁城镇，依旧保存着镌刻着表文的《公卿将军上尊号奏》碑，据传此碑由王朗撰文、梁鹄书写、钟繇镌刻，世称"三绝碑"。曹丕如愿受禅称帝，改御史大夫为司空，进封王朗为乐平乡侯。当时王朗和华歆、钟繇同为三公，曹丕非常骄傲地感慨道："此三公者，乃一代之伟人也，后世殆难继矣！"

王朗作为汉末一名失地太守、败军之将，也曾受到过曹操的嘲讽。曹操有一次在公开的宴会上笑话王朗："不能效君昔在会稽折粳米饭也。""折粳米饭"类似于我们现在常说的"丢了饭碗"，曹操说的就是王朗在会稽被孙策赶跑的事情。面对如此尴尬的局面，王朗回答得很巧妙："如朗昔者，未可折而折；如明公今日，可折而不折也。"反过来批评曹操不能折节下士。由此可见，当时人们对于王朗的确颇有微词。不过这并不影响王朗在曹魏扶摇直上，他能够位列三公，享有如此高的荣誉，自然也和他的资历与声望有关。

曹魏承袭东汉制度，政事集于尚书台，三公坐而论道，更像一个顾问委员会。此时的王朗不需要也不必要对气数已尽的汉王朝有几多留恋，前朝遗老的身份也并没有束缚他对于新政权的歌咏，王朗对于能够目睹汉魏交替的历史时刻显然异常兴奋。在与许靖的信中，他毫不掩饰地为曹丕大唱赞歌。比如他描述自己如今"居升平之京师，攀附于飞龙之圣主"，幸福的感觉已经溢于言表。讲到曹丕一手导演的所谓"禅让"之礼，王朗更是将其描述为"天命受于圣主之会"，而他自己甚至都好似回到了尧舜的美好时代。（"于时忽自以为处唐、虞之运，际于紫微之天庭也。"）

尧舜禅让到底是美好的故事还是精致的谎言，曹丕比王朗要清楚得多，也实诚得多。当时在禅位大典结束后，曹丕就说了这样一句意味深长的话："舜、禹之事，吾知之矣。"

有的人面对历史的滚滚车流，明知无力阻挡，却也不乏喟然长叹。而王朗则满心欢喜地投入这场名为禅让实为篡位的活动中，并引以为荣，最终在青史上留下了贰臣的恶名。清人姜宸英对此是这样评价的："王景兴汉室旧臣，中原名士，而艳称禅受之事，夸张富贵之业，与华子鱼辈同一贼耳也。"无怪乎小说家会编派他被诸葛亮骂死了。

三、斯人已殁

许靖对于蜀汉而言是一块体面的招牌，有他在朝站台，某种程度上增强了蜀汉立国的合法性。这一点曹魏方面也深知。离间敌国的君臣关系、笼络敌国的朝廷大员，能比军事打击更有效地击垮敌国的斗志。在曹丕即位之初，还没怎么展开笼络工作，蜀汉就先后有上庸守将孟达、镇北将军黄权主动投奔过来，让曹丕尝到不少甜头。因此，黄初四年的这次劝降，重点目标就放在了诸葛亮、许靖这样身居高位、故土又在北方的蜀汉朝臣，王朗则必须晓之以情、动之以理，让这位老朋友尽早"弃暗投明"。

在信中，王朗有意地吹捧许靖的才华和声望，表达曹氏父子对他的渴求。先是说自己随曹操在荆州的时候，听到许靖已经在益州担任蜀郡太守，于是君臣两人为了讨论许靖熬了一通宵。"共道足下于通夜，拳拳饥渴，诚无已也。"而当朝皇帝曹丕更是从在东宫开始就爱慕贤士，经常与群臣开会讨论天下才俊，而且总是提及并盛赞许靖。（"每叙足下，以为谋首。"）许靖虚名在外，前文已述，王朗将他奉为"谋首"，显然过于恭维。当然，这一切都是为了诱使许靖来降，他怀着极大的优越感和幸福感，幻想着远在蜀地的许靖也对尧舜一般的圣君曹丕翘首以盼。（"子虽在裔土，想亦极目而回望，侧耳而遐听，延颈而鹤立也。"）他甚至还搬出陈蕃让位给李膺的例子，承诺一旦许靖北来，他愿意让出"三公"之位，"退身以避子位"。王朗还展望并向许靖描绘了两位老人重新见面、笑谈往昔的美好场景。"缓带委质，游谈于平、勃之间，与子共陈往时避地之艰辛，乐酒酣宴，高谈大噱，亦足遗忧而忘老。"

除了言语上的赞誉，王朗也随信奉上了大礼——"降者送吴所献致名马、貂、罽"。罽，指兽毛制品。王朗送礼不选择魏国特产，而从吴国贡品中选择礼品，也大有深意。此前，吴主孙权为免两面受敌，曾向曹丕称臣朝贡，并将刘备击败于夷陵。王朗选用吴国贡品的潜台词无非是：吴国都已称臣，你们蜀国已被孤立，你还在犹豫什么呢？

对于诸葛亮、许靖目前的境遇，王朗也不由自主地使用了同情的滤镜。他一面假惺惺地对刘备的去世、刘禅的幼冲即位表达悲悯，一面又将居住在巴蜀之地污蔑为"沈溺于羌夷异种之间，永与华夏乖绝"，显露出高傲的大汉族主义。

如果说王朗在书信的前半部分还遮遮掩掩，用"临书怆恨，有怀缅然"这样煽情的话语来打"情感牌"，那么写到最后，他已直截了当地摊牌，为许靖指了一条出路："弼人之遗孤，定人之犹豫，去非常之伪号，事受命之大魏。"王朗还说，如果他能够做到使蜀汉拱手而降，那么他的功劳就可以比得上伊尹、吕望的。这不由得令人想到了《三国演义》里王朗在阵前对诸葛亮的那番游说之词："今我大魏带甲百万，良将千员。谅腐草之荧光，怎及天心之皓月？公可倒戈卸甲，以礼来降，不失封侯之位。国安民乐，岂不美哉！"

《三国演义》中的王朗劝降，毕竟还换来了诸葛亮的一通怒骂，而历史上王朗给许靖的这封劝降信，却注定石沉大海、音信全无。

史载，在章武二年（222），也就是刘备东征荆州期间，许靖已经去世。因为两国消息隔绝，王朗的信寄来时，斯人已殁一年矣。

晚年的许靖发挥着自己的余热，为蜀汉提拔后辈、品评人才，连诸葛亮见他都要长揖施礼、以示尊敬。魏国这边，王朗一直活到了曹叡时期的太和二年（228），他将精力放在校注儒家经典的工作中。王朗所作的《周易传》后来被魏国朝廷定为学子习《易经》必须考核的内容。

最后，说说许靖和王朗的身后事吧。许靖之子许钦在他之前就早逝了，许钦之子许游，于景耀年间担任尚书。许靖家族最值得一提的是许靖兄长的外孙陈祗，他自小成了孤儿，被收养在许靖家中。到了蜀汉后期，陈祗担任侍中、尚书令等中枢职位，深受后主刘禅信赖，权力甚至人过大将军姜维。在对外政策方面，陈祗支持姜维的北伐政策，并且曾经与保守派领袖谯周在朝堂上展开激烈的辩论。但也有史家认为，陈祗秉政时放任宦官黄皓干政，成为蜀汉走向衰亡的重要原因。

王朗有三子一女，其中一儿一女都在他给许靖写信之前离世。其长子王肃生于会稽，幼年随王朗北归，后师承大儒宋忠，编注群经。王肃所注《尚书》《诗》《论语》《左传》等，在晋代列于学官，立有博士，被称为"王学"，一度压倒郑玄所创、长期占据经学主导地位的"郑学"。王肃后来成为司马氏的心腹之臣，他的女儿王元姬嫁给司马昭。王元姬之子，也就是王朗的曾外孙，就是实现"三分归一统"的晋武帝司马炎。

附:《与许文休书》

王朗

文休足下：消息平安，甚善甚善。岂意脱别三十余年而无相见之缘乎！诗人比一日之别于岁月，岂况悠悠历累纪之年者哉！自与子别，若没而复浮，若绝而复连者数矣。而今而后，居升平之京师，攀附于飞龙之圣主；侪辈略尽，幸得老与足下并为遗种之叟，而相去数千里，加有遭塞之隔，时闻消息于风声，托旧情于思想，眇眇异处，与异世无以异也。往者随军到荆州，见邓子孝、桓元将①，粗闻足下动静，云夫子既在益州，执职领郡，德素规矩，老而不堕。是时侍宿武皇帝于江陵刘景升听事之上，共道足下于通夜，拳拳饥渴，诚无已也。自天子在东宫，及即位之后，每会群贤，论天下髦隽之见在者，岂独人尽易为英，士鲜易取最，故乃猥以原壤之朽质，感夫子之情听；每叙足下，以为谋首，岂其注意，乃复过于前世，书曰"人惟求旧"，易称"同声相应，同气相求"，刘将军之与大魏，兼而两之，总此二义。前世邂逅，以同为睽，非武皇帝之旨；顷者蹉跌，其泰而否，亦非足下之意也。深思书、易之义，利结分于宿好，故遣降者送吴所献致名马、貂、罽，得因无嫌。道初开通，展叙旧情，以达声问。久阔情愫，非夫笔墨所能写陈，亦想足下同其志念。今者，亲生男女凡有几人？年并几何？仆连失一男一女，今有二男：大儿名肃，年二十九，生于会稽；小儿裁岁余。临书怆恨，有怀缅然。

译文：

文休老友，得到您的消息，知道您现在很平安，我很开心。真没有想到，我们已经阔别三十多年没有相见了！诗人经常将一天的分别比为一月或一年，何况我们已经分别了这么多年了！自从与您分别，我的人生起起伏伏、飘忽不定，但是如今我已经住在繁荣安定的京师洛阳，侍奉着飞龙般的英明主公。而我们这一辈人几乎都已经离开人世，所幸还有我和您成为遗存下来的老头子。然而我们之间的距离有数千里之遥，再加上山川阻隔，我偶尔能从风声中听到您的一些信息，在心里怀念我们旧日的情谊，您住在这么遥远的地方，我们简直就像身处两个世界。此前我跟随军队到了荆州，见到了邓义、桓邵，大略听说了您的一些近况，他们说您已经在益州，担任蜀郡太守，一直保持着高洁的品德和正直的操守，即便年纪大了也没有自我消沉。当时我随同武皇帝（曹操）来到江陵刘表此前的官署，在那里我们整整谈了一夜，都在谈论您，武皇帝对您的求贤若渴之情简直无以复加。当今天子（曹丕）从当魏王世子到即位称帝，每一次大会群臣，议论天下那些才华卓著且在世的人才时，大家就会感慨，难道非得人口凋零之后，我们才能去发现那些人才的价值吗？因此我就像原壤那样的老朽一样，聆听大家的高见。我们每次讨论到您，大家都认为您是智谋方面首屈一指的人才，而且远超先贤。《尚书》中说"人惟求旧"，《易经》中说"同声相应，同气相求"。无论是对刘将军（刘备）还是对我大魏而言，这两则大义都同样适用。您归附了刘备，背离了朝廷，这并不是武皇帝的旨意；后来刘备遭遇了挫败，由兴盛走向衰败，这也不是您希望看到的。我仔细思索了《尚书》《易经》的大义，认为我们应当结束分隔重归旧好，因此我派投降来的人给您送去吴国供奉的名马、貂、兽毛织品等礼物，希望您不要嫌弃。我们之间通信的道路刚刚开通，所以我想与您叙述一些旧日情谊，将声音传递到您那里。我们太久没有见了，这种感情真的不是笔墨就可以写清楚的，希望您也有同样的感受。现在您膝下儿女有几人？都多大年纪了？我已经失去了一儿一女，现在有两个儿子，大儿子王肃，今年二十九岁，出生在会稽，小儿子才一岁多。写这封信让我非常伤感，不由得缅怀起旧日的岁月来。

注释：

①邓子孝、桓元将：史书失其名。许靖与曹操书信中曾提到，邓子孝是随他自会稽一道南至交州的友人，推测可能为《三国志》《后汉书》中记载的荆州名士邓义（一作邓羲）。桓元将推测可能是桓邵。《曹瞒传》载，桓邵，沛国人，早年曾轻视曹操，曹操杀边让后，桓邵避难交州，曹操令交趾太守士燮诛其族。桓邵拜于庭中向曹操请罪，终为曹操所杀。

过闻"受终于文祖"①之言于尚书。又闻"历数在躬，允执其中"②之文于论语。岂自意得于老耄之齿，正值天命受于圣主之会，亲见三让之弘辞，观众瑞之总集，睹升堂穆穆之盛礼，瞻燔燎焜曜之青烟；于时忽自以为处唐、虞之运，际于紫微之天庭也。徒慨不得携了之手，共列于廿有二子之数，以听有唐"钦哉"之命也。子虽在裔土，想小极目而回望，侧耳而遐听，延颈而鹤立也。昔汝南陈公初拜，不依故常，让上卿于李元礼③。以此推之，吾宜退身以避子位也。苟得避子以窃让名，然后缓带委质，游谈于平、勃之间④，与子共陈往时避地之艰辛，乐酒酣宴，高谈大噱，亦足遗忧而忘老。捉笔陈情，随以喜笑。

译文：

我曾经在《尚书》中读到"受终于文祖"这样的话，在《论语》中读到"历数在躬，允执其中"这样的文字。真没有想到我在耄耋之年，还能亲历圣主接受天命的时代，看见天子多次谦让帝位的伟大辞令，看到各种祥瑞纷纷而至，看到禅让大典盛大举行，看到祭祀上天时升腾起来的袅袅青烟。那一时刻，我感到自己处在唐尧、虞舜的美好时代里，如同身在紫微天宫一般。只是遗憾不能与您携手，同朝为官，聆听天子的诏命。您虽然在边远之地，想必也对我朝回首远望、侧耳倾听、翘首期待吧！当年陈公（陈蕃）被拜为太尉，陈蕃并不就任，而让位给李膺。照这样推论，我应当退避而将司空之位让给您呀。如果真能够隐居退位而博得一个好名声，我就放宽衣带、放松身心，自由自在地谈论关于陈平、周勃的那些历史故事，与您一起回顾当年躲避战火时的艰苦岁月，摆酒设宴，高谈阔论，这足以让人忘掉烦恼和衰老了。提起笔来陈述我的想法，让您见笑了。

注释：

①"受终于文祖"：出自《尚书·舜典》"正月上日，受终于文祖"。文祖，唐尧祖庙。

②"历数在躬，允执其中"：出自《论语·尧曰》，是尧禅让之前劝勉舜的话。

③"昔汝南陈公"句：陈公，即陈蕃，汝南平舆人。汉桓帝延熹八年（165）由太中大夫拜太尉，陈蕃辞让称"聪明亮达，文武兼姿，臣不如弛刑徒李膺"。李膺，字元礼，颍川襄城人，东汉桓灵年间清流领袖，有"天下模楷"之称。

④平、勃之间：平，陈平，汉文帝时左丞相；勃，周勃，汉文帝时右丞相。吕后死，陈平、周勃共诛诸吕，迎立汉文帝。

前夏有书而未达，今重有书，而并致前问。皇帝既深悼刘将军之早世，又愍其孤之不易，又惜使足下孔明等士人气类之徒，遂沈溺于羌夷异种之间，永与华夏乖绝，而无朝聘中国之期缘，瞻睎故土桑梓之望也，故复运慈念而劳仁心，重下明诏以发德音，申敕朗等，使重为书与足下等。以足下聪明，揆殷勤之圣意，亦足悟海岱之所常在，知百川之所宜注矣。昔伊尹去夏而就殷①，陈平违楚而归汉②，犹曜德于阿衡，著功于宰相。若足下能弼人之遗孤，定人之犹豫，去非常之伪号，事受命之大魏，客主兼不世之荣名，上下蒙不朽之常耀，功与事并，声与勋著，考其绩效，足以超越伊、吕矣。既承诏旨，且服旧之情，情不能已。若不言足下之所能，陈足下之所见，则无以宣明诏命，弘光大之恩，叙宿昔梦想之思。若天启众心，子导蜀意，诚此意有携手之期。若险路未夷，子谋不从，则惧声问或否，复面何由！前后二书，言每及斯，希不切然有动于怀。足下周游江湖，以暨南海，历观夷俗，可谓遍矣；想子之心，结思华夏，可谓深矣。为身择居，犹愿中土；为主择安，岂可以不系意于京师，而持疑于荒裔乎？详思愚言，速示还报也。

译文：

以前夏天我给您寄过信，但没有送达，如今我又写好了一封，将此前的问候一并送向您那里。皇帝（曹丕）对刘将军的过早离世深表悲哀，又怜悯他留下的孤儿（刘禅）实在不易，同时也对您、诸葛亮这样的士人深感惋惜。你们不幸流落在羌夷异族居住的不毛之地，跟华夏文明世界所隔绝，没有机会来到中原朝拜，到你们家乡故土去走走看看。因此皇帝再次以仁慈的胸怀，特下圣旨来传播他至德的声音，让我王朗和同僚们再次给你们写信。相信以您的聪明才智，一定能领会到圣上对人才的殷勤盼望之情，认识到渤海和泰山必将永存，百川都将东入大海，这是大势所趋。当年伊尹离开夏朝而投奔商朝，陈平离开项羽而投奔刘邦，最后都成了宰辅重臣。如果您能够辅佐刘备的遗孤刘禅，帮他在犹豫之中做出判断，去除伪国号，前来为我大魏效力，您和您的主公都能够得到绝无仅有的荣耀，上到官员下到平民都能够获得不朽的荣耀，这样您就能同时收获功劳与业绩、声明与功勋，这样的成就，足以超越伊尹、吕望之辈了。这样您既完成了皇帝的旨意，又合了老友的心意，我们的情谊不会被破坏了。如果我不为皇上说明您的能力和见地，就不能宣扬皇帝的诏命，弘扬朝廷的恩德，向您叙述我的思念之情。如果上天打开了你们的心扉，您来引导蜀中子民归附，我们就有了一起携手的时机了。如果因为道路险阻，您最终无法归附，我只能小心翼翼地问候您，可我们再也无法见面了！我前后写了两封信，每次写到这件事，希望您不要过于伤感。您一生行走江湖，南抵南海，可以说看遍了蛮夷的风俗，我想您如今一定对中原有着深厚的思念之情。给您的晚年找一个安身之所，我认为还是应该回到中原来，给您的主公选择一个平安的未来，当然要带他来到京师洛阳，难道还要在蛮荒之地继续犹豫不决吗？请您认真考虑一下我的话，尽快给我答复吧。

注释：

①伊尹去夏而就殷：伊尹，商朝名相，原为夏朝有莘氏奴隶，后投商，助商汤灭夏。

②陈平违楚而归汉：陈平初投项羽，为信武君，拜都尉，后弃项羽而奔刘邦。

依依东望：

新城风云背后的文字暗战

孟达，无论是在《三国志》还是在《三国演义》中，都是一个不起眼的小人物。三国英雄浩如烟海，他排在几百米开外。

东三郡，因位于汉中之东而得名，地处今陕西、湖北交界处的秦巴山区，道路险阻，人烟稀少，直至今日仍然是经济较为落后的地区。

然而，就是这个孟达，和他坐镇九年之久的东三郡，在风起云涌的汉末三国时代两度深刻影响了天下局势。历史的洪流，将孟达与东三郡推向了汉魏之交的旋涡之中，关羽、刘备、诸葛亮、司马懿、李严、刘封等人的命运，或多或少都因此而发生了改变。

这一切，还要从贵州一个小城说起。

一、东州旧臣

蜀汉建兴三年（225）冬，丞相诸葛亮从南中班师成都，途中路过汉阳县，在此暂住。这是一个颇为偏僻的小城，具体位置已不可考，大致位于今贵州威宁、六盘水一带。

这一年，诸葛亮只做了一件事，那就是亲率大军平定南中叛乱，即《出师表》中所说的"五月渡泸，深入不毛"。南中的顺利平定让诸葛亮没有了后顾之忧，得以认真考虑北伐曹魏的大业。

早在十八年前的隆中，诸葛亮就给刘备规划了一幅宏伟的蓝图：先取荆州，再取益州，待天下有变，则从荆、益两州两路出兵北伐，待到那时，汉室复兴便不再只是梦想。这一番对策说得刘备热血上涌，二人从此结下君臣之缘。

但是时，天下三分的局势已定，而蜀汉又最为薄弱。更关键的是，关羽败亡，荆州已失，两路北伐的计划已成泡影，想要出兵北伐，就需要另做筹谋。

在南征大军班师的路上，诸葛亮就开始反复思索北伐良策，但始终一筹莫展。直到在汉阳驻军时，一名不速之客的到来让他心头为之一振。

这个人叫李鸿，是一个从魏国投降到蜀国的人。史书上没有记载他的官职，可见他不是什么显赫之人。当时天下一分为三，人们有了用脚投票的权利，一国之民越境投奔另一国，并不足奇。但李鸿却带来了一些重要的信息，就是他在投蜀的路上，曾经经过了孟达的驻地，并且跟孟达聊了一会儿。

李鸿是这样向诸葛亮描述当时的场景的：李鸿在孟达席间坐下，然后发现席间还有一人，名叫王冲，他本是蜀汉江州督李严属下的牙门将，因为与李严不和，所以投奔了魏国，出身恰与李鸿相反。这个王冲大约是刚离开蜀国，对蜀国仍抱有满腔仇恨，于是在孟达面前做起了搬弄是非、挑拨离间的小人。他信口开河地说，当年孟达降魏，诸葛亮气得咬牙切齿，要将孟达留在蜀国的家眷全部诛杀，多亏先主刘备宽宏大量才没有这么做。这话当然是毫无依据的谣言，目的是抹黑蜀汉的实际执政者诸葛亮。孟达却当场反驳他，说"诸葛亮见顾有本末，终不尔也"。

意思是，诸葛亮知道我投魏的前因后果，绝不可能做出这样的事情。

李鸿将这番话原原本本地讲来，换来了诸葛亮的会心一笑。聪明如诸葛亮，他当然能够看出，李鸿对他讲这些话并非无心之举，而是受了孟达的指使。换句话说，李鸿其实充当了传话人的角色，他奔蜀后不顾路途波折，专程南下来与诸葛亮见面，就是要替孟达向蜀汉传达一种委婉的善意。

诸葛亮当即表示，等回去了要给孟达回一封信。在场的永昌从事费诗表达了反对意见，说，孟达这小子，当年在刘璋手下就不忠心，后来又背叛了先帝，如此反复无常之人，没有必要给他写信。

费诗性格耿直，快人快语，但诸葛亮考虑问题的角度和他不一样。当时的诸葛亮，一门心思都在思考北伐曹魏的路线上，孟达的示好恰好给了他启示：虽然从荆州、益州两路北伐已经不可能，但如果孟达能够与自己联手，在东三郡开拓一条战线，那么他再从汉中北上关陇，这不是也可以实现当年《隆中对》中两路北伐的蓝图吗？

东三郡，即西城郡（治所在今陕西安康）、上庸郡（治所在今湖北竹山县西南）、房陵郡（治所在今湖北十堰市房县），原本是汉中郡的三个属县。建安二十年曹操入汉中，收降张鲁，分汉中之安阳、西城为西城郡，分锡、上庸为上庸郡（房陵可能由于与荆州接壤的缘故，设郡较早）。三郡自西向东呈一字形排列。其中西城濒临汉水（沔水），上庸及房陵则分别以堵水、筑水连通汉水。这样一来，东三郡虽然处于崇山峻岭之中，道路险阻，但与外界却有水路相通，上接汉中，下通荆楚，被唐人李吉甫称为"秦头楚尾"。正是这样独特的地理和区位特点，使得东三郡一方面相对独立，自成一体，另一方面又成为荆、益、雍三州之间的夹心地带，尤其是在魏蜀吴三国鼎立的局面形成后，东三郡可以说完全处于三国疆域的交会区，其地缘价值一下就凸显了出来。

曹操升西城、上庸为郡，很可能就是看重了它们在战略上的潜力，但可惜没过几年，曹操在与刘备争汉中时失利，故放弃汉中。刘备则乘胜进军，选派时任宜都太守的孟达攻打东三郡中的房陵郡。

孟达字子敬，后改子度，扶风郿（今陕西眉县）人。汉末三辅（京兆尹、左冯翊、右扶风，治所在今陕西中部）大乱，许多人为避难往益州迁徙，"南阳、三辅人流入益州数万家"。孟达和他的同乡好友法正就是在这一波迁徙浪潮中迁往益州，成为益州牧刘璋的下属的。刘璋父子将从三辅地区、南阳投奔而来的民众编为士兵，号为"东州兵"，用以镇压益州本地土著的反抗。然而这一举措让益州内部矛盾更为尖锐，而刘璋又暗弱，无治世之才，法正、孟达自负有才，却长期得不到重用，心生怨恨。因而当刘备自荆州入蜀，他们就迅速改换门庭，由迎接刘备的使者转变为给刘备带路的向导。刘备入主益州后，法正、孟达因功受封。法正任蜀郡太守、扬武将军，成为刘备身边的首席谋士。孟达任宜都太守。当时刘备所辖荆、益两州的郡守多为其在荆州时期的旧臣，出任该职的益州新附之臣，只有法正、孟达以及巴郡太守张裔、犍为太守李严。

法正、孟达、李严等人，于益州而言是外来者（李严为南阳人），于刘备而言又是新附者，他们实际上面临的是两层身份上的尴尬。一些论者将他们归为"东州集团"，区别于以诸葛亮为首的"荆州集团"和益州本地人士构成的"益州集团"。刘备入蜀后有意识地拉拢"东州集团"并提升其地位，以平衡各派系力量。法正在刘备身边做谋主，刘备对他的信任超过了对诸葛亮的。孟达担任太守的宜都郡（辖地屡有变迁，大致包括今湖北省宜都市及附近地区，三国时属荆州，以夷道县为治所），是连通荆、益两州的咽喉要道，在他之前担任此职的是与刘备"恩若兄弟"的张飞，足见刘备对他的信赖。

再之后，就是刘备即位汉中王，派孟达独立领兵取东三郡。孟达从秭归出征，到房陵并无水路可直达，但从秭归溯今香溪河北上，越山岭五百里，即可至粉水（今粉青河）上游，顺水依谷可至房陵。这是自汉代就开通的古道，但路途险远，还要跨越一大片人迹罕至的山区（今神农架林区），其难度可想而知。曹操方面未曾想到这个深居于山谷的城市会遭到蜀军的进攻，因此当孟达率军杀到时，房陵毫无防备，很快陷落，太守蒯祺也被乱军所杀。记住这个蒯祺，他的死还将在多年之后影响孟达的命运。

房陵是东三郡中最靠近荆州的城市，顺筑水、汉水而下就可直抵襄阳、樊城，而关羽当时正在统军攻打曹魏这两座坚城，一旦打通通往许都的"南襄隘道"，曹魏的中部防线就岌岌可危了。孟达由秭归而上房陵的军事行为，其目的很可能就是配合关羽北上的战略。

然而，就在孟达初战告捷，攻下房陵时，蜀中的局势却悄然生变。刘备即位汉中王后，以法正为尚书令、护军将军，按职位已居于诸葛亮之上。法正与诸葛亮的派系之争也开始变得尖锐。法正随刘备北上时，留守成都的诸葛亮曾以为前线供应兵源为由，表蜀郡从事杨洪为太守，替换掉法正所占据的这个"核心岗位"。但史书上随即用春秋笔法写道："顷之，（杨洪）转为益州治中从事。"笔者推测，可能是此举招致法正激烈的反抗，而法正又在刘备身边，话语权较重，故而诸葛亮只能妥协，将杨洪另调他职。（后主即位，诸葛亮掌朝政后，又复杨洪为蜀郡太守，可证之。）

在这种环境下，法正与孟达这两位同乡"死党"，一内一外，自然会使诸葛亮乃至刘备产生些许不安。于是，在孟达攻取东三郡取得阶段性成果时，刘备却"阴恐达难独任"，派遣自己的义子、副军中郎将刘封统兵自汉中沿汉水东下，与孟达共同攻取剩下的西城、上庸二郡，并且统领孟达的军队。这样，当东三郡顺利地掌握在刘备手中后，当地的权力格局是刘封为正，且升任副军将军；孟达为副，不仅没有得到任何擢升，而且他之前的职位宜都太守还被名不见经传的樊友顶掉了。

这样的人事安排，无论是出自刘备还是出自诸葛亮，都应当被视为一大败笔。孟达应该有一种被愚弄的感觉，对刘备的不满开始累积，他与刘封的关系也不可能融洽。这就为后来一系列悲剧埋下了伏笔。

二、间于齐楚

就在孟达、刘封攻取东三郡的同时，镇守荆州的关羽受封前将军、假节钺，北上围樊城，打响襄樊战役。然而到了当年（建安二十四年）十一月，形势急转直下，吕蒙白衣渡江，袭取了江陵、公安，陆逊更是逐走樊友，占领宜都，堵住了关羽入蜀的归路。曹操又增调数倍之众来援樊城。关羽腹背受敌，穷途末路，接连向刘封、孟达传信，请求出兵增援。刘封、孟达拒绝出兵，最终关羽孤立无援，兵败身死。

《三国演义》将刘、孟不救关羽的原因归结于刘封与关羽的旧怨，即当初刘备收刘封为义子时，关羽曾冷言冷语道："兄长既有子，何必用螟蛉？后必生乱。"实际上，此为小说家之言。史载，刘备收刘封时尚未有子嗣，刘封与关羽也并没有私人恩怨。史书上说刘、孟不救关羽的原因是"山郡初附，未可动摇"，这是有一定道理的。东三郡当时刚平定不久，还未稳固，且从东三郡走水路至襄樊，进军容易而退军困难，贸然出兵不仅可能会落得跟关羽一起陷入包围圈的下场，还可能顾此失彼，连东三郡都丢了。何况，在成都的刘备的诏令到来之前，刘、孟也并没有义务听从关羽的调遣。

实际上，如果当初刘备没有将孟达从宜都调走，或者让孟达在完成东三郡的战事后就迅速返回宜都，那么当关羽陷入危机时，以宜都郡的地利之便和孟达的军事能力，必定可以对关羽实施有效的救援，至少不会像那个无能的樊友一样弃郡而走，让关羽连唯一的归路都没有了。

当然，孟达不救关羽，也很可能与他对刘备的不满情绪有关。关羽落败后，孟达果然招致了刘备的忌恨。与此同时，法正病故这一不幸的消息也传来，这样他在刘备身边的大靠山就没了。随即，孟达与刘封的矛盾也开始空前激化，刘封甚至做出了"夺达鼓吹"的事情。"鼓吹"是古代行军打仗用来发号施令的金鼓、号角，代表着军事指挥权，因而刘封的做法就等于将争权摆上了桌面。在这样重重压迫之下，孟达做出了一个艰难的决定，那就是率领部曲四千余家，投奔了魏国。

在奔魏之后，孟达给刘备写了一封信：

伏惟殿下将建伊、吕之业[1]，追桓、文之功[2]，大事草创，假势吴、楚，是以有为之士深睹归趣。臣委质已来，愆戾山积，臣犹自知，况于君乎！今王朝以兴，英俊鳞集，臣内无辅佐之器，外无将领之才，列次功臣，诚自愧也。臣闻范蠡识微，浮于五湖[3]；咎犯谢罪，逡巡于河上[4]。

夫际会之间，请命乞身。何则？欲絜去就之分也。况臣卑鄙，无元功巨勋，自系于时，窃慕前贤，早思远耻。昔申生至孝见疑于亲⑤，子胥至忠见诛于君⑥，蒙恬拓境而被大刑⑦，乐毅破齐而遭谗佞⑧，臣每读其书，未尝不慷慨流涕，而亲当其事，益以伤绝。何者？荆州覆败，大臣失节，百无一还。惟臣寻事，自致房陵、上庸，而复乞身，自放于外。伏想殿下圣恩感悟，愍臣之心，悼臣之举。臣诚小人，不能始终，知而为之，敢谓非罪！臣每闻交绝无恶声，去臣无怨辞，臣过奉教于君子，愿君王勉之也。（《三国志·刘封传》注引《魏略》）

注释：

①伊、吕之业：指伊尹、吕望辅佐商汤、周武王建功立业。

②桓、文之功：指齐桓公、晋文公尊王攘夷、称霸诸侯。

③范蠡识微，浮于五湖：范蠡，春秋时越国大臣。越灭吴后，范蠡认为越王勾践"可与共患难，不可与共乐"，于是乘轻舟泛于五湖，不知所终。

④咎犯谢罪，遂巡于河上：咎犯，即狐偃，晋文公重耳舅父，随重耳在外流亡十九年。重耳返国渡河时，狐偃在船上向重耳请辞。重耳投璧于河中立誓与狐偃共享国家。

⑤申生至孝见疑于亲：申生，春秋晋献公太子，为人至孝，反为谗言所害。

⑥子胥至忠见诛于君：子胥，即伍子胥，春秋吴国大臣，忠贞直谏，反被吴王夫差赐死。

⑦蒙恬拓境而被大刑：蒙恬，秦朝名将，率军击退匈奴，收复河套之地。秦二世即位后，蒙恬被逼自杀。

⑧乐毅破齐而遭谗佞：乐毅，战国燕国名将，率燕军攻破齐国七十余城。燕惠王即位，闻齐人反间之言，撤换乐毅。乐毅避祸奔赵。

在信中，孟达以谦恭的口吻，痛陈了自己左右为难的处境。他接连列举申生、伍子胥、蒙恬、乐毅等忠臣被谗言中伤的事情以自喻，认为在关羽荆州覆败之后，他承受了不应有的责难，纵使一片忠心，也沦落到被君王怀疑的下场。于是由蜀至魏，实为不得已。孟达在刘备这里，表现得极度委屈，但他一朝入魏，身体比嘴巴更诚实，很快就充当了魏国讨蜀的马前卒。

孟达入魏赶上了一个好时机，即曹丕嗣位不久，正积极谋划代汉称帝之时。当时，各地都在变着花样制造各种祥瑞，为曹丕称帝制造舆论，而孟达来降可是一个货真价实的真祥瑞，曹丕当然是惊喜不已。他又让大臣去摸了一下孟达的底，这些大臣大约也是为了顺新主子的心意，交口称赞孟达是"将帅之才""卿相之器"。于是曹丕身为魏王和"准皇帝"，主动降尊给孟达写了一封饱含热情的欢迎信，《魏略》摘录了其中两段：

近日有命，未足达旨，何者？昔伊挚背夏而归商①，百里去虞而入秦②，乐毅感鄗夷以蝉蜕③，王遵识逆顺以去就④，皆审兴废之符效，知成败之必然，故丹青画其形容，良史载其功勋。闻卿姿度纯茂，器量优绝，当骋能明时，收名传记。今者翻然濯鳞清流，甚相嘉乐，虚心西望，依依若旧，下笔属辞，欢心从之。昔虞卿入赵，再见取相⑤，陈平就汉，一觐参乘⑥，孤今于卿，情过于往，故致所御马物以昭忠爱。

今者海内清定，万里一统，三垂无边尘之警，中夏无狗吠之虞，以是弛冈阔禁，与世无疑，保官空虚，初无质任。卿来相就，当明孤意，慎勿令家人缤纷道路，以亲骇疏也。若卿欲来相见，且当先安部曲，有所保固，然后徐徐轻骑来东。（《三国志·明帝纪》注引《魏略》）

注释：

①伊挚背夏而归商：伊挚，即伊尹，本为有莘氏媵臣，辅佐商王成汤灭夏。

②百里去虞而入秦：百里奚，本虞国人，知虞公不可谏，西行入秦，佐秦穆公图霸。

③乐毅感鸱夷以蝉蜕：鸱夷，即革囊，生牛皮做的袋子。吴王夫差赐死伍子胥后，用鸱夷装其尸身沉入江中。乐毅为齐人所谗间，弃燕奔赵，在给燕惠王的信中提到伍子胥被赐死之事。

④王遵识逆顺以去就：王遵，新莽末年人，与隗嚣同举兵，但他认为隗嚣必败，于是归附刘秀。

⑤虞卿入赵，再见取相：虞卿，战国说客，入赵后为赵孝成王重用，第二次相见就被拜为上卿。

⑥陈平就汉，一觐参乘：陈平，秦末汉初人，初投魏王咎，又归项羽，后降汉。刘邦召见他后，即拜他为都尉，使为参乘、典护军。

曹丕虽为君王，但骨子里还是个文人，文章写得一片深情，先是引用伊尹归商、百里奚入秦、乐毅奔赵、王遵投汉的历史故事，称赞孟达顺应大势，弃暗投明。然后举虞卿入赵、陈平就汉都得到了显达高位的例子，明示孟达在魏国将会得到更优厚的待遇。（"孤今于卿，情过于往。"）随后曹丕还贴心地告诉孟达朝廷已经取消了质任（将外将的儿子留在国都当人质）的旧制度，打消他的顾虑，让他安顿好部曲后，再慢慢来相见。

不久，孟达来到谯县觐见曹丕。曹丕与他长谈许久，见他谈吐雅量，更是喜悦。一次曹丕出行，竟然邀请孟达一起乘坐自己的小辇，而且拉着他的手，抚着他的背，开玩笑地说："你不会是刘备派来的刺客吧！"能开这样玩笑的，都是相识多年的老友，可见曹丕的确没有把孟达当外人。

孟达受此礼遇，自然是感激涕零，并且立即表态，称愿意为魏国攻下东三郡作为见面礼。曹丕大喜，遣征南将军夏侯尚、右将军徐晃引军与孟达同往，将这一战作为自己受禅登基后的首战。

重返东三郡的孟达，已经与刘封兵戎相见了。孟达知道刘封的软肋。刘备即位汉中王后，立刘禅为太子，刘封则被派往东三郡驻守，亲疏之别已分，刘封内心难免有情绪。孟达决定先礼后兵，给刘封寄去了一封劝降信，信中说：

古人有言："疏不间亲，新不加旧。"此谓上明下直，谗慝不行也。若乃权君谲主，贤父慈亲，犹有忠臣蹈功以罹祸，孝子抱仁以陷难，种、商、白起、孝己、伯奇①，皆其类也。其所以然，非骨肉好离，亲亲乐患也。或有恩移爱易，亦有谗间其间，虽忠臣不能移之于君，孝子不能变之于父者也。势利所加，改亲为仇，况非亲亲乎！故申生、卫伋、御寇、楚建②禀受形之气，当嗣立之正，而犹如此。今足下与汉中王，道路之人耳，亲非骨血而据势权，义非君臣而处上位，征则有偏任之威，居则有副军之号，远近所闻也。自立阿斗为太子以来，有识之人相为寒心。如使申生从子舆之言，必为太伯③；卫伋听其弟之谋，无彰父之讥也④。且小白出奔，入而为霸⑤；重耳逾垣，卒以克复⑥。自古有之，非独今也。

夫智贵免祸，明尚凤达，仆揆汉中王虑定于内，疑生于外矣；虑定则心固，疑生则心惧，乱祸之兴作，未曾不由废立之间也。私怨人情，不能不见，恐左右必有以间于汉中王矣。然则疑成怨闻，其发若践机耳。今足下在远，尚可假息一时；若大军遂进，足下失据而还，窃相为危之。昔微子去殷⑥，智果别族⑧，违难背祸，犹皆如斯。今足下弃父母而为人后，非礼也；知祸将至而留之，非智也；见正不从而疑之，非义也。自号为丈夫，为此三者，何所贵乎？以足下之才，弃身来东，继嗣罗侯，不为背亲也；北面事君，以正纲纪，不为弃旧也；怒不致乱，以免危亡，不为徒行也。加陛下新受禅命，虚心侧席，以德怀远，若足下翻然内向，非但与仆为伦，受三百户封，继统罗国而已，当更剖符大邦，为始封之君。陛下大军，金鼓以震，当转都宛、邓；若二敌不平，军无还期。足下宜因此时早定良计。《易》有"利见大人"，《诗》有"自求多福"，行矣。今足下勉之，无使狐突闭门不出⑨。（《三国志·刘封传》）

注释：

①种、商、白起、孝己、伯奇：种，春秋越国大夫文种，辅佐越王勾践复国灭吴，后被勾践赐死；商，商鞅，战国改革家，在秦实施变法，使秦国富强，死后被秦惠文公施车裂之刑；白起，秦将，屡立战功，受封武安君，但与相国范雎不和，被赐死；孝己，商王武丁之子，尊奉孝道，遭后母馋毁，被放逐而死；伯奇，西周大臣尹吉甫长子，为后母所诬陷，被放逐于野。

②申生、卫伋、御寇、楚建：申生，春秋晋献公太子；卫伋，春秋卫宣公太子；御寇，春秋陈宣公太子；楚建，春秋楚平王太子。此四子均为嗣子，但都为人所馋毁，或被诛，或出奔。

③申生从子舆之言，必为太伯：子舆，即晋大夫士蒍。士蒍见申生失宠，劝他出奔避难，或可为吴太伯。申生不从，终被逼杀。

④卫伋听其弟之谋，无彰父之讥也：卫宣公欲害太子伋，使他出使齐国，并派盗贼于途中暗杀。太子伋异母弟公子寿知情，劝太子勿往，太子不愿忤逆父命，遂行。公子寿盗太子白旄先行，为盗贼所杀，太子伋后至，谓盗曰"所当杀乃我也"。亦死。

⑤小白出奔，入而为霸：小白，即齐桓公，齐内乱时他出奔莒国，后归国即位，九合诸侯，称霸列国。

⑥重耳逾垣，辛以克复：重耳，即晋文公，出奔周游列国十九年，返国后战胜楚国而称霸。

⑦微子去殷：微子，商纣王庶兄，见纣王昏庸无道，屡谏不听，便去国避难。武王灭商后，将微子封于宋国。

⑧智果别族：智果，春秋晋国人，智伯瑶叔父。他预感智伯瑶将败亡，便另立宗庙，别为辅氏。后智伯瑶败亡，智果得以幸免。

⑨无使狐突闭门不出：狐突，春秋晋国大夫，狐毛、狐偃之父。他预计晋国将要发生内乱，于是闭门不出。

孟达在信中反复离间刘封与刘备的关系，指出了刘封所处的尴尬境地。他列举晋太子申生、卫太子伋、陈太子御寇、楚太子建等人的事例，称这些太子原本都是嗣子，最终都蒙受不白之冤，下场凄惨。而刘封与刘备并非血亲，如今却拥兵在外，必定不会为刘备所容。（"自立阿斗为太子以来，有识之人相为寒心。"）孟达认为，刘禅被立为太子，已经证明刘封失去了信任，不如效法当年的齐桓公、晋文公，出奔他国，以免大祸及身。

刘封与孟达本就不睦，当然不会听信孟达的挑拨。但仅凭刘封，如何抵得过曹魏大军？此时东三郡本地豪强申仪、申耽兄弟又开城投魏，刘封腹背受敌，只得败走成都，东三郡又落入魏国之手。

刘封回到成都后，诸葛亮"虑封刚猛，易世之后终难制御"，建议刘备除之。刘备从其言，令刘封自裁。刘封这时候才反应过来，孟达的劝降书中句句都言中他的命运。他临终前的遗言是："恨不用孟子度之言！"

刘封虽然有错，但他毕竟是刘备当年亲自选定的养子，名分与亲生子无二，且为蜀汉政权立下了汗马功劳。虎毒尚且不食子，刘备与诸葛亮却欲除刘封而后快，虽然考虑的是为刘禅未来登基扫除障碍，但也多少体现出政治家的冷血与残忍。

刘封之死让孟达感到庆幸，孟达为曹魏夺得东三郡，也换来了丰厚的酬劳。曹丕将三郡合成一郡，名为新城郡，仍让孟达为太守，拜散骑常侍，带其部曲驻守。这种礼遇可谓超过以往。此前刘琮举荆州而降，被曹操置于青州；张鲁举汉中而降，被曹操置于邺城。这都是为了切断他们与故地之间的联系，防止尾大不掉。曹丕让孟达还镇东三郡，令许多臣僚大惑不解，认为待他过厚。刘晔更认为，孟达毫无忠诚可言，"新城与吴、蜀接连，若有变态，为国生患"。曹丕则信誓旦旦地说："吾保其无他。"

但话锋一转，曹丕还是透露了自己的心思："亦譬以蒿箭射蒿中耳。"蒿箭，就是蓬蒿做的箭，属于劣质品，意为不足惜之物。用蒿箭去射蓬蒿，跟"煮豆燃豆萁"是一个意思，就是让同类自相残杀。看看，这才是曹丕对孟达的真正态度。他礼遇孟达，不过是做给世人看的礼贤下士、厚待降人的表演。让孟达还驻东三郡，不过是让他做魏国的看门犬和马前卒，跟蜀汉自相消磨罢了。

孟达不会看不出曹丕的这一层心思，但他作为一个降臣，曹丕的信赖就是他最大的资本。好在此后魏蜀两国无战事，孟达在新城度过了一段悠闲的日子，并且逐渐地将这里打造成了一个"独立王国"。

但好景不长。黄初二年，魏国突然对新城郡进行调整，从新城郡析出原西城郡的辖地，设魏兴郡，以申仪为太守，封员乡侯，屯洵口（今陕西旬阳）。

申耽、申仪兄弟本是西城、上庸一带的豪族，聚有数千家，作为地方豪强，他们没有忠诚度可言，谁能控制东三郡，并且能保障他们的利益，他们就对谁效忠。于是张鲁来了他们通张鲁，刘备来了他们降刘备，孟达投魏后他们又见风使舵，出卖刘封向魏称臣。魏国起初的方案是将申氏兄弟调离东三郡，如申耽就被封为怀集将军，徙往南阳。但仅仅两年，魏国就让申仪复归东三郡，还从孟达手中割走了最靠近蜀汉的魏兴郡，这明摆是向东三郡掺沙子，让申仪牵制孟达。

这自然引起了孟达的警觉。恰在这一年，与孟达交好的太常桓阶去世，这让他失去了一个在魏国朝中为他说话的人。孟达动起了首鼠两端的心思，但由于他身份敏感，做这种事情又不能过于直白——好在新城郡已经成为魏蜀之间的一个往来中转之地和信息交汇之地，魏降蜀、蜀降魏的人都会于此经过——于是就有了孟达导演的这一出由李鸿出面与诸葛亮"暗通款曲"的戏码。

如孟达所愿，次年，他果然收到了诸葛亮的回信。

三、思得良伴

诸葛亮给孟达的书信虽然简短，但口吻亲切，体现出极高的情商，全信如下：

> 往年南征，岁末乃还，适与李鸿会于汉阳，承知消息，慨然永叹，以存足下平素之志，岂徒空托名荣，贵为乖离乎！呜呼孟子，斯实刘封侵陵足下，以伤先主待士之义。又鸿道王冲造作虚语，云足下量度吾心，不受冲说。寻表明之言，追平生之好，依依东望，故遣有书。（《三国志·费诗传》）

这封短信中有三层意思：第一层，对李鸿传递来孟达的消息给予积极的回复，并对孟达不受谣言的蛊惑、信赖诸葛亮的为人表示赞赏；第二层，对孟达投魏表示惋惜和遗憾，并把罪责都扣在已经死去的刘封的头上，为孟达洗刷开脱的"叛徒"身份；第三层，表达对孟达的思念之意，半遮半掩地引诱他重回蜀土。

这封信的点睛之笔就在结尾的"依依东望"四字。成都在西，新城在东，诸葛亮在成都"依依东望"，望的是什么？望的是孟达归蜀。这句话点到为止，不能说破。因为这时候诸葛亮的北伐还是一个需要严格保密的军事计划，绝不能让曹魏方面有一丝一毫的察觉和准备，这也是诸葛亮第一次没有与东吴联手北伐的原因——谁能保证孙权不会把他的计划卖给曹魏？笔者猜想，此时诸葛亮北伐的蓝图——从汉中溯西汉水出祁山，攻打曹魏防御最为薄弱的陇西诸郡——应该已经出炉，并且他已经在秘密地布局前期工作，包括清点粮饷、训练军队、修整道路、探察敌情，甚至已经着手将谍报人员安插进陇西诸郡开展策反任务。届时大军一旦出动，将对曹魏造成史无前例的震慑，也势必会招致其疯狂的反扑。如果这时孟达能在新城郡叛魏归蜀，乐观一些，他能配合北伐军在东线开辟第二战场，直插宛、洛。即便不能，他固守城郭，将魏军大部牵制在关东而不敢西向，给诸葛亮争取足够的时间平定关西，那么其价值也是巨大的。

自从这次的"破冰"通信后，诸葛亮与孟达之间的信件就多了起来。史书上称"达得亮书，数相交通，辞欲叛魏"。也就是说，在多次书信来往中，孟达已经明确表示，自己要叛魏归蜀了。促使孟达做出如此果决的表态的原因是曹魏朝中发生了剧变：就在诸葛亮给孟达寄去信的那年，即魏黄初七年夏五月，魏文帝曹丕驾崩，而就在一个月前，与孟达关系密切的征南大将军、荆州牧夏侯尚也病故了。曹丕终年四十岁，夏侯尚与他年齿大体相当。魏国唯一能够庇护孟达的君臣二人英年早逝，让孟达更为惶恐不安。他与诸葛亮的书信往来越发频繁，继续为自己归蜀铺路。与此同时，孟达还与东吴保持着联络，"连吴固蜀，潜图中国"。从新城沿汉水东下入长江，就可以直抵当时东吴的国都武昌。万一魏、蜀均不能容，投吴也不失为一个选项。

曹魏政局动荡，对诸葛亮来说当然是好消息，这也促使他更加坚决并积极地筹备北伐。魏明帝曹叡改元后的第一年，即魏太和元年、蜀建兴五年（227），诸葛亮率诸军北驻汉中，向后主上《出师表》，完成了北伐的所有准备工作。而关于孟达这边，诸葛亮唯恐他尚有犹疑，在北伐的关键时刻横生枝节，还特意让李严出面使他安心。

李严，字正方，南阳人。他与孟达身份相似，都是由刘璋一方归附刘备的"东州集团"成员，不同的是，李严此前还有过在刘表手下任职的经历，与荆州人士渊源更深。建安二十五年孟达攻取上庸时，李严曾出兵协同作战，二人应当交情匪浅。刘备白帝城重病，将李严从一郡太守擢升为尚书令，与诸葛亮同受托孤之重。后主即位后，尽管诸葛亮总揽军政大权，但李严为中都护，封都乡侯、假节，都督江州、永安，仍是蜀汉握有实权的二号人物。但是随着法正、刘巴的亡故，孟达、黄权的投敌，蜀中的"刘璋旧人"越来越少，李严反倒与孟达一样，都有着一种四顾茫然的孤独感。

于是在李严给孟达的信中，就出现了与诸葛亮的信里所写的截然不同的词句：

吾与孔明俱受寄托，忧深责重，思得良伴。（《三国志·刘彭廖李刘魏杨传》）

前半句是在强调，自己与诸葛亮同为先帝的托孤重臣，至少是平起平坐的，这里已经隐含着李严对诸葛亮凌驾于己的不满了。后半句的"思得良伴"是点睛之笔。对国家而言，邀请你孟达归国，你就可以与我李严同列朝堂之上，这是看得见的好处，也是台面上的意思。而对于我李严而言，你孟达的归国，将壮大我"东州人"的力量，将来与诸葛亮争权，咱俩还要同心协力、肝胆相照呢。

李严心里的小九九，诸葛亮大约也略知一二，他与李严决裂是迟早的事情。但在眼下，北伐是头等大事，孟达是重要的争取对象，诸葛亮必须在他面前表演出蜀汉君臣精诚团结的样子，以与曹魏内部的钩心斗角做对比，催促他尽快做决定。因此在诸葛亮给孟达的书信中，也不乏夸赞李严的话语：

部分如流，趋舍罔滞，正方性也。（《三国志·刘彭廖李刘魏杨传》）

这是夸李严处理公务效率很高，不拖泥带水。这的确也是实情。清人何焯评价道，李严若不是后来心术不正，则完全可以与娴于政务的费祎比肩。

一面是魏国的猜忌、冷漠和无法预测的未来，一面是蜀汉两位实际掌权者三番五次的热情相邀，孟达对叛魏归蜀一事再不迟疑。当他得知诸葛亮北驻汉中，即将发兵北伐时，便迅速反应，派密使前来。

这次孟达的密使送来的却不是书信，而是三样礼物：玉玦、织成鄣汗（鄣泥、马鞯，垂在马背两侧用来挡泥，用织成锦制作）、苏合香（一种从西域传入的香料）。它们合起来，是一道字谜题。诸葛亮何等聪明，立刻就猜出谜底：玉玦，代表事已决；织成，代表谋已成；苏合香，代表事已合。三者合起来，意思就是"我已经准备好了，等丞相你发兵，我就依照计划，全力配合你"。

诸葛亮与孟达此前密谋达成的计划是什么？史书没说。合理推断，该计划应是在次年春，即蜀汉建兴六年（228），诸葛亮统兵从祁山取陇西，赵云、邓芝出斜谷为疑兵，孟达则在新城起兵叛魏，侵扰魏国襄阳、南阳郡界。一夜之间，三面开花，曹魏即便是兵多将广，也必然乱作一团，首尾不得相顾。

如此大计，自然得小心隐蔽，切不能为曹魏知晓。孟达派人送字谜而非书信来，正是这个意图。

然而，就在一切都按计划的轨道推进的时候，诸葛亮却做了一件让人匪夷所思的事情。他打发了孟达的密使后，唤来了一个叫郭模的下属，把孟达送的这三个礼物的谜底全部都告诉了他。然后郭模按照诸葛亮的吩咐，从汉中走汉水直奔魏兴郡，将这些话原封不动地泄露给魏兴太守申仪。申仪原本就是魏国安插到东三郡监视孟达的人，和孟达关系紧张，得到这一消息，他立即密报魏帝曹叡：孟达要反了！

也就是说，诸葛亮收到孟达精心设计的字谜后，转手就把孟达出卖了。

四、千里疾行

诸葛亮为什么要出卖孟达？

史书上说了一个原因："亮欲促其事。"就是说，诸葛亮怕孟达跟他阳奉阴违。万一，孟达说好了跟他一起发兵伐魏，但关键时候却作壁上观，甚至为了向魏国邀功反过来打汉中，怎么办？不如故意让他的计划泄露，断了他的后路，逼他不得不反。

这是合乎逻辑的。孟达反复无常，诸葛亮不能不对他有所提防，先备一手。但是看到故事的结局我们才会明白，诸葛亮不仅仅是要孟达反，更是要孟达的命。在诸葛亮给孟达写第一封信时，孟达的命运就已经注定了——他永远不可能活着回到蜀国，成为诸葛亮与李严的"良伴"。

我们先来说魏国对此事的反应。这一年魏帝曹叡二十四岁，虽然登基仅一年，但已经显露出成熟与城府。他得到申仪的密报后，感到难以置信。仅凭一个降人郭模的几句话，就能证明孟达背叛？这会不会是蜀国的反间计？曹叡毕竟深居宫中，难以下判断，于是他决定将孟达的事情交给一位得力的大臣去处理，这个大臣名叫司马懿。

孟达降魏后，新城郡归荆州管辖。曹丕时期，总督荆州军政的是夏侯尚。他与曹丕早年为"布衣之交"，深受宠信，颇有军事才能。夏侯尚督荆州后，与孟达相处较为融洽。他曾在孟达的协助下，亲自率军深入秦巴山区，自上庸向西行进七百余里，将因为躲避战乱藏匿在山岭中的山民、蛮夷招抚下山。这项行动开展了五六年，成果丰硕，降服归附者有数千家之多，大大充实了曹魏荆州地区的人口与兵源。几年之后，他们还将在上庸发挥重要的向导作用。

然而，夏侯尚在处理家庭事务上却一团糟。他宠幸小妾，冷落正妻，而这正妻偏偏是曹真之妹、皇室宗女。正妻一气之下，将家事闹到了皇上那里，曹丕当然向着自家人，派人将夏侯尚的爱妾绞死。谁料到，爱妾一死，夏侯尚竟然悲伤过度，神情恍惚，次年便郁郁而终。

夏侯尚的去世，引发了连锁效应，先是荆州出现权力真空，孙权趁机发动攻势，亲率大军围江夏，又遣诸葛瑾、张霸围襄阳。刚即位的魏主曹叡大胆起用文臣出身、从未统过兵的司马懿南下抵御。紧接着，司马懿成功击退吴兵，斩张霸，立有大功，升骠骑将军。到了次年六月，曹叡诏令司马懿兼任督荆、豫二州诸军事，屯宛县。至此，司马懿完全接手了此前夏侯尚的职务，成为曹魏军界中仅次于曹休、曹真的三号人物。也就是说，司马懿成了孟达的新上司。

如果说夏侯尚的去世已经让孟达内心不安，那么司马懿的到来则成为孟达坠入深渊的开始。

司马懿能够从一介主簿做到太子曹丕的"四友"，再到如今以文臣身份领兵，享有与宗室将军并列的殊荣地位，靠的是老谋深算、藏而不露。而一旦让司马懿居于要职，他又能够审时度势、果决行事。早在孟达降魏之初，司马懿就曾多次规劝曹丕，说孟达"言行倾巧，不可任"，但曹丕不听。现在，孟达是他出镇荆州之后面对的第一个对手，他该如何出招呢？

《三国志》注引《魏略》中说，司马懿派了一名叫梁幾的参军去孟达那里探听虚实，然后劝其入朝为官。孟达听了以后十分恐惧，知道自己的密谋已经泄露了，于是索性就反叛了。笔者对这一记载的真实性存疑。以司马懿的智慧，不可能做出这样打草惊蛇的蠢事。《魏略》的作者鱼豢很可能是把后来司马昭调诸葛诞入朝，将其逼反的事情混记在司马懿这里了。应按照《晋书·宣帝纪》的记载：孟达听闻其密谋已泄（很可能也是诸葛亮有意告诉他的），准备提前举兵。而司马懿则希望能够尽量稳住他，延缓他举兵的速度。于是司马懿给孟达写了一封信，信中说：

　　将军昔弃刘备，托身国家，国家委将军以疆埸之任，任将军以图蜀之事，可谓心贯白日。蜀人愚智，莫不切齿于将军。诸葛亮欲相破，惟苦无路耳。模之所言，非小事也，亮岂轻之而令宣露，此殆易知耳。（《晋书·宣帝纪》）

司马懿这封信有两层意思，一是强调多年以来魏国对孟达的重用与信任，打情感牌；二是在孟达和诸葛亮之间挑拨离间，说蜀人恨你已久，这些都是诸葛亮的阴谋诡计。你看，郭模说的这些话，都是军中的机密，诸葛亮怎么可能轻易将它泄露出来呢？显然，所谓"孟达叛变"都是诸葛亮导演的假象，肯定不是真的！

孟达自入魏后长期守边，入朝较少，估计与司马懿鲜有交集，对司马懿缺乏基本的了解。因此在接到司马懿的信后，孟达本能地"大喜"，显然轻视了这个新上任的大都督——虽然计谋泄露了，但他对我并没有怀疑嘛！在暗笑司马懿迂腐的同时，孟达的心底里可能还会涌起一丝感动——此人对我如此信任，是个值得交往的朋友啊！

在经过这一番思虑之后，孟达对这次泄密事件的评估应该是：没有对曹魏方面造成多大的影响，曹魏也没有对他有进一步军事行动的打算，他顶多防备一下那个老冤家申仪就好。就这样，司马懿成功地用一封信麻痹了孟达，为自己争取了宝贵的时间。

孟达对司马懿放下戒备，也不仅仅因为这封信，还源于他对于东三郡地缘优势的高度自信。孟达在给诸葛亮的书信中曾经对司马懿来讨的可能性进行过一番分析论证：

宛去洛八百里，去吾一千二百里，闻吾举事，当表上天子，比相反复，一月间也，则吾城已固，诸军足办。则吾所在深险，司马公必不自来；诸将来，吾无患矣。（《晋书·宣帝纪》）

当时司马懿屯驻宛县，距离曹魏国都洛阳八百里，距离孟达所驻扎的上庸城一千二百里。孟达认为，司马懿若要来讨伐，按流程必须上奏魏帝曹叡，再等曹叡批复，这样一来二往，起码要耽搁一个月，到那时候城池已经加固，士兵已经集结。孟达更是对上庸城的地理环境抱有十足的信心，他断定如此深险之地，司马懿就算想要征伐也不会亲自前来，而如果仅派普通将领前来，那击退他们还不是轻而易举的事情。

上庸对孟达来说的确是一块福地，孟达曾两次攻取这里，一次是以蜀将身份降服魏将申耽，一次是以魏将身份逐走蜀将刘封。上庸城群山环抱，三面环水，其城西还有一座白马山，上建有白马塞。孟达曾登上白马塞，俯瞰着这座山城，感叹道："刘封、申耽，据金城千里而失之乎！"孟达将上庸视为"金城"，可以想见此城的确固若金汤。可他没有料到，下一个失地的守将就是他自己。

司马懿当然没有孟达想象的那么愚蠢，他根本不必向魏帝请命，而是立即整顿兵马，准备讨伐孟达。出兵之前，司马懿的帐下一度还有反对意见，许多将领都认为孟达长期与吴蜀两国暗通往来，攻打孟达，势必牵一发而动全身，不如先观望一下再做决定。司马懿却说，孟达素来就没有信义可言，现在正应该趁他犹豫不决的时候一举猛攻。

司马懿以最快的速度集结兵力，倍道兼行。据《晋书·宣帝纪》记载，司马懿仅用了八天就抵达上庸城下，完成了对上庸城的包围。面对神兵天降，孟达大为恐慌，他甚至在给诸葛亮的求救信中哀号：

吾举事，八日而兵至城下，何其神速也！

字里行间，可见孟达方寸大乱。

司马懿八日行军一千二百里，是如何实现的？上庸位于山岭河谷之地，司马懿不可能像当初曹操在当阳追刘备那样全部动用骑兵。若走水路，需从宛县顺淯水南下至襄阳，再溯汉水、堵水而上至上庸，其中大段属于逆水行舟，且司马懿出兵在冬季，河流枯竭不可能承载运兵大船，走水路也不现实。以此推论，司马懿大军应当以步兵为主要建制，循河谷小道步行进军。汉魏时期，一里约合今四百一十五米，宛距上庸一千二百里，即近五百千米的路程。也就是说，司马懿的大军每天步行超过六十千米，连续八天，且在崇山峻岭之中。若记载无差，如此机动能力的确让人叹为观止。

笔者以为，《晋书》史料多依据晋人所书，对司马懿的功绩颇多过誉，八日行一千二百里或有夸大之嫌。还有一种可能是，司马懿已先进军，在行军途中给孟达寄去的安抚信。从孟达收到信算起，八天司马懿即到城下。

此外，司马懿能够在秦巴山区倍道兼行，如入无人之境，必定有熟悉当地地情的向导相助。笔者推测，司马懿的向导很可能就来自他的前任夏侯尚在上庸招抚的那数千家山民、蛮夷。司马懿将他们编入军队，不仅能够搜寻到通往上庸的最快道路，而且能够对上庸城的山水形势、攻防要略都了如指掌。司马懿大军一到，立即渡过堵水，攻破城外木栅，直抵城下。司马懿将军队分为八部，从八个方向向上庸城发动猛攻，孟达只能做困兽之斗。

五、公私两怨

尽管如此，司马懿此次征讨依然冒着巨大的风险。十一年后，已升任太尉的司马懿远征辽东公孙渊，在与部下商议策略时提及这场上庸之战。司马懿说，孟达兵士虽少，但粮食充足，足以支撑一年，而魏军虽然四倍于敌，但军粮不够一月的开支。因此在攻城的过程中，必须采取速攻的战略，不计死伤，与粮草的消耗赛跑。（"以一月图一年，安可不速？"）这的确接近孤注一掷。司马懿急行军，不可能携带重型攻城器械，攻坚能力必定大打折扣。孟达本有以逸待劳的优势，外加上庸有地利之险，若是能像曹仁、满宠、郝昭等名将一样，将士齐心，凭坚据守，将司马懿拖至粮尽，再反攻杀出，未必不能扭转战局，化被动为主动。可是，司马懿大军的倏然而至对孟达及上庸军而言是一种心理上的冲击，即便城池坚固，人心也已经涣散。孟达唯一的救命稻草，就是来自蜀、吴的援军。

就在孟达被围于上庸、向诸葛亮求救的时候，诸葛亮已经在汉中完成了北伐陇西的所有准备工作，只待次年开春，便以雷霆之击震慑曹魏。孟达将司马懿的大军吸引到上庸，并且引发激烈的攻防战，正是诸葛亮希望看到的。从战略层面上而言，不救上庸，让孟达尽可能多地消耗魏军，更符合诸葛亮的利益。而从个人角度而言，诸葛亮本身也并不希望看到孟达归蜀。孟达反复无常，已经毫无政治信义可言，他归蜀后，能否为蜀汉忠心效劳，又能否甘居诸葛亮之下，听从调遣，都要画上一个大大的问号。国中有一个与自己暗中争权的李严，已经够让诸葛亮头疼的了，诸葛亮主政的蜀汉，根本没有孟达的一席之地。

另一层促使诸葛亮不救孟达的私人恩怨，是孟达当年在攻打房陵时，其兵士杀害了房陵太守蒯祺。

《资治通鉴》胡三省注称，蒯祺可能是刘表所置的房陵太守，否则就是自立的。此说欠妥。蒯祺在清人任兆麟编《心斋十种》所辑录的《襄阳耆旧记》有记载，他是晋臣蒯钦的从祖父，同出中庐蒯氏。中庐在今湖北襄阳市西南，蒯氏为荆襄大族，在汉末有蒯越、蒯良，先附刘表，后归曹操。曹操曾言："不喜得荆州，喜得蒯异度（异度为蒯越字）耳。"蒯越至魏官至光禄勋，其族裔与东海王氏、河内司马氏、吴郡孙氏、弘农杨氏等名门望族皆有姻缘关系，可谓显达。蒯祺为房陵太守，当是曹操所置，以沟通东三郡与下游襄樊一带。

但蒯祺的另一个敏感的身份是诸葛亮的姐夫。诸葛亮有两个姐姐，大姐嫁给了蒯祺，二姐嫁给了庞德公之子庞山民（《襄阳耆旧记》载为庞仙民），诸葛亮自娶襄阳名士黄承彦之女。这是诸葛亮一家客居襄阳时与荆襄大族所织就的联姻网络，对诸葛亮未来名噪于荆楚、出仕于刘备起到了催化作用。但随着建安十三年曹操南下，荆州大族大多北投曹操而去，一家分属南北两大阵营者屡见不鲜。如诸葛亮的二姐夫庞山民仕魏，官至黄门、吏部郎，而其堂弟庞统则成为刘备谋主。蒯祺与蒯越等同附曹操，并赴房陵任职，从而与诸葛亮分处敌战之国。虽然孟达和蒯祺各为其主，且蒯祺死于乱军，非孟达有意为之，但蒯祺之死确实可能是横在诸葛亮与孟达之间的一道难以逾越的沟壑，在诸葛亮舍孟达为弃子的决定中添加了隐形的砝码。

虽然诸葛亮对孟达不施援手，但孟达被围于上庸后，确有援兵前来。《晋书·宣帝纪》载："吴蜀各遣其将向西城安桥、木阑塞以救达，帝分诸将距之。"安桥在西城西南，木阑塞在洵口东北，均位于申仪所据魏兴郡的辖地，距上庸尚远，不知是史书记载有误，还是援军走错了地方。既然诸葛亮已经拒绝援救，那么这一支蜀军何来？唯一合理的解释是李严所派。李严当时督江州、永安等地，孟达可能也向李严求援了。但从巴东向上庸派军，所经道路并不顺畅，其援军无异于杯水车薪。孟达与东吴暗通往来已久，故而东吴也有派兵相救的可能，但吴军远在汉水下游，逆水而上还要经过曹魏的防区，不可能调动大军，其效果也大打折扣。果然，这两支援军都被司马懿分兵所拒，未能发挥作用。

经过十六日的跨年猛攻，到了太和二年春正月，上庸城终于陷落。崩溃的并不是城墙，而是城内惶惶不可终日的军心、民心。在司马懿的诱使之下，孟达部将李辅、外甥邓贤开城出降。司马懿斩孟达，传其首级于京师洛阳，曹叡下令将其首级焚烧于洛阳街市最为繁华的十字路口，以露其恶。孟达一生多叛，最终亦为部属所叛，兵败身死，令人叹惋。

司马懿诛孟达后，也顺手解决了东三郡长期以来孤悬在外、不受中央管制的积弊。他将魏兴太守申仪执归洛阳，又将孟达余众七千余家迁往幽州苦寒之地，彻底斩断地方豪强对东三郡的控制。随后，魏国分新城上庸、武陵、巫县为上庸郡，锡县为锡郡［锡郡景初元年（237）废，以锡县属魏兴郡］。至此，东三郡基本恢复了建安末年三郡分置的格局（只是名称有变化：西城郡为魏兴郡，房陵郡为新城郡）。

孟达覆亡不久，诸葛亮即兵出祁山，发动了第一次北伐。但孟达的仓促起兵与迅速覆亡，打乱了诸葛亮周密的战略布局。东线并没有牵制住曹魏。在判断出蜀军的主力目标是陇西后，魏帝曹叡御驾亲征，西驻长安督战，右将军张郃驰援陇西，于街亭大破马谡、高详。蜀军初期所得安定、南安、天水三郡旋即复失，诸葛亮见大势已去，只得由西县退回汉中。这一次北伐，是诸葛亮历次北伐中准备最为充分的一次，也是成功率最高的一次，最终落败，与诸葛亮关于东三郡的决策失误不无关联。他根本没有料到，孟达面对的司马懿是一个多么凶狠的角色，而数年之后，司马懿也将与他面对面交锋，成为他北伐中原最大的对手。

至于东三郡，未能在孟达事件中由魏归蜀，也为蜀汉埋下了一大隐患。太和四年（230）秋，魏国发动三路大军伐蜀，其中司马懿由西城溯水而上，率兵向汉中东翼。当时诸葛亮分兵据守，兵力不足，甚至从江州调李严北上汉中协防。只因连月大雨，道路不通，魏军才撤军而返。设使当时无雨，司马懿突破城固、赤阪诸围进入汉中盆地，与自子午谷而来的张郃会师，那将对汉中的防御造成何等打击？

东三郡之失，不仅让蜀汉失去了汉中东边的屏障，也让蜀汉再也无法从汉中东向用兵。诸葛亮死后，继其执政的大司马蒋琬曾试图调整蜀军的北伐路线，多作舟船，由汉水东下袭取魏兴、上庸，再以东三郡为跳板攻打魏荆州之地。但这一策略却遭到了大多数朝臣的反对，因为如果顺水东下不能得胜，那么军队回师将异常艰难，可能有去无回。蒋琬不久病笃，此计也随即搁浅。姜维掌军后，屡次发兵皆往陇西，于是东三郡归于沉寂，逐渐淹没于历史的尘埃之中。

如今在陕西省旬阳县城以东的王家山上，有一座覆斗形古墓，高约五米，围长约二十二米。当地传此为孟达之墓。墓侧立有一座八米高的砖塔，为清光绪年间所建。据说由于孟达墓的封土不断变高，村民担心孟达的"武气"破坏当地的"文运"，于是修建宝塔镇墓，取名为"文星塔"。历经一千八百年的沧桑岁月，许多三国英雄已随风而逝，而"反复之人"孟达却仍留有一抔黄土供后人凭吊，这可能是唯一能让孟达含笑九泉的事情了吧。

兴复汉室：

一代名相的北伐宣言

一、是"出师表",还是"诫子书"

蜀汉建兴五年,诸葛亮北驻汉中,写下著名的《出师表》(全文见附1),筹备北伐大业,这一年他四十七岁,已到中年。

诸葛亮生于天下崩裂、豪杰并起的汉末乱世。他的人生曾经存在过很多种可能性。

如果少年时期留在老家琅玡,而非跟着叔父诸葛玄南渡,那么四十七岁时的诸葛亮大概率会跟他的同族诸葛诞一样,仕官魏国,出任一方刺史。如果南渡的过程中投奔了江东,而非去往荆州,那么四十七岁时的诸葛亮大概率会跟他的兄长诸葛瑾一样,仕官吴国,官至一方督军。

即便诸葛亮接受了三顾之礼,出山为刘备效力,但在建安十三年的荆州变乱时,他如果追随众多荆襄名士、亲朋好友北迎曹操,而非跟着刘备踏上前途未卜的逃亡之路,那么四十七岁时的诸葛亮或许会像他的好友徐庶、石韬一样,在魏国做到御史中丞、典农校尉这样的官职。

说实话,这样的官职不算低,但后来诸葛亮出兵陇右,听说徐庶、石韬在魏国的官职,却发出一声轻叹:"魏殊多士邪!何彼二人不见用乎?"(魏国难道人才很多吗?为什么这两人不被重用?)诸葛亮表面上是在替老朋友惋惜，实际上是在为自己庆幸。在人才济济的曹魏阵营，他根本无法施展自己的才华和抱负，这样的职位也根本入不了他的法眼。这也是他死心塌地跟着当时尚寄人篱下、无尺寸之地的刘备的原因。因而写《出师表》时的诸葛亮的全部头衔是：汉丞相，录尚书事，假节，司隶校尉，武乡侯，益州牧。"政事无巨细，咸决于亮。"

我们如今读《出师表》中这句"臣本布衣，躬耕于南阳，苟全性命于乱世，不求闻达于诸侯"，就会发现，这固然是诸葛亮的谦逊之语，却有着诸多矛盾之处。一则，诸葛亮出身名门，姻亲关系遍及荆襄豪族，当然不是什么"布衣"；二则，诸葛亮躬耕陇亩时就自比管仲、乐毅，管、乐是何等的王佐之才，以此二人为楷模，雄心壮志可见，又怎会"不求闻达于诸侯"呢？

《出师表》千古流传，尤其当国家危亡之时为仁人志士所歌咏。陆游有诗称赞："出师一表真名世，千载谁堪伯仲间！"据说抗金名将岳飞北伐夜宿南阳时，也曾挥毫抄写诸葛亮的《出师表》，一夜难眠。实际上，翻检两汉遗存下来的文章可发现，大将出征之前的惯例是向敌人投下"劝降书"或"征讨檄文"，却未曾见过谁向皇帝献"出师表"。诸葛亮开创献《出师表》的先例，和蜀汉特殊的政治制度分不开。蜀汉政权从后主刘禅即位后，形成了一套罕见的"虚君实相"的权力架构，即《魏略》所引刘禅之语："政由葛氏，祭则寡人。"诸葛亮总揽国政，而后主刘禅作为国家元首和理论上的最高权力者，只是负责祭祀这种礼节性的事务，这与当今英国、日本等君主立宪制国家的体制有着微妙的相似之处。

这就是为什么诸葛亮在《出师表》中经常提及"宫中""府中"。"宫中"是皇宫，是皇帝的起居之所；"府中"是政府，或者干脆可以称其为丞相府，是国家权力的运转中心。为了实现丞相府对全国军政的统一领导，诸葛亮将当时蜀汉不少文武官员纳入府中作为属官，其中不乏高级将领，如镇北将军兼丞相司马魏延。诸葛亮北驻汉中，则意味着相府将要在成都、汉中两地办公。于是，诸葛亮对成都留府人员做了详尽的安排，即由侍中郭攸之、费祎，尚书陈震，长史张裔，参军蒋琬分掌政事，中部督向宠典宿卫兵。这些人大多具有荆州籍的身份，与诸葛亮关系密切。比如蒋琬曾在刘备在世时因贪杯误事被免职，后来却得到了诸葛亮的悉心栽培。费祎曾得到在百官之中被诸葛亮邀请同乘一车的待遇。蒋、费后来都成为诸葛亮指定的接班人。向宠的叔父向朗曾师事司马徽，与诸葛亮师出同门。诸葛亮在《出师表》中一再称赞他推举的这几位臣僚是"贞良死节之臣"，让刘禅"亲之信之"，实际上也是公开向朝野宣布，自己统兵在外时，他们可以代行部分丞相权力。

值得注意的是，诸葛亮在《出师表》中提出了"宫中府中，俱为一体"的要求，让刘禅不要以为皇宫是皇帝的住所就能置于法度之外，而应该将皇宫中的一切事物都纳入丞相府的几位留府臣僚的管辖范围内，"不宜偏私，使内外异法也"。坦白说，将自己所开之"府"等同于皇帝的宫廷，这已经有违臣子之道，而这又是诸葛亮不得已而为之的。他出师在外，最担心的就是后方不稳，让北伐大业功败垂成。加之刘禅年少，容易受到奸邪之徒的蒙蔽，诸葛亮才不厌其烦地让刘禅汲取后汉衰亡的教训，"亲贤臣，远小人"。至于谁是贤臣，诸葛亮都帮刘禅遴选出来了，只需要听他们的话，按照他们的建言来做人处事就好了。

这么看来，《出师表》的确有些名不副实。理论上，它应当是臣子向皇帝表达出征的信心和决心的，但诸葛亮的《出师表》里一大半的内容却是他对刘禅的谆谆教导，更像是一篇父亲给儿子写的"诫子书"。我们可以以刘备给刘禅的遗诏做参照："勿以恶小而为之，勿以善小而不为，惟贤惟德，可以服人。"勿什么、惟什么，与诸葛亮《出师表》中的宜什么、不宜什么，口吻可谓极为相似。

诸葛亮在《出师表》中反复教育刘禅要做一个好皇帝，甚至显得有些絮絮叨叨。诸葛亮这种"碎碎念"的风格在当时已经很有名了，甚至传到了敌国。蜀亡后，晋司空张华曾问蜀遗臣李密："孔明言教何碎？"李密回答："昔舜、禹、皋陶相与语，故得简雅；《大诰》与凡人言，宜碎。孔明与言者无己敌，言教是以碎耳。"（当年舜、禹、皋陶这样的圣贤对话，话语简雅；而《大诰》是周公写给平民百姓看的，所以语言琐碎。和诸葛亮对话的人都是不如他的，所以他的言教才琐碎。）

这算是对诸葛亮的形象加以回护，但一句"孔明与言者无己敌"却在不经意间揭示了诸葛亮的另一个特点，就是他因身负伟大的责任，滋长了过度的自信。诸葛亮南征时，长史王连曾劝他不必冒险亲征，而诸葛亮"虑诸将才不及己，意欲必往"。后来他处理营中事务，事必躬亲，"二十罚以上皆自省览"，以致食少事烦，透支了自己的身体健康，病死军中。诸葛亮受刘备托孤之重，但他却很难像刘备信任他那样去信任别人，唯恐他人不像自己一样尽心。这是他无法摆脱的宿命。

《出师表》全文并不长，但"先帝"一词就出现了十三次之多。章武三年（223）三月，诸葛亮在白帝城受刘备托孤之重，刘备对诸葛亮说："君才十倍曹丕，必能安国，终定大事。若嗣子可辅，辅之；如其不才，君可自取。"诸葛亮泣涕不止，当场表态，愿意以死尽忠。无论刘备此举是假意试探还是真情流露，诸葛亮从此都背负上了这沉重的政治托付，踽踽独行。刘备给刘禅的遗言中说："卿与丞相从事，事之如父，勿怠！勿忘！"自此以后，诸葛亮身兼臣子、父亲、老师三重身份，将余生都献给了刘备的政治遗嘱，也必然成为已死的刘备的活的代言人，用"先帝"的名义不断提点着刘禅，让他时时刻刻都要记得"光先帝遗德"，而不要"伤先帝之明"。

刘禅的出生和诸葛亮的出山是同一年，即建安十二年。这一年，颠沛流离的刘备收获了一个儿子和一位臣子，仿佛他昏暗的人生亮起了一缕曙光，他们在未来将成为刘备政治生命的延续。诸葛亮在《出师表》中说自己"受任于败军之际，奉命于危难之间，尔来二十有一年矣"。也就是说，彼时的后主刘禅也恰好二十一岁了，这个年龄，已经绝对算不上是幼主了。东汉皇帝除去前三位，平均即位年龄不到十岁，最大的汉桓帝也不过十四岁。再参照蜀汉的盟友东吴，孙策二十一岁已经率众渡江攻略江东，孙权二十一岁已经亲征黄祖，而同样二十一岁的刘禅却只能坐守宫中，接受诸葛亮和他所安排的"贞良死节之臣"的耳提面命。因为在"父亲"的眼里，儿子总是长不大的。

所以《出师表》，到底是出师之前的请愿，还是仅仅是一种告知？诸葛亮在篇尾说道"愿陛下托臣以讨贼兴复之效"，但实际上，无论刘禅托不托"讨贼兴复之效"，他已经"今当远离，临表涕零"了。这种先斩后奏的作风固然是蜀汉"虚君实相"体制的表现，却难免让诸葛亮有专权之嫌。曹魏露布天下的檄文很喜欢用这一点离间蜀汉君臣："亮外慕立孤之名，而内贪专擅之实。"诸葛亮去世后，曾担任过丞相参军的李邈向后主上书："亮身杖强兵，狼顾虎视，五大不在边①，臣常危之。"

尽管这种大不敬之言让刘禅勃然大怒，将李邈处死，但从此后刘禅不置丞相，并着意分化蒋琬、费祎等诸葛亮"继承者"的权力来看，刘禅已经受够了这样一位"影子父亲"的苦口婆心。

毕竟，这也是人之常情。

注释：

①五大不在边，典出《左传》"五大不在边，五细不在庭"。"五大"指太子、母弟、专贵宠公子、公孙、累世正卿。这五种人有权有势，居住在边境容易反叛。

二、谁伪造了《后出师表》

在写下《出师表》的次年，即蜀汉建兴六年春，诸葛亮发动了第一次北伐战争，这也是诸葛亮五次北伐中赢面最大的一次，天水、南安、安定三郡不战而降，关中震动，魏国朝野震惊。魏主曹叡不得不亲自驾临长安督战。但很快，诸葛亮错用马谡为将，失守街亭，致使三郡得而复失，北伐前功尽弃。

此次失败后，诸葛亮斩马谡以立威，并上疏自责，自贬三等，以右将军行丞相事。虽遭重挫，但诸葛亮仍未气馁，等待时机。恰在当年秋天，曹魏与东吴爆发了石亭之战，魏大司马曹休大败，不仅折损人马甚多，连主帅本人都含恨而终。诸葛亮认为魏军东下，关中虚弱，遂于当年冬天发动第二次北伐，出散关，围陈仓（今陕西宝鸡）。但魏大将军曹真早已安排郝昭在陈仓做好防备。郝昭善于守城，再加上陈仓易守难攻，诸葛亮围城二十余日不能胜，最终粮尽退兵。

这次北伐准备得十分仓促，除了退兵时斩杀敌将王双，也没有什么成果。但在此次出兵前的十一月，诸葛亮又向后主上了一篇"出师表"，即《后出师表》（全文见附2）。两份《出师表》常被后人并称。在成都武侯祠和襄阳三顾堂都有一副对联："两表酬三顾，一对足千秋。""两表"即前后《出师表》，"一对"即《隆中对》。

然而《后出师表》从内容、文风和情感基调来看，都与《前出师表》迥然不同，以致许多人怀疑，《后出师表》并非诸葛亮所作，而是出自他人之手。

我们先来看看《后出师表》说了什么。在引言部分，《后出师表》有多处对《前出师表》内容的重复，如"托臣以讨贼也""五月渡泸，深入不毛""奉先帝之遗意"，而短短几句话中，"王业不偏安"就出现了两次，这都较为符合诸葛亮言教琐碎的习惯。然而在随后的正文中，既没有《前出师表》中对刘禅的谆谆教诲，也没有对第二次北伐的战略规划，而全部都是在论证一个问题，就是为什么要北伐。

诸葛亮在第一次北伐的时候不需要论证这个问题，因为在诸葛亮的陈述中，北伐是先帝的遗愿，这一国策没有置喙的余地，即便国内有反对的声音，也很快被斗志昂扬的气势所压下来了。但第一次北伐失利后，阴霾笼罩在蜀汉朝野之上，诸葛亮的权威受到了极大的挑战，反对北伐的声量逐渐大了起来，甚至左右了后主刘禅的判断。这也就是《后出师表》中所言的"议者谓为非计"。为了平息舆论，重振士气，诸葛亮需要与反对者展开公开论战，这就是为什么《前出师表》更像一篇"诫子书"，而《后出师表》更像一篇驳论。

《后出师表》以排比之势一连列出了六件"未解之事"，来逐层论证北伐的必要性。第一件，说当今蜀汉君臣的才能都不如汉初的刘邦、张良、陈平。第二件，举汉末刘繇、王朗不事征战而被孙策吞并的例子。这两件事是为了论证偏安自保不是长久之策，到头来只会让敌人坐大。第三、第四件，列举曹操在戎马生涯中多次战败受挫、损兵折将、用人失误的例子，意在为自己第一次北伐的失败开脱。"先帝每称操为能，犹有此失，况臣驽下，何能必胜？"你看，连曹操如此善用兵的人（注意是先帝说的，不是我诸葛亮说的），都有这么多的失误，何况我诸葛亮并非军旅出身，打了败仗亦可谅解，而这绝不能成为不再北伐的理由。第五、第六件，则历数了一年之内蜀汉将领、兵士的损耗和国力的疲惫，看似是示弱，实则表达的是：如果不尽快北伐，那么蜀魏之间的差距只会越拉越大。自此又回到了第一层论点：想要与敌人持久相耗是行不通的，只有速攻才是上策。

这样的论述，让人读起来感觉很悲观，不仅没有了《前出师表》中那种昂扬向上、势在必得的气势，还不得不坦言魏蜀两国国力的悬殊，以及蜀汉面临的种种困境。这让人不禁发问，经过第一次北伐之败，诸葛亮是否已显露出迟暮之气？如此悲壮的表文，能否让蜀汉从失败的阴影中走出去呢？

因此，《后出师表》是伪作的可能性似乎又大了许多。除了文风上的差异，人们还在《后出师表》中发现了一处与史传存在出入的地方，即赵云逝世的年份。《三国志·赵云传》载："（云）七年卒，追谥顺平侯。"即赵云死于建兴七年（229）。而《后出师表》作于建兴六年冬第二次北伐之前，却记载了赵云已丧。赵云是蜀汉大将，他的去世时间诸葛亮不会记错，所以只能有两种可能：要么伪作者记错了，要么《三国志》的作者陈寿记错了。

此外，《后出师表》还有一则重要的疑点，就是全文不见于陈寿的《三国志》和《诸葛亮集》，亦没有被昭明太子的《文选》所录，而仅载于张俨的《默记》。张俨是东吴官员，博文多识，孙皓时官至大鸿胪，曾代表吴国出使晋国，不辱使命。《默记》是张俨的一套文集，共有三卷，今已散佚。除了《后出师表》，仅存于世的只有一篇张俨评价诸葛亮与司马懿优劣的《述佐篇》。而在这篇《述佐篇》中，张俨盛赞诸葛亮的北伐大业，称其"耕战有伍，刑法整齐，提步卒数万，长驱祁山，慨然有饮马河、洛之志"。反观司马懿，以十倍之众却务自保全，其才能远逊于诸葛亮。张俨还驳斥了那些认为诸葛亮是"空劳师旅"的论调，认为刘备时期蜀汉兵力就与曹操兵力悬殊，但尚能以弱抵强、暂时取胜，如今诸葛亮治国有度，君臣齐心，再加上吴国的支援，"孔明何以不可出军而图敌邪"？可见，张俨是一名地地道道的诸葛亮粉丝，对诸葛亮推崇备至，极力赞赏他出师北伐的行为。因此有人认为，从这一点来看，张俨伪造《后出师表》是有可能的。

然而张俨毕竟只是一名文臣，若说他是为了与人论辩诸葛亮的优劣而伪造《后出师表》，似乎动机不足。于是，我们不妨将目光投向另一位东吴名臣，那就是诸葛亮的侄子诸葛恪。

诸葛恪是诸葛亮之兄诸葛瑾的长子，少而知名，才智过人，很受孙权赏识，年三十二岁，就平定丹杨山越，拜抚越将军、丹杨太守。孙权临终前，征诸葛恪为大将军领太子太傅，嘱以后事。孙亮即位后，诸葛恪杀中书令孙弘，拜太傅，权倾朝野。

诸葛恪非常崇拜叔父诸葛亮，他受孙权托孤之重，辅佐幼主，其情形与当初诸葛亮受刘备托孤十分相似。因此诸葛恪开始在各个方面亦步亦趋地模仿叔父，将自己打造为"吴版诸葛亮"，比如"罢视听，息校官，原逋责，除关税，事崇恩泽"，通过宽仁的施政方略来博取民心。甚至孙亮即位后所设的新年号，都原样照搬了刘禅的第一个年号"建兴"。

而诸葛恪对叔父最重要的模仿，就是一改孙权统治后期偏安自保的局面，主动向曹魏发起攻击。吴建兴二年（253）春，诸葛恪欲出师北伐，并派司马李衡出使蜀汉，说服姜维共同举兵。但诸葛恪此议一出，国内反对者不在少数，许多大臣认为当时吴国刚打完东兴之战，士卒疲惫，劝谏诸葛恪不要贸然发兵，中散大夫蒋延甚至在朝堂上与诸葛恪激烈争论，诸葛恪一气之下令人将他拖了出去。为了平息反对声浪，诸葛恪写了一篇论述文章公之于众（《全三国文》将其命名为《出军论》），详尽阐述了自己出兵北伐的理由。他认为，吴国弱小而魏国强大，如果仅仅依靠长江之险，苟且偷安，那么十数年后，两国的差距将越来越大，吴国就更难以取胜了。而如今魏国刚经历了高平陵之变、王凌伏诛、司马懿去世等一连串事件，内部不稳，正是北伐的大好时机。

我们可以明显看到，诸葛恪的《出军论》和张俨的《述佐篇》可谓互相应和、一个鼻孔出气，与《后出师表》的内容也有诸多合拍之处，试举例：

《后出师表》开篇即申明出师伐魏的大义："先帝深虑汉、贼不两立，王业不偏安。"而《出军论》也在开篇义正词严地说："夫天无二日，土无二王，王者不务兼并天下而欲垂祚后世，古今未之有也。"

《后出师表》中以刘繇、王朗举例，说明坐守自保的危害："刘繇、王朗各据州郡，论安言计，动引圣人，群疑满腹，众难塞胸，今岁不战，明年不征，使孙策坐大，遂并江东。"而《出军论》引刘表的例子，阐述的是同样的观点："近者刘景升在荆州，有众十万，财谷如山，不及曹操尚微，与之力竞，坐观其强大，吞灭诸袁。……于是景升儿子，交臂请降，遂为囚虏。"

《后出师表》阐述若不立即北伐，魏蜀两国差距将越拉越大："此皆数十年之内所纠合四方之精锐，非一州之所有；若复数年，则损三分之二也，当何以图敌？"《出军论》中也有相似的语句："若不早用之，端坐使老，复十数年，略当损半，而见子弟数不足言。若贼众一倍，而我兵损半，虽复使伊、管图之，未可如何。"

在《出军论》的最后，诸葛恪坦言自己是受到了叔父诸葛亮的北伐精神的感召："近见家叔父表陈与贼争竞之计，未尝不喟然叹息也。"这里提到的"家叔父表陈与贼争竞之计"，显然就是《后出师表》。

这么看来，《后出师表》的作者就有三种可能：

第一种，是诸葛亮所作，但因为文献散佚，未能在蜀汉留存。而据《诸葛亮集》载，诸葛亮与其兄诸葛瑾常有书信往来，因此，可能是《后出师表》被夹在书信中流入吴国，为诸葛恪所见，并为其所效仿，最终被载入吴人的著述中。

第二种，是诸葛恪伪作，其目的自然是与他的《出军论》搭配使用，借他山之石以攻玉，借诸葛亮之口来驳斥反对北伐的大臣们。一个值得注意的地方是，《后出师表》里列举了刘繇、王朗的例子，但此二人为汉末江东牧守，与蜀汉相隔遥远，以当时的信息传播条件，蜀国军民未必知晓他们，所以这反而更像是东吴人士所举的例子。

第三种，是张俨所作。张俨出身"吴中四姓"之一的张氏家族，曾向孙权上《请立太子师傅表》。而诸葛恪本为"太子四友"之一，与"吴中四姓"多有来往。两人很可能关系密切，且在北伐一事上志同道合。当诸葛恪决议北伐、为群臣所阻时，好友张俨作《述佐篇》，又伪作《后出师表》，为诸葛恪声援。此二篇于是便顺理成章地收录到张俨的《默记》之中。

无论上述哪一种可能为真，不可否认的是，《后出师表》一篇文章，关联起了蜀吴两国的北伐之策，比起《前出师表》，它的意义似乎更为深远。

只可惜，诸葛恪借助叔父表章为自己造势，而他也如其叔父一般在北伐一事上功败垂成。吴建兴二年三月，诸葛恪大发州郡二十万众北伐，围合肥新城（今安徽合肥市西）数月而不能克。士卒疲劳、病者大半，司马孚又引大军来援。八月，诸葛恪不得不引军还吴。两个月后，诸葛恪为宗室孙峻所杀。

诸葛恪身后二十余年，尽管曹魏的淮南地区屡生叛乱，但东吴深陷内部权力争斗，再没有对北方发起过一次有威慑力的攻击。而正如诸葛恪所预料的那样，南北的国力差距越来越大，东吴最终连自保都成了问题。吴天纪四年（280），晋龙骧将军王濬兵临建业石头城下，吴末帝孙皓出降，吴亡，至此三国归晋。

诸葛亮如果能活到这时候，正好一百岁。

附1：《出师表》

诸葛亮

先帝创业未半而中道崩殂，今天下三分，益州疲弊，此诚危急存亡之秋也。然侍卫之臣不懈于内，忠志之士忘身于外者，盖追先帝之殊遇，欲报之于陛下也。诚宜开张圣听，以光先帝遗德，恢弘志士之气，不宜妄自菲薄，引喻失义，以塞忠谏之路也。

宫中府中，俱为一体；陟罚臧否，不宜异同。若有作奸犯科及为忠善者，宜付有司论其刑赏，以昭陛下平明之理，不宜偏私，使内外异法也。

侍中、侍郎郭攸之、费祎、董允等，此皆良实，志虑忠纯，是以先帝简拔以遗陛下。愚以为宫中之事，事无大小，悉以咨之，然后施行，必能裨补阙漏，有所广益。

将军向宠，性行淑均，晓畅军事，试用于昔日，先帝称之曰能，是以众议举宠为督。愚以为营中之事，悉以咨之，必能使行阵和睦，优劣得所。

亲贤臣，远小人，此先汉所以兴隆也；亲小人，远贤臣，此后汉所以倾颓也。先帝在时，每与臣论此事，未尝不叹息痛恨于桓、灵也。侍中、尚书、长史、参军，此悉贞良死节之臣，愿陛下亲之信之，则汉室之隆，可计日而待也。

臣本布衣，躬耕于南阳，苟全性命于乱世，不求闻达于诸侯。先帝不以臣卑鄙，猥自枉屈，三顾臣于草庐之中，咨臣以当世之事，由是感激，遂许先帝以驱驰。后值倾覆，受任于败军之际，奉命于危难之间，尔来二十有一年矣。

先帝知臣谨慎，故临崩寄臣以大事也。受命以来，夙夜忧叹，恐托付不效，以伤先帝之明，故五月渡泸，深入不毛。今南方已定，兵甲已足，当奖率三军，北定中原，庶竭驽钝，攘除奸凶，兴复汉室，还于旧都。此臣所以报先帝而忠陛下之职分也。至于斟酌损益，进尽忠言，则攸之、祎、允之任也。

愿陛下托臣以讨贼兴复之效，不效，则治臣之罪，以告先帝之灵；若无兴德之言，则责攸之、祎、允等之慢，以彰其咎。陛下亦宜自谋，以咨诹善道，察纳雅言，深追先帝遗诏。臣不胜受恩感激。今当远离，临表涕零，不知所言。

译文：

先帝（刘备）创立基业，还没有完成一半就在半途驾崩了，如今天下分成三国，我们蜀汉尤其疲弱，这真是关系到生存还是灭亡的危险时刻啊。然而在朝中的大臣们始终不懈努力，在外作战的忠臣杀身报国，这都是因为他们感念先帝的知遇之恩，想向陛下报效忠诚。希望陛下广开言路，听取众人的意见，以光大先帝的恩德，为将士们振奋士气，不要过于自卑，引用不恰当的比喻，堵塞了忠臣们进谏的途径。

皇宫与相府本身就是一体，无论是奖赏还是责罚，都不应该有所区分。如果有作奸犯科的人或者十分忠诚善良的人，都应该交给相关的部门去核定他们应受的刑罚和奖赏，来显示陛下的公平开明，而不应该有所偏袒，让宫内和府中法度不一。

侍中、侍郎郭攸之、费祎、董允等人，都是贤良、忠诚、正直的大臣，是先帝拔擢出来而留给陛下的能臣，我认为皇宫中的事情，无论大小，都可以去询问他们，然后再施行，一定能避免错误，有所裨益。

将军向宠，性情和善，通晓军事，此前曾担任将领，先帝称赞他很有能力，因此众人商议推举他做中部署。我认为军营中的事情，都可以咨询他，一定能让将士们相处和睦，有不同才能的人各得其所。

亲近贤臣，疏远小人，这是先汉（西汉）兴隆的原因。亲近小人，疏远贤臣，这是后汉（东汉）衰败的原因。先帝在世时，每次和臣谈论起这件事，都会为桓帝、灵帝时期的政治衰败而感到痛心、遗憾。侍中郭攸之、费祎，尚书陈震，长史张裔，参军蒋琬，这些都是坚贞可靠、能够以死报国之臣，希望陛下亲近他们、信任他们，这样的话，离汉室的复兴就不远了。

臣原本是一介平民，在南阳的乡间躬耕隐居，不过是想在乱世中保全性命，从来没有想过在诸侯纷争中扬名立万。先帝不嫌弃臣出身卑贱，屈尊降贵，三次来到草庐拜访臣，向臣咨询天下大事，臣因此十分感激，就答应出山为先帝效力。后来遇上当阳之败，我在败军危难的关头被授予重任出使江东，算来到今天已经二十一年了。

先帝知道臣生性谨慎，因此临终前将国家大事托付给臣。自臣受托孤之重以来，日夜为国事忧虑，唯恐没有做好先帝托付的事情，损伤了先帝的英明。因此今年五月，我统率大军南征，渡过泸水，深入不毛之地。如今南中的叛乱已经平定，兵器和盔甲都筹备充足，是时候犒赏三军将士，出师北伐，平定中原了。臣愿意竭尽自己的才智诛灭篡汉的曹魏，兴复汉室，还都于洛阳，这是臣报答先帝、忠于陛下的职责所在。至于臣出兵之后，在朝内，权衡利弊，进献忠言，则是郭攸之、费祎、董允等人的责任了。

希望陛下授予臣讨伐曹贼、兴复汉室的任务，如果失败了，就治臣的罪，以告慰先帝在天之灵；如果郭攸之、费祎、董允等人没有给陛下进献忠言良谏，那就要责罚他们的失职。陛下也应当自我约束，积极学习安邦定国之道，听取正确的建议，严格遵从先帝的遗诏。臣受到如此大的恩德，不胜感激。如今臣要出师远征，面对这份表章忍不住热泪盈眶，都不知道自己说了什么。

附2：《后出师表》

诸葛亮（存疑）

先帝深虑汉、贼不两立，王业不偏安，故托臣以讨贼也。以先帝之明，量臣之才，固知臣伐贼，才弱敌强也。然不伐贼，王业亦亡。惟坐而待亡，孰与伐之？是故托臣而弗疑也。

臣受命之日，寝不安席，食不甘味。思惟北征。宜先入南，故五月渡泸，深入不毛，并日而食。臣非不自惜也，顾王业不可得偏安于蜀都，故冒危难，以奉先帝之遗意也，而议者谓为非计。今贼适疲于西，又务于东，兵法乘劳，此进趋之时也。谨陈其事如左：

高帝明并日月，谋臣渊深，然涉险被创，危然后安。今陛下未及高帝，谋臣不如良、平，而欲以长策取胜，坐定天下，此臣之未解一也。

刘繇、王朗各据州郡①，论安言计，动引圣人，群疑满腹，众难塞胸，今岁不战，明年不征，使孙策坐大，遂并江东，此臣之未解二也。曹操智计，殊绝于人，其用兵也，仿佛孙、吴，然困于南阳，险于乌巢②，危于祁连③，逼于黎阳④，几败北山⑤，殆死潼关⑥，然后伪定一时耳。况臣才弱，而欲以不危而定之，此臣之未解三也。

曹操五攻昌霸不下⑦，四越巢湖不成⑧，任用李服而李服图之⑨，委任夏侯而夏侯败亡⑩，先帝每称操为能，犹有此失，况臣驽下，何能必胜？此臣之未解四也。

自臣到汉中，中间期年耳，然丧赵云、阳群、马玉、阎芝、丁立、白寿、刘郃、邓铜等及曲长、屯将七十余人，突将、无前、賨叟、青羌、散骑、武骑一千余人。此皆数十年之内所纠合四方之精锐，非一州之所有；若复数年，则损三分之二也，当何以图敌？此臣之未解五也。

今民穷兵疲，而事不可息；事不可息，则住与行劳费正等。而不及今图之，欲以一州之地，与贼持久，此臣之未解六也。

夫难平者，事也。昔先帝败军于楚，当此时，曹操拊手，谓天下已定。然后先帝东连吴越，西取巴蜀，举兵北征，夏侯授首，此操之失计，而汉事将成也。然后吴更违盟，关羽毁败，秭归蹉跌，曹丕称帝。凡事如是，难可逆见。臣鞠躬尽瘁，死而后已。至于成败利钝，非臣之明所能逆睹也。

译文：

先帝当年考虑到汉室与曹贼不能共存，汉室的基业不能偏安在蜀中，因此临终前托付臣讨伐曹贼的大任。以先帝的英明，估量臣的才能，已经知道让臣来讨伐曹贼，是以微才搏强敌。但如果不讨伐曹贼，汉室也会消亡，那么与其坐以待毙，还不如出兵讨伐。因此先帝毫无犹疑地将北伐大业托付给臣。

臣自从接受了这一重任，睡也睡不踏实，吃饭也没有味道，每天所思所想的就是如何北伐。但如果要北伐就要先平定南中，于是去年五月我率军渡过泸水，深入不毛之地，有时候两天才能吃上一顿饭。臣不是不爱惜自己的身体，只是考虑到汉室不能偏安在成都，因此冒着很大的危险亲自征伐，为了实现先帝的临终遗愿，可是朝中却有人反对北伐大计。如今曹贼刚刚在西边遭受叛乱，又在东边为东吴所击败，这正是进兵的好时机。以下是我要陈述的事情：

汉高祖的英明可以与日月同辉，手下尽是智谋超群的谋臣，但他也多次遭遇困境和挫败，历尽磨难才平定了天下。如今陛下比不上汉高祖，谋臣也比不上张良、陈平，却想以长期相持的策略来取胜，坐守巴蜀来平定天下，这是臣第一件不解的事情。

当年刘繇、王朗割据州郡，整日空谈计策，动辄引用圣人的言论，致使人们满腹疑虑，心中充满了抱怨。他们年年不事征战，最终导致孙策坐大，整个江东都为孙策所吞并，这是臣第二件不解的事情。曹操的智谋和计略超乎常人，他用兵之道可以与孙武、吴起相比。然而曹操也有宛城之败、官渡之险、祁山之危、黎阳之困，险些败于北山，差点死在潼关，经过这些挫败，曹操才暂时建立了伪朝魏国。况且臣才疏学浅，却被要求不冒风险就平定天下。这是臣第三件不解的事情。

曹操曾经五次攻打昌狶而不能克，四次越过巢湖攻打孙权而不能胜，任用王子服，王子服却叛变要谋害他，重用夏侯渊，夏侯渊却在定军山身死军灭。先帝在世时经常称赞曹操的才能，但曹操仍然有这样的失误，何况臣才智平庸，怎么有必胜的把握呢？这是臣第四件不解的事情。

臣自从到汉中驻防以来，不过一年多的时间，先后丧失了赵云、阳群、马玉、阎芝、丁立、白寿、刘郃、邓铜等将领和曲长、屯将七十余人，以及突将、无前、賨叟、青羌、散骑、武骑等部队一千余人。这都是数十年的时间内集结起来的四方精锐将士，不是益州一地所能培养的。照这样下去，若是再过几年，三分之二的将士都会被折损，到那时还用什么去跟敌人作战呢？这是臣第五件不解的事情。

如今我国民众贫穷、兵士疲惫，但战乱却没有因此而止息。战乱没有止息，因此无论是防御还是出征，耗费的国力都是相同的，然而现在不去主动北伐，却想着凭借益州一州的土地，与曹贼持久抗衡，这是臣第六件不解的事情。

战争是最难以预测的。当年先帝在当阳兵败，那个时候曹操接连取胜，以为自己已经平定了天下。然而先帝向东与孙权结盟，向西取得了巴蜀，率军北伐汉中，将夏侯渊临阵斩杀，这都出乎曹操的预料，当时汉室复兴的大业眼看就要成功了。然而东吴却违背盟约，致使关羽兵败失去荆州，先帝东征又失利于秭归，接着曹丕篡汉称帝。这些事情都是很难提前预见的。臣竭尽自己的能力为兴复汉室的大业所努力，至死方休，至于最终的成败，就不是臣所能预料到的了。

注释：

①刘繇、王朗各据州郡：刘繇，汉末扬州刺史。王朗，汉末会稽太守。二人均固守自保。兴平二年，孙策率众自历阳渡江，破刘繇，得曲阿、丹徒、吴等地。建安元年，孙策又破王朗，平会稽，遂得江东之地。

②险于乌巢：建安五年，曹操与袁绍相峙于官渡。曹军兵少粮缺，几欲退兵。后曹操采纳许攸之策，偷袭袁绍屯粮之地乌巢，方才险胜。

③危于祁连：《三国志集解》引顾祖禹说，"祁连"即邺城郊外祁山（又称蓝嵯山）。建安九年（204），袁尚退保祁山，为曹操所破，曹操又围邺城，险些为审配伏兵射中。

④逼于黎阳：建安七年，袁谭、袁尚固守黎阳，曹操连战不克。后曹操引退，促使二袁相争，方才进取河北。

⑤几败北山：《三国志集解》引姚范说，北山位于阳平关。建安

二十四年，曹操与刘备争汉中，驻军阳平关。后曹操弃守汉中。

⑥殆死潼关：建安十六年，曹操西征马超、韩遂，在潼关黄河边遭遇马超袭击，幸赖许褚等相救，才得以逃脱。

⑦五攻昌霸不下：昌霸，即昌豨，汉末盘踞于泰山郡一带的流寇，多次为曹操征服，又屡屡反叛，最终为于禁所斩。

⑧四越巢湖不成：巢湖位于合肥市东南，是曹操东征孙权的必经之地。曹操曾于建安十八年、十九年、二十二年三次东征孙权，至濡须口，均不胜而返。

⑨任用李服而李服图之：李服，《三国志集解》引胡三省说，为王服（一作王子服）之误。王服，汉末任越骑校尉，建安五年与董承、种辑、吴硕等谋诛曹操，事泄被杀。

⑩委任夏侯而夏侯败亡：曹操拜夏侯渊为征西将军，镇守汉中。建安二十四年，夏侯渊在定军山之战中被黄忠斩杀。

宁静致远：

三国英豪的教子箴言

一、从教子箴言到修身之道

罗马不是一天建成的，一个政权、一个家族的兴盛与存续，自然也不可能毕其功于一代人。如果说身处乱世中的三国英豪年轻的时候尚在为草创基业而披荆斩棘，那么当他们人到中年，就不得不面对大好江山托付与谁的千古难题，教育后代这件事开始变得尤为重要。

虎子兴家，庸子败家。"接班人"培养效果的优劣，相当程度上影响着后世对于这些三国英豪的品评。

孙坚虽然英年早逝，但培养出了孙策、孙权这样的人中龙凤，兄弟接力扛起了孙家的大旗，开创了三分天下有其一的东吴王朝。他们就属于典型的"别人家的孩子"，在当时引起了豪杰们的眼红。袁术公开表示："使术有子如孙郎，死复何恨！"曹操更是临江而叹："生子当如孙仲谋！"

司马懿发动高平陵政变时七十一岁高龄，已经走在人生边上了，若是没有司马师、司马昭这两个文武兼备的儿子将他未竟的事业继承下去，司马氏家族很可能在历史上只是昙花一现，之后的魏晋禅代更是遥不可期了。

反面的例子则更多，袁绍、刘表一世英雄，开疆拓土，雄踞一方，但都因教子无方，致使他们死后都发生了同室操戈、亲痛仇快的事情，白白便宜了曹操——乘虚而入，无怪乎曹操要感叹："刘景升儿子若豚犬耳！"

按理说，虎父无犬子。大英雄养出了"豚犬"一般的儿子，多半是教育出了问题。在相当长的历史长河中，我国并没有如今这样完善的国民教育体系，两汉虽然在京师设有太学，在地方设有郡国学，但这些教育机构的主要目的是为朝廷的官僚体系培养人才，童蒙教育则主要依靠私学和家学。受教育的水平和家庭的社会地位直接关联，读书的人代代有书读，文盲则代代文盲，这也是当时社会阶层相对固化的原因之一。[士之子恒为士，农之子恒为农，工之子恒为工，商之子恒为商。（《国语》管仲语）]

如此一来，家庭教育在一个人的成长过程中就具有举足轻重的作用。尤其是到了汉末三国，世家大族兴起，并占据了大量政治、经济、文化资源。他们要想维系家族的声望与地位，在乱世激荡中还能屹立不倒、世代相传，就必须十分注重家族和家庭的教育。比如在东汉，世家大族把儒学作为自己的文化支撑，在家族内部私相传授的家学已经开始显现。弘农杨氏世传欧阳《尚书》，汝南袁氏世传孟氏《易》，这是这两大家族在东汉末年能成为"四世三公"的顶级门阀的重要原因。而在一个文儒世家中，严苛的家教和家规也同样不可或缺，例如司马懿的父亲司马防以教子严谨而著称，他的几个儿子即便已经弱冠成人，回到家中，依然"不命曰进不敢进，不命曰坐不敢坐，不指有所问不敢言，父子之间肃如也"。

由此可见，在当时的世家大族中，父亲往往承担着家庭教育的重任，孔子对儿子孔鲤的"过庭训"已成为千百年来严父执教的样板。但这毕竟属于口头的训诫，面对面的教育。而到了汉末三国时期，大家族的家长们往往官居要职、宦游他方，或者衣不解甲、出征在外，当面训诫教育子女的机会大大减少，书面训诫则开始大量出现，它们通过文献留存下来，就是我们今天常说的"诫子书"。

三国诫子书中，影响力和传播力最大的，毫无疑问是诸葛亮的《诫子书》：

夫君子之行，静以修身，俭以养德。非淡泊无以明志，非宁静无以致远。夫学须静也，才须学也，非学无以广才，非志无以成学。淫慢则不能励精，险躁则不能治性。年与时驰，意与日去，遂成枯落，多不接世，悲守穷庐，将复何及。

这封书信不见于《三国志》等正史，首见于唐朝编纂的类书《艺文类聚》二十三卷，题作《诫子》，互见于宋朝《太平御览》第四百五十九卷，其中仅将"慆慢"改为"淫慢"。一般认为该信是诸葛亮写给他的独子诸葛瞻的。

诸葛瞻生于蜀汉建兴五年，其年诸葛亮已经四十七岁，中年得子，自然是爱若至宝。建兴十二年（234），诸葛亮最后一次北伐，曾写信给东吴的兄长诸葛瑾，提及年仅八岁的诸葛瞻，仍然不掩喜爱之情："瞻今已八岁，聪慧可爱，嫌其早成，恐不为重器耳。"而不久后，诸葛亮就病逝于军旅之中。因此许多论者认为，这封《诫子书》是诸葛亮在临终之前写给幼子诸葛瞻的，其目的就是教导儿子立志笃学，成为一名才德兼备的君子。

　　《诫子书》仅有寥寥八十六字，主旨是劝勉儿子勤学立志，修身养性，要追求"静"与专注，切忌怠惰险躁。书信开篇就是一句名言"静以修身，俭以养德"，即"静"可以修身养性，"俭"可以培养品德。这和诸葛亮自己的为人为学是一致的。当初诸葛亮躬耕于草庐之时，手不释卷，耐得住寂寞，沉得住心气，不急于入仕，不受乱世滔滔的干扰，直至二十七岁受刘备三顾之邀出山辅佐。这期间他一直保持着一种"静"的境界，这也使得他能够潜心治学，冷眼旁观，将天下大势运于掌中，厚积而薄发，成为一代名相。而此后，从布衣之身到位极人臣，诸葛亮在个人生活上始终保持简朴的作风，以至"蓄财无余，妾无副服"，品德操守几乎无可指摘。正如曹植所说"有南威之容，乃可论于淑媛。有龙泉之利，然后议于断割"。诸葛亮首先以身作则，继而用同样的标准去要求自己的儿子。

　　"非淡泊无以明志，非宁静无以致远"又是一个大金句，这其实是对"静以修身，俭以养德"的进一步阐述，"淡泊"与"俭"对应，"宁静"是"静"的细化，再次强调了学习贵在专心致志，为人贵在淡泊名利。这是诸葛亮经数十年修得的治学境界和道德境界，他也希望将此作为家风传递下去。但诸葛亮应该不会想到，这两句名言对后世的影响如此之深远，以至成为许多中国人自我勉励的第一格言，并且几乎成为追逐风雅之士题字相赠的"标配"，悬挂于众多客厅与书房的墙壁上。

　　多年以前，我曾经将一位朋友书写的书法作品"淡泊明志，宁静致远"送给一位美国友人，考虑到他一定会问及这幅书法的含义，我便检索了一下这句名言的英文翻译。在检索过程中，我却意外发现了它与英文的一句励志名言"Keep Calm and Carry On（保持冷静，继续前行）"具有奇妙的暗合。第二次世界大战开始时，英国政府为了鼓舞民众士气，在海报中撰写了"Keep Calm and Carry On"这句话。后来这张海报被许多商家印刷发行，成为颇为流行的装饰主题。这种跨越时代的文化的巧合，正说明了人类某种共通的境界追求。

在《诫子书》的后半段，诸葛亮指明了立志与学习的关系，教育儿子戒急戒躁，珍惜韶华，发愤图强。书信最后"年与时驰，意与日去，遂成枯落，多不接世，悲守穷庐，将复何及"与汉乐府《长歌行》中那句著名的"少壮不努力，老大徒伤悲"遥相呼应。诸葛亮长期统军在外，无法在儿子身边亲身教导，因此他最为担心的就是儿子将大好年华荒废，虚度光阴，到老一事无成，悔之莫及。

如果这封《诫子书》的确是诸葛亮写给诸葛瞻的，那么诸葛亮若泉下有知，或许会有些失望。因为诸葛瞻在诸葛亮死后，一直生活在较为舒适的蜀汉大后方，凭借着自己的特殊身份娶了公主，授骑都尉，官爵累迁，直至担任了卫将军、平尚书事，但是他才能平平，毫无战阵经验，且与主张北伐的大将军姜维矛盾重重。史载诸葛瞻"美声溢誉，有过其实"。炎兴元年（263），诸葛瞻在涪县抵御魏将邓艾，不听黄崇的正确建议，致使用兵失策，让邓艾长驱直入，最终与儿子一同战死绵竹。尽管诸葛瞻以身殉国，忠义可嘉，但他平庸的一生，的确有负人们对诸葛亮之子的期许。

不过，《诫子书》的写作对象还有另一种可能。在《太平御览》第四百九十七卷，另载有一篇诸葛亮的《诫子书》（习惯称《又诫子书》），其中写道：

夫酒之设，合礼致情，适体归性，礼终而退，此和之至也。主意未殚，宾有余倦，可以至醉，无致迷乱。

这封家信对儿子的训诫就更为细致了，甚至细致到了喝酒这件事情上。信中说，设宴饮酒应当合乎礼节，适度而止，尽到了礼节就应当退席停饮，以达到和谐的程度。若是主人兴致正高，宾客也还有兴余，就可以饮酒至醉，但绝不能喝到昏乱失礼的地步。

汉末三国时期，士大夫阶层饮酒成风，到了无酒不成席的地步。曹操、刘备、孙权都是好酒之人，孔融、曹植、刘伶更是酒中名流。但醉酒的确会误事，孙权在一次酒醉之后，差点拔剑杀了以狂悖闻名的大臣虞翻，于是孙权告诫左右，凡是他酒后下令杀人，都不能杀。曹植因为醉酒多次违反律令，让自己失去了父亲的疼爱和近在咫尺的太子之位。蜀汉早在刘备入川时，就颁布了禁酒令，甚至规定家里有酿酒工具的也要与制酒者同罪，这一严苛的政策还曾被刘备的亲信简雍戏谑调侃。诸葛亮治蜀后，更是法令严明，时人评价他的治蜀成果，有一条就是"路无醉人"。可见，诸葛亮对儿子在饮酒礼节上的劝诫，是合乎情理的，也体现了他在教育上的细致入微。

然而，诸葛瞻在诸葛亮去世时年仅八岁，按常理来说，诸葛亮不会对这样年纪的孩子叮嘱饮酒的礼仪。因此，另一种观点认为，《诫子书》和《又诫子书》是诸葛亮写给一位成年儿子的书信，即诸葛亮的养子诸葛乔。

诸葛乔本是诸葛瑾的次子，他与兄长诸葛恪年纪轻轻就在东吴名噪一时，时人评论他"才不及兄，而性业过之"。诸葛亮起初无子，便向诸葛瑾请求将诸葛乔过继给自己为嫡子。诸葛乔后来随诸葛亮驻屯汉中，参赞军务，并负责在山谷之中督运粮草。可惜的是，诸葛乔于建兴六年去世，年仅二十五岁。若从此说，则诸葛亮两篇《诫子书》都作于第一次北伐之前。他视养子如同亲子，倾心栽培，诸葛乔的早逝，想必也是他的心头之痛。

除此之外，诸葛亮还有一篇《诫外生书》传世，见于《太平御览》第四百五十九卷：

夫志当存高远，慕先贤，绝情欲，弃疑滞，使庶几之志，揭然有所存，恻然有所感。忍屈伸，去细碎，广咨问，除嫌吝，虽有淹留，何损于美趣？何患于不济？若志不强毅，意不慷慨，徒碌碌滞于俗，默默束于情，永窜伏于凡庸，不免于下流矣！

"外生"即"外甥"，指诸葛亮二姐之子庞涣。庞涣之父庞山民是襄阳著名隐士庞德公之子、庞统的堂兄弟。曹操南下荆州后，庞山民仕魏，官至黄门侍郎、吏部郎。庞涣在晋太康年间任牂牁太守。可见，庞涣虽为诸葛亮外甥，但其一家与诸葛亮早已分离多年，因战乱阻隔而身处两国。即便如此，诸葛亮还挂念着在魏国的外甥，不远千里寄去书信，诫勉教育之。

在这封信中，诸葛亮开宗明义地申明"志当存高远"，认为做人应当树立远大的志向。具体的做法，则包括效法先贤，断绝情欲，舍弃琐碎的俗务，让自己的志向展露出来，激发自己不断上进。诸葛亮在《诫子书》和《诫外生书》中都十分强调立志，当不是巧合。诸葛亮自己隐居于隆中草庐时，虽居斗尺之陋室，却心忧天下，怀王佐之志。他将自己比作春秋战国的名相管仲、乐毅，这种出格的举动在当时甚至引来了讥讽和不理解，后来的事实证明，诸葛亮身登宰辅，治国安邦，论才能和影响力甚至超越了管仲、乐毅。

作为"过来人"，诸葛亮对于"立大志"与"成大事"之间的关系无疑最有发言权。他从自己的经验出发，谈到实现志向的途径：能屈能伸，去除琐碎，虚心求教，胸怀宽广。如果能做到这几点，即便暂时没有获得成功，但从长远来看，对成就大事都是大有裨益的。诸葛亮还从反面论证，如果没有坚定的志向，境界不够宽广，就会沦为碌碌无为的世俗之人，沉溺于自身的情感之中，永远居于平庸和末流。

这是诸葛亮对晚辈的殷殷嘱托，哪怕他将来很可能仕官于敌对之国，不能为实现自己兴复汉室的理想所用。这体现了诸葛亮无私的气度与博大的胸怀。实际上，每一篇给晚辈的家书，不仅是诸葛亮的寄语，也是诸葛亮的自省。正所谓行胜于言，诸葛亮鞠躬尽瘁、死而后已的一生，就是对后代最好的身教。诸葛亮远在东吴的侄子诸葛恪，正是深受他的北伐精神的感召，从而矢志北伐。

二、勿以恶小而为之，勿以善小而不为

与诸葛亮相似，刘备同样也是中年得子。

汉建安十二年，刘禅降生，这一年刘备四十七岁，征战半生，依然寄人篱下。因此，刘禅的童年注定在动荡中度过。当阳之败，尚在襁褓中的刘禅险些殁于乱军之中；荆州之争，尚不谙世事的刘禅又差点被继母孙夫人挟往江东。直到益州平定，刘备才有了相对稳固的地盘安置家

眷，刘禅得以在成都过起了相对安逸的日子。尽管刘备为刘禅选择了费祎、董允等为太子舍人，与他伴读，但刘备忙于征讨，始终缺席刘禅的成长，家教则更是奢谈。

直到蜀汉章武三年，刘备夷陵兵败，病卧白帝城，自知时日无多，才想起自己始终没有对儿子进行像样的栽培，内忧外患之下，蜀汉江山能否在刘禅手中传承下去，需要打一个大大的问号。于是，刘备迫切地需要在自己临终前补上教子的这一课，而当时刘禅作为太子，镇守成都，无法亲至，所以刘备只能将自己的谆谆教诲写进遗诏。这封遗诏，可以被视为刘备的"诫子书"：

朕初疾但下痢耳，后转杂他病，殆不自济。人五十不称夭，年已六十有余，何所复恨，不复自伤，但以卿兄弟为念。射君到，说丞相叹卿智量，甚大增修，过于所望，审能如此，吾复何忧！勉之，勉之！勿以恶小而为之，勿以善小而不为。惟贤惟德，能服于人。汝父德薄，勿效之。可读汉书、礼记，间暇历观诸子及六韬、商君书，益人意智。闻丞相为写申、韩、管子、六韬一通已毕，未送，道亡，可自更求闻达。（《三国志·先主传》裴注《诸葛亮集》，《太平御览》第四百五十九卷中有部分相似表述）

由于这封信是家信，所以刘备毫不避讳地提到了自己的隐疾，并表示自知已患不治之症。刘备感叹当时人活五十岁已属不易，而自己活到了六十多岁，没什么遗憾。这当然不是一句真心话。夷陵之败让他耿耿于怀，魏吴交兵又让刘备似乎看到了复仇的机会。但刘备的身体已经无法支撑他一雪前耻，可以说，他在白帝城，就是饮恨而终的。他这么说，主要还是为了引出后一句话："但以卿兄弟为念。"为念，不是想念，而是不放心。刘备对儿子们的治国理政的能力深表忧虑。好在，这一点早就被细心敏锐的丞相诸葛亮所察觉，他托从事中郎射援前往白帝城带话，盛赞刘禅的才能超出了他的期待，让刘备稍为安心。

于是，刘备对刘禅在为人处世上的寄语，就浓缩成："勿以恶小而为之，勿以善小而不为。惟贤惟德，能服于人。"知恶明善，是为君为政者的基本素养，君王从恶还是向善，也直接关系到国运的兴衰。刘备生于大汉国祚崩裂之时，肩负着中兴汉室的伟大使命，对这一点自然有着切身感受。正如诸葛亮在《出师表》中所言："先帝在时，每与臣论此事，未尝不叹息痛恨于桓、灵也。"桓帝、灵帝宠信奸佞，致使东汉走向衰亡。这背后固然有东汉一朝难愈的沉疴，但更为重要的是，桓帝即位仅十五岁，灵帝仅十二岁，延续了东汉自章帝之后幼冲即位的魔咒。而刘备病笃这一年，太子刘禅年仅十七岁，他是否会步其后尘，或者根本无法服众？"惟贤惟德"是刘备从汉家江山兴亡教训中提炼出的朴素启示。

而在修德之外，提升涵养最有效的途径还是读书。刘备从读书中获过益处，他以一贫家子的身份，师从大儒卢植，为他今后跻身乱世群雄之列打下坚实的基础。刘备也吃过不读书的亏，他"不甚乐读书"，更喜欢狗马、音乐、美衣服这样的娱情之物，比起常在军中手不释卷的曹操，他的军政才能逊色太多，亏得一帮人中龙凤的辅佐，才在乱世争得一席之地。刘备为刘禅列了一系列必读书目，其中包括史书《汉书》、礼制典籍《礼记》、思想读物"诸子书"、兵书《六韬》、政书《商君书》，均为经世致用之学。至于诸葛亮为刘禅所写的《申子》《韩非子》《管子》则均为法家经典，主张强化君王权威，重刑名，用法严苛，与刘备平生秉持的仁德爱民观念相悖，却得到了刘备的积极肯定。后世谈及此事，对诸葛亮颇有非议，"责孔明不以经术辅导少主"。

由此我们可以窥探出刘备对刘禅的期待，即宁可成为一名善用权谋的强势君王，也不要成为一名任人摆布的庸碌之主。当然，后来的刘禅亲信黄皓，疏远忠臣，成了历史上有名的"扶不起的阿斗"——葬送了蜀汉政权，辜负了刘备一片良苦用心——那就是后话了。

三、魏国的诫子书

文献所见的三国"诫子书"，除上述诸葛亮、刘备所作外，均出于曹魏。曹魏奠基人曹操曾为二十三岁的爱子曹植写下诫勉之语，在本书第五章已有述。曹操又曾作《诸儿令》，意欲从诸子中选拔优异者赴寿春、汉中、长安等战略前线担任都督：

> 今寿春、汉中、长安，先欲使一儿各往督领之，欲择慈孝不违吾令儿，亦未知用谁也。儿虽小时见爱，而长大能善，必用之。吾非有二言也，不但不私臣吏，儿子亦不欲有所私。（《太平御览》第四百二十九卷）

正所谓"外举不避仇，内举不避亲"，曹操一生戎马，对儿子的培养也着重于战事的历练，因而才有长子曹昂战死沙场，曹丕、曹植多次从军远征的事例。曹操对儿子的选拔标准首先是"慈孝"，即崇尚德行，以德服人；其次是"不违吾令"，即严格执行曹操的战略意图，忠诚可信。当时曹丕、曹彰、曹植已经成年，且才华毕露，但曹操仍然犹豫不决，不知道该用谁，足见他选贤任能标准的严苛。

曹操晚年时，魏与蜀吴的战事十分激烈，寿春、汉中、长安都是对敌的前沿阵地。将自己的儿子推上前线，无疑是将其置于死亡的风险之中。曹操对儿子"不欲有所私"的公开表态，彰显了曹操的气度，也激励着将士更加舍生忘死地为其效力。建安二十三年，曹操起用曹彰为将平定代郡乌丸叛乱，曹彰身先士卒，铠中数箭，大破敌军，追亡逐北，被曹操称赞"黄须儿竟大奇也"。在曹操的刻意磨砺下成长的诸子，明显要比在舒适安逸的环境中成长的刘禅、诸葛瞻高出一大截。这背后，正是教育的差别。

曹丕与其父一样，是一位政治家，是一位诗人，更是一位严厉的父亲。曹丕之子曹叡早年因为母亲失宠，一直被父亲冷落，直至父亲病笃之际才被立为皇太子。但从曹叡即位后的作为来看，他多次抵御吴蜀进犯，内修政理，政治开明，不失为一代明君。曹魏比之吴蜀原本就拥有国力上的优势，因而为君者更容易怠倦、坐享其成，曹叡能够居安思危，发愤图强，可能与年幼时父亲的磨砺与锤炼有关。我们可以从曹丕写给曹叡的《诫子》中看出些痕迹：

> 父母于子，虽肝肠腐乱，为其掩蔽，不欲使乡党士友闻其罪过；然行之不改，久久人自知之。用此仕官，不亦难乎！（《太平御览》第四百五十九卷）

孔子云："父为子隐，子为父隐。"而曹丕却一反圣人之嘱，认为父母为儿子文过饰非、遮蔽过错，反而会使儿子得到庇护与纵容，不去改正自己的错误。久而久之，他的过错终会被人们所知晓，若是用这样的人做官，怎么可能不出问题呢？曹丕反对父母对子女无原则的溺爱和遮蔽，认为这种行为不仅无助于子女改过自新，还会对国家的用人产生影响。从这条简短的家诫中，我们可以看到曹氏家族家风家教的传承。

曹魏重臣王肃是王朗之子，经学大家，官至中领军、散骑常侍，其女为司马昭妻、司马炎生母。王肃曾作《家诫》一篇，主旨与诸葛亮《又诫子书》相似，都是教育儿子喝酒的礼仪：

夫酒所以行礼养性命欢乐也，过则为患，不可不慎。是故宾主百拜，终日饮酒，而不得醉，先王所以备酒祸也，凡为主人饮客，使有酒色而已，无使至醉，若为人所强，必退席长跪，称父诫以辞之，敬仲辞君①，而况于人乎？为客又不得唱造酒史也，若为人所属，下坐行酒，随其多少，犯令刑罚，示有酒而已，无使多也，祸变之兴，常于此作，所宜深慎。（《艺文类聚》第二十三卷）

注释：

①敬仲辞君：典出《左传》。敬仲，春秋时陈厉公之子，名完，字敬仲，因内乱而奔齐，为齐桓公礼遇，拜为工正。齐桓公在陈完家宴饮，入夜后想要点灯继续饮酒，为陈完所辞。

文中，王肃首先肯定了饮酒的意义——礼仪、养生、乐趣，但同时提醒儿子，饮酒贵在适度，过量就会招致大患，必须小心谨慎。他提到，作为主人，宴请客人要适可而止，不应让客人烂醉。作为客人，如果别人强行劝酒，你应当以父亲有告诫为理由推辞，更不能带头劝酒，而应当允许他人根据自身情况自由取用。王肃最后强调，古往今来，因酒致罪的情况经常出现，因此对待饮酒必须小心谨慎。

王肃是儒学领袖，他对饮酒的谨慎理性的态度应当代表了三国时期上流社会的主流观点。酒文化在中国社会可谓深入骨髓，时至今日，推杯换盏已成家常便饭，强行劝酒、滥饮更成为具有普遍性的粗鄙习俗。有人以为这是中国人的传统，但我们从王肃《家诫》中看到，至少在一千七百多年前，中国的名流贵族是十分鄙夷劝酒的，适度饮酒才是君子之风。

郝昭是曹魏在抵御西蜀的前线的重要将领，他受曹真举荐，镇守陈仓。魏太和二年（228）冬，诸葛亮以数万兵马围攻陈仓，昼夜攻打，郝昭则见招拆招，指挥有度，让一座陈仓城固若金汤，岿然不动。一员级别并不高的将领，居然让诸葛亮的第二次北伐以破产告终，这不得不说是个奇迹。郝昭凭此战功得到魏明帝曹叡的嘉奖，受封关内侯，但很不幸的是，郝昭不久之后就病重了。临终前他给儿子郝凯写了封遗嘱，即《遗令戒子凯》：

吾为将，知将不可为也。吾数发冢，取其木以为攻战具，又知厚葬无益于死者也。汝必敛以时服。且人生有处所耳，死复何在耶？今去本墓远，东西南北，在汝而已。（《三国志·明帝纪》注引《魏略》）

　　郝昭的遗书主要是嘱咐儿子将自己薄葬。其原因是他行军打仗时，为了修造攻城器具，就地取材，发掘了不少墓冢，将棺材拆做木料使用。汉末三国，连年征战，军队挖掘墓冢已经是寻常之事。董卓就曾纵容手下的西凉兵在洛阳郊外大肆发掘皇陵，攫取财宝；曹操也被袁绍指责曾设立"摸金校尉""发丘中郎将"等军职，专营盗墓。乱世的洗礼也对人们的丧葬观念产生了巨大的冲击，因此，在曹操、曹丕父子带头下，两汉"事死如事生"的厚葬理念被彻底摒弃，帝王陵墓一律不封不树，敛以时服，像两汉王陵中常见的金缕玉衣至此已不见踪影。这也是为什么 2009 年安阳西高穴大墓发掘时，许多人惊讶于其陪葬品之简陋，认为这并不像曹操这种帝王级人物的陵墓。

　　郝昭给儿子的遗书，就是在这种自上而下的薄葬之风的影响下书写的。郝昭是军旅之人，没有儒家纲常的束缚，因此对待自己的后事更为务实和坦荡。他坦言"厚葬无益于死者"，更是一反死后有灵的迷信之说，相信人死之后便不复存在，不需要在丧葬方面过多讲究。这样的观念出自一千七百多年前的一员武将，闪耀着唯物主义的光芒，可谓十分难得。最后的那句"东西南北，在汝而已"更是展现了一员沙场宿将临终之前的洒脱和痛快，令人不得不肃然起敬。

志在丰草：

竹林隐者的绝交之书

嵇康给好朋友山涛写了一封绝交书，不经意间，他完成了一次行为艺术，这封信也成为中国历史上最著名的绝交书。

写绝交书的起因，仅仅是山涛升官了，想推举嵇康出来接替自己原先的选曹郎职位，而写绝交书的后果，则间接导致了嵇康被杀和"竹林之游"时代的彻底落幕。

一、石生无事马蹄间

在中国古代相当长的一段时间内，官吏是一个男人唯一体面的职业。在儒家思想占据主体地位的汉魏，做官自然成为读书人在弱冠之后求取功名、光宗耀祖的不二法门。曹丕即位后，采纳尚书陈群的建议，在全国推行九品中正制，至曹芳时，在选拔人才方面更注重考察家世背景，此为豪门世族掌权的滥觞。因而在曹魏一朝，负责典选人才的尚书台选曹（又称选部、吏部）干系甚重，其任职者不是冠族就是贵戚。

山涛推举嵇康担任选曹郎这个职位，想来并非出于偶然。嵇康在绝交书（全信附后）的开头便说，早在两年前，他从河东返还山阳，公孙崇和吕安两位好友就告诉他，山涛想让他代替自己做选曹郎。当时嵇康对此并没有什么兴趣。而山涛只道是嵇康谦逊，毕竟他在山野里闲居已久，官职若无实授，故作清高也是其性情所致。山涛没想到的是，当他真的将做官这件事拿上台面的时候，嵇康居然会有如此强烈的排斥和鄙夷态度。当人人都以升官发财为人生目标的时候，嵇康则从骨子里厌恶官场的一切。山涛的举荐在他看来，就是"己嗜臭腐，养鸳雏以死鼠也"（自己喜欢腐烂发臭的食物，就用死老鼠去喂鸟）。

嵇康和山涛的友谊建立在魏正始年间的竹林之游。山涛少年时就卓尔不群，喜好《老子》《庄子》，经常独处。嵇康也崇尚老庄哲学中的逍遥物外，主张"越名教而任自然"，他年纪轻轻就写出了《养生论》，认为神仙虽不可学得，但人可以通过修身，形神共养，道法自然，则寿命不止百年。当时有同样志向的还有"建安七子"阮瑀的儿子阮籍，史载嵇康与阮籍、山涛一见面，便"契若金兰"，有如神交，于是同赴竹林之游。《世说新语》说，他们长相厮守，友谊异于常人，连山涛的妻子韩氏都觉得奇怪。山涛却说："我当年可以为友者，唯此二生耳。"韩氏好奇嵇康和阮籍到底是何方神圣，能够让丈夫这么自恋的人都为之叹服。一次山涛邀请嵇康与阮籍来家里喝酒，韩氏在隔壁将墙掏了个窟窿，暗自窥探。最后，韩氏也被二人的神采所折服，奚落山涛说："君才致殊不如，正当以识度相友耳。"（你的才情确实不如人家，你也就以自己的见识和气度还可以跟他们做朋友。）

嵇康在当时的确有着神仙般的仪表和气度，他"长七尺八寸，风姿特秀"，是标准的美男子。山涛对他的形容更夸张："嵇叔夜之为人也，岩岩若孤松之独立；其醉也，傀俄若玉山之将崩。"为嵇康赢得个"玉山倒"的雅称。嵇康自小便才华横溢，他幼年丧父，在没有师傅教育的背景下，博览群书，自学成才，不仅在诗文和玄学上造诣精湛，在音乐上也是无师自通，且能自撰曲目。

嵇康、山涛、阮籍避世交游的竹林在河内郡山阳县（大致在今河南修武、辉县一带），而山涛的家乡怀县（今河南武陟西）与之毗邻。山涛比嵇康大十八岁、比阮籍大五岁，他是"老大哥"，自然更有可能成为竹林之游的"东道主"，因着乡里之便选择了这片清幽淡雅、茂林修竹之地。他们一同谈玄论易、抚琴长啸、悠然物外，过起了与世隔绝的隐居生活。竹林之游的名声传开了，有更多的同好纷至沓来，其中包括为《庄子》作注的河内怀县人向秀，嗜酒如命的沛国人刘伶，阮籍的侄子阮咸，以及出身琅玡名门望族王氏的王戎等。

后世将上述七人并称为"竹林七贤"。东晋人仰慕先贤，崇尚隐逸，将"竹林七贤"越捧越高。实际上，参与竹林之游的并不止这七人，还有吕安、吕巽、赵至、郭暇叔等十余人。他们也并非同时居于一处，而是或两三人，或三五人，只因为"七"字在古人心中有着特别的意义，比如北斗有七星，七为少阳之数，《论语》亦有"作者七人"之语，遂有"竹林七贤"之称。

当然，"竹林七贤"也并非都如嵇康一样，向往纯粹的山野之乐，并且将避世当作自己一生的修行。七人中的王戎是年纪最小的，也是最"名不副实"的一位，他虽然早年参与竹林之游，但不过是附庸风雅，无法与嵇康、阮籍气场相投。一次竹林聚会，王戎来迟，阮籍轻蔑地说："俗物已复来败人意。"后来王戎任职司马昭掾属，依附司马氏政权，曾统军参与晋灭吴之战，官运亨达直至司徒之位，而且贪婪吝啬，与竹林众人渐行渐远。以至有人认为，王戎并没有资格列于"竹林七贤"之中，他的名字是东晋时琅玡王氏掌权后硬塞进去的。

如果说王戎对"竹林之游"的"背叛"尚在情理之中，那么当山涛选择离开竹林，返回官场的时候，竹林好友们分道扬镳的伏笔也就此埋下。

"竹林七贤"聚集的正始年间，正是曹氏与司马氏争权的激荡之年。正始十年（249），太傅司马懿发动高平陵事变，诛杀大将军曹爽三族及其党羽何晏、丁谧、邓飏、毕轨等，所牵连者有五千余人。从此曹氏日衰，司马氏父子彻底控制了朝政，并开始为今后的魏晋禅代扫清障碍。山涛是"竹林七贤"中最有政治嗅觉的，早在司马懿装病卧床、麻痹曹爽之时，就预感到了即将袭来的政治危机。有一天山涛和好友石鉴共宿，在深夜突然一脚踹醒石鉴，对他说："现在是什么时候了，你还在这里睡大觉，你知道太傅卧床的用意吗？"石鉴满不在意地说："不就是宰辅不想上朝，想回家养老了嘛，你瞎操心什么？"山涛摇了摇头说："咄！石生无事马蹄间邪！"意思是，石鉴啊，你可小心了，别陷在马蹄之间被踩死了。

"石生无事马蹄间"，既是山涛对石鉴的提醒，也是他对自己命运的担忧。"马蹄"无意中预言了"司马氏的铁蹄"，当曹爽一党伏诛，司马氏开始对朝野进行清洗之时，山涛纵使有心归隐不问世事，也不可能独善其身。

二、吕望欲仕邪

司马氏夺权与当年曹氏篡汉有很大不同。曹操时代，汉室已衰，天下崩裂，曹操东征西讨，变乱为治，有再造山河之功，故而曹丕即位时，已是满朝魏臣，篡汉亦是瓜熟蒂落。而司马氏所处的魏国，虽然屡有边患，但政权内部始终较为稳定，司马懿即便为曹魏立下汗马功劳，但充其量不过是诸多功臣中的一位，司马氏想要偷天换日，必须将更多的心力花在笼络文武臣僚和世家大族之上。而这些人对待司马氏的态度，也就格外重要和敏感。

高平陵事变后，曹魏的文武臣僚和世家大族们开始走上了两条道路，一条是依附于司马氏，为其鞍前马后，成为魏晋禅代的抬轿人，比如贾充、钟会、傅嘏、荀勖等，他们大多在晋朝建立后一门显达；另一条是反抗司马氏，甚至不惜举兵相向，但选这条路的人由于势单力薄，下场都比较不幸，或如夏侯霸走投蜀汉，或如王凌认罪伏诛，或如毋丘俭、诸葛诞兵败被戮。

如果两条路都不愿意选，也就是既不支持，也不反抗，那么有代表性的就是山阳竹林中的嵇康、阮籍等人了。尽管他们远离朝堂、清谈玄学、与世无争，但他们的隐逸避世，也很容易被司马氏视为一种软性的反抗。而他们之中一旦有人出来做官，为司马氏做背书，就可以为司马氏的篡政大业增色不少。

司马师上台后，将瓦解竹林友人的首要目标放在了山涛身上。司马师召见山涛，见面第一句话是："吕望欲仕邪？"这一年山涛将近五十岁，却仍旧隐居山林，摆出一种不合作的态度。司马师将他比作七十二岁才出山的姜子牙，话里带着一丝嘲讽，也带着一丝训诫。

这时候的山涛应当想起了自己的身份，他的老家怀县不仅挨着那片代表着自由与任性的竹林，还与司马氏的老家温县毗邻，而他与司马氏原本就沾着亲。山涛的从祖姑是司马懿的夫人张春华的母亲，论起辈分和齿序，山涛还是司马师的中表兄。原本就是一家人，岂有自家人反对自家人的道理？何况，山涛的心底里原本就有功名志向。他早年家贫，曾经信誓旦旦地对妻子韩氏说："忍饥寒，我后当作三公，但不知卿堪公夫人不耳！"如今能够使山涛仕途顺遂的人，就只有司马师兄弟。

于是，人到中年的山涛得到了司马师格外的优待。他先是被司隶校尉举为茂才，授郎中，后又迁赵相，任职尚书选曹郎。司马师死后，司马昭继续笼络山涛，知道山涛家境贫寒，生活拮据，曾经一次性赠予他钱二十万、谷二百斛，以表彰他的清廉与品行。

山涛的致仕，让司马昭看到了风流名士在政治强权下的不堪一击，也让他更加在意那些依旧不与司马氏同道的名士。大致在同时，阮籍也不得已出来谋官，只不过他谋官的方式十分个性。生性嗜酒的阮籍听说步兵营中的厨子擅酿美酒，贮酒三百斛，就主动补了个步兵校尉的缺，终日不理政事，只顾宴饮宿醉。后来群臣欲劝司马昭受九锡、登晋公，将草拟劝进书的任务交给阮籍，阮籍都是在烂醉之中写成的。

阮籍的自醉，既是为了保全自己的性命，也是为了保全自己的名节。但他毕竟出来做官了——给了司马昭十足的面子。如此而来，"竹林友人"三位核心成员中，就唯有嵇康依然故我，不肯染尘世半步。于是在景元元年（260）①，就发生了山涛荐嵇康和嵇康予山涛"绝交书"的事情。我们甚至有理由推测，山涛对嵇康的举荐可能并非他的主意，而是司马昭的指使。因为山涛与嵇康相识多年，太了解嵇康了，知道让嵇康出来做官，等同于要他的命。而司马昭却将这次举荐视为试探嵇康对司马氏的态度的一次机会。

司马昭何以对嵇康的态度如此关心？除了名望所在，还有嵇康背后一层隐秘的身份，那就是曹氏皇族之婿。

嵇康的家乡是谯郡铚县（今安徽濉溪），与曹氏祖籍谯县比邻，也就是说，他本身就是曹魏政治谱系中最为重要的谯沛人士中的一员。二十多岁时，嵇康娶沛穆王曹林孙女长乐亭主②为妻，更成为皇族之婿。

曹林是曹操第十子，与中山王曹衮、金乡公主同为杜夫人所生。杜夫人当年是一位国色美人，建安三年（198）曹操围下邳时，关羽曾多次向曹操请求，破城之后允许他娶已为人妇的杜夫人为妻。曹操自见杜氏而反悔，自纳杜氏为侧室，关羽因此对曹操生恨。由此推测，作为杜氏的曾孙女，长乐亭主大抵也是一位美人，与嵇康可谓十分般配。

因为娶了宗室之女，嵇康得到了人生第一个也是唯一一个官职——中散大夫。尽管这是一个悠游无事的闲职，嵇康仍然弃之如敝屣。他的避世，似乎也是有意摆脱自己与曹魏皇室的这层关系。即便如此，他的身份也足以让司马昭将他归入同情曹氏者的队伍中，他的一举一动都容易让当权者产生联想。

注释：

①关于《与山巨源绝交书》的写作时间，侯外庐先生认为，如果《晋书·嵇绍传》中嵇绍"十岁而孤"中的"十岁"是一个确切年岁，那么嵇康死于景元三年（262），而"绝交书"中写道"男年八岁"，则可推断"绝交书"作于景元元年（260）。另有作于景元二年（261）之说。

②长乐亭主为曹林孙女，见《三国志·武文世王公传》裴注《嵇氏谱》，"嵇康妻，林子之女也"。又《文选》李善注引王隐《晋书》，"嵇康妻，魏武帝孙穆王林女也"。一般认为属讹误。

三、七不堪、二不可

嵇康写"绝交书"的这年五月，京师洛阳还发生了一件大事。魏帝曹髦不堪司马昭凌辱，口呼"司马昭之心，路人皆知也"，于宫中奋起反抗，为贾充指使的太子舍人成济所弑。公开弑君，世所罕见，此举打乱了司马氏代魏的节奏，让司马昭陷入巨大的舆论风波之中，也让他不得不对曹氏宗亲以及心向曹氏的朝野名士多了一份警惕。

嵇康对司马氏统治的不满更是早有表露。早先，嵇康的兄长、被阮籍以白眼相待的嵇喜被举为秀才，入司马氏幕府，嵇康一口气写了十八首诗送给他，即《赠兄秀才从军》。在诗中，嵇康写道："所亲安在，舍我远迈。弃此荪芷，袭彼萧艾。"他认为兄长弃芳洁而逐臭草，与司马氏政权同流合污。而诗中描写自己，则是"目送归鸿，手挥五弦。俯仰自得，游心太玄"，一副怡然自得、卓尔不群的姿态。

司马昭弑君后，身居竹林里的嵇康对渐趋险恶的政治生态浑然不觉，他依旧我行我素、不遵礼法。在给山涛写这篇洋洋近两千字的"绝交书"时，他并不知道笔下的一字一句流传出去，将为自己带来怎样的后果，仍是直抒胸臆、快意恩仇。

嵇康在书中连用十二个典故与古人的例子，表达了一个观点：每个人的行为千差万别，但归根结底有一个是一致的，那就是循着自己的心性选择自己的道路。（"故君子百行，殊途而同致，循性而动，各附所安。"）这话放在今天，就是我们常说的"听从你的内心做选择（Follow your heart）"，依然是一则流行的人生观。但嵇康所举的例子却很微妙，他说："仲尼兼爱，不羞执鞭；子文无欲卿相，而三登令尹，是乃君子思济物之意也。"意即孔子名义上是个高雅之士，却说出为了富贵不羞执鞭的世俗之语；子文嘴上说自己淡泊名利，却多次做了令尹（楚国宰相）这样的高官。嵇康实际上是在讽刺这两人的虚伪，甚至也可能是在暗讽收信人山涛表里不一，而唯有他嵇康的意志是如此的坚定，既然选择了一身傲骨，就绝不屈从于权力与富贵。

从"绝交书"中的描述，我们可以看到嵇康对他日常生活情况的还原："性复疏懒，筋驽肉缓，头面常一月十五日不洗，不大闷痒，不能沐也。每常小便而忍不起，令胞中略转乃起耳。"一个月不洗脸、身子不痒就不洗澡、尿憋急了才去如厕……一个人可以将自己的慵懒描述得如此毫无保留，单读文字，你就能感受到嵇康狂放不羁的真性情。嵇康将那些服膺礼教、循规蹈矩的官场中人比作被驯服的麋鹿，而将自己比作不愿受约束的麋鹿。即便有"金镳""嘉肴"这样的诱惑，他也一心向往自由。（"愈思长林而志在丰草也。"）

"绝交书"的华彩部分是嵇康连续列举了自己不愿为官的"七不堪"和"二不可"。"七不堪"：喜欢睡懒觉，但当官就要早起上班，一不堪；喜欢抱琴行吟，垂钓草野，但当官就不能随意走动，二不堪；喜欢挠身上的虱子，但当官就要正襟危坐，三不堪；不喜欢公文，但当官就要处理政务，四不堪；不喜欢吊丧，但当官就要装模作样地去应酬，五不堪；不喜欢俗人，但当官就要跟这些俗人一起共事，六不堪；不喜欢烦扰，但当官以后公务缠身，更添烦恼，七不堪。此外，他"非汤、武而薄周、孔"，为礼教所不容；为人疾恶如仇，说话心直口快，容易得罪人。这是"二不可"。他还说，有这九种隐患，即便是没有外灾，也会有内病，所以，让他做官跟让他去送死简直没有什么区别。

嵇康的这"七不堪"和"二不可"，排比迭出，气势滔滔，尽显自己放纵不羁的性情，也将他对官场的鄙夷和厌恶态度展露无遗。这里面的许多话，都戳中了当权者司马昭的痛处。尤其是"非汤、武而薄周、孔"一条，等于公然宣布自己对商汤、周武王、周公、孔子的反感，而这些人无一例外是儒家礼教所推崇的先贤圣人。司马氏父子执政后不断推行所谓孝道，强化纲常伦理，为自己的统治服务。嵇康的这一条，必然会惹怒司马昭，成为他后来被杀的重要原因。

嵇康信中的内容，既有对自己眼下生活的安贫乐道，也有对理想生活的向往追慕。他说自己刚失去母亲和兄长，膝下只有十三岁的女儿和八岁的儿子，还都体弱多病。他自己平生的唯一心愿，就是守着简陋的宅子，教养好子孙。如果有可能的话，就和老朋友们叙叙旧，"浊酒一杯，弹琴一曲，志愿毕矣"。这句朴实的话，当然是说给山涛的：你拉我去当官，我却希望你回归田园，一起过物质清贫却精神富足的凡人生活。（"游山泽，观鱼鸟，心甚乐之。"）

这封绝交书在寄出后不久即为大将军司马昭所得。我们无意指责山涛出卖朋友，更合理的解释是，从山涛举荐到嵇康寄书的整个过程都在司马昭党羽的严密监控之下。史载，司马昭"闻而怒焉"。显然，从这时开始，他已经对嵇康动了杀心，只是碍于没有理由。

四、《广陵散》绝矣

最终将嵇康送上刑场的人是司马昭的宠臣钟会。

　　钟会出身颍川名门，是太傅钟繇幼子，自小聪颖，才华横溢，在玄学上颇有造诣，曾与王弼齐名。他与嵇康年齿相仿，却走上了截然不同的道路。钟会为司马师、司马昭兄弟鞍前马后、出谋划策，被视为张良一般的谋臣，极受宠信。他正是嵇康所鄙夷的那种为了名利而谄谀之辈。偏偏钟会听说了嵇康的大名，专程来到山阳竹林拜见。这场会面相当不愉快。钟会排场很大，"乘肥衣轻，宾从如云"，嵇康却叉开双腿坐在地上打铁，摆出了最为"失礼"的姿势——"箕踞"，见到钟会到来也不起身，问道："何所闻而来？何所见而去？"钟会回："有所闻而来，有所见而去。"自此之后，钟会对嵇康记恨在心。

　　绝交书事件发生两年后，即景元三年（262），发生了吕安事件。吕巽、吕安兄弟是魏镇北将军、冀州牧吕昭的儿子，均与嵇康关系密切，是"竹林之游"的常客。但吕巽却心术不正，他迷上了貌美的弟媳，将其灌醉后奸淫。家中出了如此丑行，吕安一怒之下就想报官告发哥哥，但他又拿不准意见，便去询问嵇康。这一问，平白无故地将嵇康牵扯了进来。嵇康劝他隐忍为上，毕竟家丑不可外扬。可是他们没想到，吕巽怕弟弟告发自己，反而抢先倒打一耙，诬告吕安殴打母亲、不仁不孝，吕安立即被拘禁了起来。

　　司马氏掌权后，为了巩固统治，尤为倡导孝道。正元二年（255），司马昭刚履新大将军，就提出"以孝治天下"。五年后，魏帝曹髦被弑，司马昭逼迫郭太后下诏指责曹髦的种种不孝之举，以此掩盖自己的罪行。而嵇康的好友阮籍曾因为服孝的时候"饮酒食肉于公座"，招来强烈的非议。因此，不孝这个罪名，在量刑上会非常重，对吕安而言无疑是一场无妄之灾。

　　嵇康见朋友有难，无法坐视不理，愤然写下了又一封绝交书——《与吕长悌绝交书》。一个人为后世留下两封绝交书，这还是很罕见的。而给吕巽的这封信，明显比给山涛的那封要更像"绝交书"。在信中，嵇康仗义执言，怒斥吕巽犯下的恶行，表示深深后悔自己当初劝住了吕安，反倒使他蒙受牢狱之灾。在文末，嵇康慨然道："若此，无心复与足下交矣。古之君子，绝交不出丑言。从此别矣！临书恨恨。"后来，嵇康还当庭做证，为吕安解释清白。

　　嵇康的自投罗网，让一直记恨于他的钟会喜不自禁。钟会当时任司隶校尉，掌察举百官以下及京师近郡犯法者，而嵇康所居的山阳县，正在司隶校尉的管辖范围内。钟会借助手中权力，为嵇康安上了两个罪名，一是说他曾经欲助毌丘俭造反。这显然是无端构陷，嵇康一介隐士，既无官职又无兵马，没有任何能力去帮助毌丘俭反叛，何况当时距毌丘俭起兵已过去了七年。二是从吕安给嵇康的书信中搜罗，找到了"顾影中原，愤气云踊""平涤九区"这样的"悖逆之词"，便以此作为嵇康、吕安不满司马昭的统治，欲恢复曹氏政权的罪状。

　　钟会的构陷，正合了司马昭的心意，他或许想到了五十四年前曹操杀名士孔融而绝天下人之口的往事，而此刻，嵇康的生命，则成了司马昭震慑天下士人的祭品。

　　嵇康在一个烈日高悬的正午受刑。当衙役将囚车推向洛阳东市时，人们都看到了那个面对死亡依然平静如常的嵇康。现场，太学生三千人请求赦免嵇康，并以他为师。嵇康在士人心中有如此高的地位，反而更坚定了司马昭将其处斩的决心。嵇康"索琴弹之"，当众弹奏了一曲他最喜爱的《广陵散》。据说，这是一首古曲，是他早年游历洛西，在华阳亭留宿的时候与一名神秘的"古人"相遇，从而习得此曲。郎中令袁涣之子袁准曾多次向他求学此曲，但嵇康没有答应，这或许是临刑之前唯一让嵇康牵挂和懊悔的事情。屠刀落下之前，嵇康的最后一句话是："《广陵散》于今绝矣！"这一年，他年仅四十岁。[3]

注释：

①：嵇康遇难年份主要有三说。干宝、孙盛、习凿齿都认为在毌丘俭举兵的正元二年，此说不实，已为裴松之所驳。《资治通鉴》将此事系于景元三年。近人陆侃如、庄万寿等持景元四年（263）说。本文取景元三年。

五、山公尚在，汝不孤矣

嵇康之死，伴随着一个时代的落幕。"竹林之游"从此成为往事。"竹林七贤"之一的向秀迫于司马氏的压力，前往洛阳赴任。后来他西行经过嵇康、吕安的故居，思念故友，悲从中来，写下了著名的《思旧赋》。诗中有这样几句：

悼嵇生之永辞兮，顾日影而弹琴。
托运遇于领会兮，寄余命于寸阴。
听鸣笛之慷慨兮，妙声绝而复寻。
停驾言其将迈兮，遂援翰而写心。

　　嵇康死后第二年，钟会统军十余万西下伐蜀，却妄图在成都自立，最终兵败身死。钟会在蜀中作乱时，司马昭移驾长安，特意授予山涛亲兵五百人，令他镇守邺城，看管曹氏诸王公，足见司马昭对他之信赖。

　　又过了一年多，司马昭亡故，其子司马炎嗣位，胁迫魏主曹奂行禅让，登基称帝，是为晋武帝。山涛因为当初立太子建言有功，成为开国功臣，被授予九卿之一的大鸿胪，并奉命护送被废黜的曹奂前往邺城居住。山涛一直活到七十九岁，他在晋朝掌选举十余年，为朝廷选拔了大量贤才。晋武帝称赞他："夫用人惟才，不遗疏远单贱，天下便化矣。"时人将山涛甄选人才称为"山公启事"。山涛在晚年多次辞让晋武帝授予他的司徒之职，即使武帝派人将印绶送到他的病榻边，他也乘车而去。曾经对妻子许诺要做的"三公"，晚年的山涛避之不及。

　　山涛临终前，大约会想起二十三年前嵇康给他写的那封绝交书。实际上，很多人认为，嵇康并没有与山涛绝交。清人叶渭清云："按中散与山公交契至深，此书特以寄意，非真告绝也。"他们未绝交的最有力的证明，是嵇康在临终前对儿子嵇绍说的话："山公尚在，汝不孤矣。"山涛依据老友的遗愿，对这位贤侄照顾有加，当然，他照顾的方式，就是在掌管选举之后，向晋武帝推荐嵇绍做官。司马炎听说山涛举荐的是嵇康的儿子，不仅不追究其父的"罪行"，还索性为他官升一级，从秘书郎升为秘书丞。八王之乱时，嵇绍担任侍中，为保护流亡落魄的晋惠帝司马衷，不幸为叛军所杀，鲜血溅在了晋惠帝的衣服上。后来侍从想要为晋惠帝换洗衣服，晋惠帝悲伤地说："嵇侍中血，勿浣也！"

　　嵇康应该怎么都不会想到，他为司马昭所杀，而多年以后，他的儿子却为保护司马昭的孙子而死。这注定是一个悲伤的故事。

附：《与山巨源绝交书》

嵇康

康白：足下昔称吾于颍川，吾常谓之知言。然经怪此意，尚未熟悉于足下，何从便得之也？前年从河东还，显宗、阿都，说足下议以吾自代，事虽不行，知足下故不知之。足下傍通，多可而少怪，吾直性狭中，多所不堪，偶与足下相知耳。闲闻足下迁，惕然不喜，恐足下羞庖人之独割，引尸祝以自助①，手荐鸾刀，漫之膻腥，故具为足下陈其可否。

吾昔读书，得并介之人，或谓无之，今乃信其真有耳。性有所不堪，真不可强。今空语同知有达人，无所不堪，外不殊俗，而内不失正，与一世同其波流，而悔吝不生耳。老子、庄周，吾之师也，亲居贱职；柳下惠、东方朔，达人也，安乎卑位，吾岂敢短之哉！又仲尼兼爱，不羞执鞭②；子文无欲卿相，而三登令尹③，是乃君子思济物之意也。所谓达能兼善而不渝，穷则自得而无闷。以此观之，故尧、舜之君世，许由之岩栖④，子房之佐汉⑤，接舆之行歌⑥，其揆一也。仰瞻数君，可谓能遂其志者也。故君子百行，殊途而同致，循性而动，各附所安。故有处朝廷而不出，入山林而不返之论。且延陵高子臧之风⑦，长卿慕相如之节⑧，志气所托，不可夺也。

吾每读尚子平、台孝威传⑨，慨然慕之，想其为人。少加孤露，母兄见骄，不涉经学，性复疏懒，筋驽肉缓，头面常一月十五日不洗，不大闷痒，不能沐也。每常小便而忍不起，令胞中略转乃起耳。又纵逸来久，情意傲散，简与礼相背，懒与慢相成，而为侪类见宽，不攻其过。又读庄、老，重增其放。故使荣进之心日颓，任实之情转笃。此犹禽鹿少见驯育，则服从教制，长而见羁，则狂顾顿缨，赴蹈汤火，虽饰以金镳，飨以嘉肴，愈思长林而志在丰草也。

译文：

嵇康说：您曾经在山嵚（字颍川，山涛族父）那里说我不愿意出来做官，我一直认为这是知心话。但我不解的是当时您和我并未熟识，您是怎么了解我的心思的呢？前年我从河东返还，公孙崇（字显宗）和吕安（字阿都）都对我说您有意让我来接替您的官职。这事虽不了了之了，但由此我知道您是真的不了解我。您为人处世八面玲珑，对人常夸赞而少责备，可我的性格太过直率偏狭，眼里容不得沙子，跟您也是偶然相知罢了。最近听说您高升了，我内心惶恐，并不欢喜，我生怕您举荐我当官，就像厨子不想独自做饭，推荐祭司来越俎代庖一样，让我手拿着屠刀，跟您一起沾染腥臊的味道。所以请让我告诉您这件事可不可行。

我以前读书，听说过有一种人，既能兼济天下又能孤介自守，有人说世间根本没有这种人，如今看到您我才相信真的有。但我的性格致使我有很多看不惯的事情，这个真不能勉强。现在都说那些贤人可以包容世间的一切，外表看上去跟普通人一样，内心却能够保持正直，可以随波逐流，但从来不会生出悔恨。老子、庄周，都是我崇拜学习的前辈，他们的官职都很低微。柳下惠、东方朔，都是人中龙凤，但也能安于贱积，我哪儿敢奚落他们啊！孔子主张博爱，但他为了追求富贵（合乎于道的），也不羞于做执鞭赶车之人。子文说他对当官没有兴趣，但他三次当了楚国令尹。这是因为这些君子都想为百姓做事。这可能就是所谓：人在显达的时候能够既保持善良又不忘初心，人在失意的时候能够既自我慰藉又不气馁。这样来看，尧舜当了国君、许由隐匿避世、张良在朝辅汉、接舆在野放歌，他们的处世之道其实都是一致的。看看这些君子，他们其实都实现了自己的人生价值。所以人与人尽管千差万别，但殊途同归，只要听从自己的内心、顺应自己的心性去做事，就能各安其所。有人在官场为官就再也退不下来，有人去山林里隐居就再也不出来。季札效仿子臧而抛官弃位，司马相如崇拜蔺相如而追逐名利，这都是他们自己的志向，旁人无法改变。

我经常读尚子平、台孝威的传记，非常仰慕他们的做事风范，经常想到他们的品行。我从小失去父亲，母亲和兄长都很娇惯我，我没怎么读过经学著作，生性比较懒散，筋骨都十分迟钝，常常一月或半月不洗脸洗头，身子只要不是太痒就不去洗澡，连小便也懒得起身，实在憋不住了才起来如厕。自我放纵的时间久了，性格就更加孤傲散漫，举止常常失礼，处事懒惰怠慢，好在朋友们都比较宽容，不去责备。后来读了《老子》《庄子》，更促使我放浪形骸，所以做官显达的心思日益消弭，逍遥任性的作风越发昭彰。这就像麋鹿一样，如果从小就被人驯化培育，那么就会很温顺地服从指挥；如果长到很大了才去管束它，那它就会拼命挣脱绳索，即使赴汤蹈火也在所不惜。虽然给它套上纯金的笼头，喂美味的饲料，但它还是思念茂密的森林和草原。

注释：

①羞庖人之独割，引尸祝以自助：典出《庄子·逍遥游》"庖人虽

不治庖，尸祝不越樽俎而代之矣"。厨师自己不做饭，也不应该让祭司来代替其做饭。这也是成语"越俎代庖"的出处。

②仲尼兼爱，不羞执鞭：典出《论语·述而》"富而可求也，虽执鞭之士，吾亦为之"。孔子认为，世俗的富贵如果合乎于道，就算是做赶车这样低贱的事情他也是愿意的。

③子文无欲卿相，而三登令尹：典出《论语·公冶长》"令尹子文，三仕为令尹，无喜色；三已之，无愠色"。楚国大臣子文三次担任令尹而不喜，三次被免职而不怒。

④许由之岩栖：许由，尧时隐士。尧想把天下让给他，他不肯接受，就到箕山去隐居。

⑤子房之佐汉：子房，即张良。张良辅佐刘邦建立汉朝。

⑥接舆之行歌：接舆，楚国隐士。典出《论语·微子》："楚狂接舆歌而过孔子曰'凤兮凤兮！何德之衰？往者不可谏，来者犹可追。已而已而！今之从政者殆而'！孔子下，欲与之言。趋而辟之，不得与之言。"

⑦延陵高子臧之风：延陵，即季札，春秋时吴国公子，又称延陵季子。子臧，曹国公子。国人拥立子臧为曹国国君，子臧拒而离去。季札效法子臧，也拒绝了吴国国君之位。

⑧长卿慕相如之节：司马相如原名长卿，因仰慕战国赵大夫蔺相如，更名"相如"。

⑨尚子平、台孝威传：尚子平，东汉隐士，弃官入山林，以砍柴卖薪为生；台孝威，名佟，隐居武安山，以采药为生。

阮嗣宗口不论人过，吾每师之，而未能及，至性过人，与物无伤，唯饮酒过差耳。至为礼法之士所绳，疾之如仇，幸赖大将军保持之耳。吾不如嗣宗之贤，而有慢弛之阙；又不识人情，暗于机宜；无万石之慎①，而有好尽之累。久与事接，疵衅日兴，虽欲无患，其可得乎？

　　又人伦有礼，朝廷有法，自惟至熟，有必不堪者七，甚不可者二：卧喜晚起，而当关呼之不置，一不堪也。抱琴行吟，弋钓草野，而吏卒守之，不得妄动，二不堪也。危坐一时，痹不得摇，性复多虱把搔无已，而当裹以章服，揖拜上官，三不堪也。素不便书，又不喜作书，而人间多事，堆案盈机，不相酬答，则犯教伤义，欲自勉强，则不能久，四不堪也。不喜吊丧，而人道以此为重，已为未见恕者所怨，至欲见中伤者，虽瞿然自责，然性不可化，欲降心顺俗，则诡故不情，亦终不能获无咎无誉如此，五不堪也。不喜俗人，而当与之共事，或宾客盈坐，鸣声聒耳，嚣尘臭处，千变百伎，在人目前，六不堪也。心不耐烦，而官事鞅掌，机务缠其心，世故烦其虑，七不堪也。又每非汤、武而薄周、孔，在人间不止，此事，会显世教所不容，此甚不可一也。刚肠疾恶，轻肆直言，遇事便发，此甚不可二也。以促中小心之性，统此九患，不有外难，当有内病，宁可久处人间邪？又闻道士遗言，饵术黄精，令人久寿，意甚信之。游山泽，观鸟鱼，心甚乐之。一行作吏，此事便废，安能舍其所乐，而从其所惧哉？

　　译文：

　　阮籍从来不去议论别人的长短，我一直向他学习这一点，但达不到。他比一般人天性淳厚，待人接物从不中伤他人，只是常常饮酒过量罢了。即便是这样，他仍被那些礼法卫道士所指责，被他们像仇敌一样痛恨，幸好有大将军（司马昭）对他加以保护。我的才能不如阮籍，又有懒惰的缺点；还不谙人情世故，不会随机应变；没有石奋那样的谨慎，却有口不择言的毛病。如果经常与人交往，一定会天天得罪人，到时候灾祸想避也避不掉了。

而且人伦之间自有规矩，朝廷之上自有法度，因此我考虑再三，觉得自己有七件事是不可忍受的：第一件，我喜欢睡懒觉，但做官以后，当差的衙役就要催促我起床。第二件，我喜欢抱着琴边走边唱，独自在野外垂钓射猎，但做官以后，官府小吏就会限制我的自由。第三件，做官以后，坐在那里把腿压麻了也不能随意动弹，身上有跳蚤却不能用手去抓，还要穿上官服去拜见上司。第四件，我向来不善于写文书，更不喜欢写文书，但当了官就要处理很多世间琐事，案牍堆满了桌子，如果不去处理，那就违背了礼教；如果勉强去处理，我又没法坚持下去。第五件，我很不喜欢去为人吊丧，但人们却把这件事看得很重要，因为这个原因我已经为很多人所抱怨，甚至遭到了恶语中伤。尽管我也曾自我反省，但我的天性顽固不化，想要改变心性去随波逐流，但我又装不出来，而且也无法做到像现在这样既不被人贬损，也不被人吹捧。第六件，我很讨厌那些俗气的人，但当官就要跟这些人共事，有时候宾客坐满了屋子，聒噪之声不绝于耳，到处都是尘埃和臭味，各种人与人之间的算计都展现在眼前。第七件，我很容易不耐烦，但做官之后就会有很多公务俗事需要劳心劳力，在人际交往上也要花费很多心力。此外，我不可做官还有其他原因：其一，我经常批评和蔑视商汤、周武王、周公、孔子这些人，当了官我依然会这样，这要是让人们知道了，世间的礼教一定不能容我。其二，我是个直肠子，疾恶如仇，看到不喜欢的人就直言不讳，遇到不喜欢的事情就要发作。像我这样心胸狭窄的人，还兼有这九种隐患；即便没有外来的灾难，自身也会产生病痛，怎么可能在人世久留呢？我听说道士留下忠告，称食术与黄精可以让人延年益寿，我很相信这种说法。我在山川中游览，看一看鱼儿和鸟儿，心里欢乐得很；可是一旦出来做官，这样悠闲的生活就不会再有了。我怎么能舍弃做快乐的事，而去选择做那些让人畏惧的事呢？

注释：

①万石之慎：西汉大臣石奋，以小心谨慎著称，他和四个儿子都做到了二千石的高官，汉景帝称他为"万石君"。

夫人之相知，贵识其天性，因而济之。禹不逼伯成子高，全其节也①。仲尼不假盖于子夏，护其短也②。近诸葛孔明不逼元直以入蜀③。华子鱼不强幼安以卿相④。此可谓能相终始，真相知者也。足下见直木不可以为轮，曲木不可以为桷，盖不欲枉其天才，令得其所也。故四民有业，各以得志为乐，唯达者为能通之，此足下度内耳。不可自见好章甫，强越人以文冕也⑤。己嗜臭腐，养鸳雏以死鼠也⑥。吾顷学养生之术，方外荣华，去滋味，游心于寂寞，以无为为贵，纵无九患，尚不顾足下所好者。又有心闷疾，顷转增笃，私意自试，不能堪其所不乐。自卜已审，若道尽途穷则已耳。足下无事冤之，令转于沟壑也。

译文：

人们之所以能够互相理解，最重要的是能认识到对方的天性，并成全他。夏禹不强迫伯成子高出来做官，这是成全他的名节。孔子不向子夏借伞，是为了遮蔽他的缺点。拿最近的事例来说，诸葛亮不强迫徐庶回到刘备帐下，华歆不强迫管宁在本朝为官，可以说他们是能相处终始、真正相知的朋友了。您应该看到，笔直的木头不可以做车轮，弯曲的木头不可以做屋顶的椽子，这是因为不能强行改变它们的原状，而应当让它们各得其所。因此士、农、工、商都有各自的事业，他们都以满足自己的志向为乐。这道理只有聪明的人才能懂得，我想您就应该是这样的人吧。不能自己看到一顶漂亮的帽子，就强求断发文身的越国人去戴；自己喜欢腐烂腥臭的东西，就用死去的老鼠去喂鹓雏这样名贵的鸟儿。我最近正在学习养生之术，看淡了荣华富贵，舍弃了珍馐美味，享受着恬淡幽静的生活，将追求无为当作最宝贵的事情。即便没有这九种隐患，我也不会考虑您所喜爱的官场生活。再加上我有胸闷的病症，最近越发严重了，我仔细想了想，绝不能忍受做那些让我不快乐的事情。我已经谨慎地思考过了，如果您是走投无路才来扰我也就罢了，可您现在是没来由地逼迫我，简直就是将我推向绝路啊！

　　注释：

　　①禹不逼伯成子高，全其节也：典出《庄子·天地》。尧治天下，以伯成子高为诸侯；禹得位后，伯成子高辞诸侯而归耕种。禹问其故，子高说，当年尧治天下，不赏罚而民自畏，而如今禹治天下，行赏罚，民不仁，德自此衰，后世之乱自此始。禹遂不逼子高。

　　②仲尼不假盖于子夏，护其短也：典出《孔子家语·致思》。孔子一日出门遇雨而无伞，门人建议他向弟子卜商（字子夏）借伞。孔子说，卜商为人非常吝啬，我听说和人交往，要推举他的长处，回避他的短处，这样交情才能长久。

③诸葛孔明不逼元直以入蜀：刘备在新野时，诸葛亮与徐庶（字元直）同在刘备手下做事。当阳之战中，徐庶母亲为曹军所获，徐庶于是北投曹操，诸葛亮后来辅佐刘备时并未强劝徐庶加入蜀国。

④华子鱼不强幼安以卿相：华歆（字子鱼）与管宁（字幼安）是同窗好友，后来华歆在魏国做到三公，多次推荐管宁为官，管宁坚决不受，华歆最终也不再坚持。

⑤自见好章甫，强越人以文冕也：典出《庄子·逍遥游》。有个宋国人采购了一批帽子到越国去卖，但越人的风俗是剪断长发，身刺花纹，帽子对他们毫无用处。

⑥己嗜臭腐，养鸳雏以死鼠也：典出《庄子·秋水》。惠施做了魏国相国，很怕庄子来替代他。庄子就对他说，南方有一种名贵的鸟叫"鸳雏"，它"非梧桐不止，非练实不食，非醴泉不饮"，猫头鹰得到一只腐鼠，鸳雏路过看到，非常不屑。

吾新失母兄之欢，意常凄切。女年十三，男年八岁，未及成人，况复多病，顾此恨恨，如何可言！今但原守陋巷，教养子孙，时与亲旧叙阔，陈说平生，浊酒一杯，弹琴一曲，志愿毕矣。足下若嬲之不置，不过欲为官得人，以益时用耳。足下旧知吾潦倒粗疏，不切事情，自惟亦皆不如今日之贤能也。若以俗人皆喜荣华，独能离之，以此为快，此最近之，可得言耳。然使长才广度，无所不淹，而能不营，乃可贵耳。若吾多病困，欲离事自全，以保余年，此真所乏耳。岂可见黄门而称贞哉！若趣欲共登王涂，期于相致，时为欢益，一旦迫之，必发狂疾。自非重怨，不至于此也。

野人有快炙背而美芹子者，欲献之至尊①，虽有区区之意，亦已疏矣。愿足下勿似之，其意如此，既以解足下，并以为别。嵇康白。

译文：

最近我的母亲和兄长刚逝去，我的心情一直比较凄凉。我的女儿十三岁了，儿子八岁，都还没有成年，而且多病缠身。想到这些我悲伤不已，还能说什么？我现在唯一的心愿就是守在这简陋的屋子里，抚养教育好儿孙，经常能够与亲人老友们叙叙旧、聊一聊生活琐事，倒一杯浊酒，弹一段琴曲。如此我就已经非常满意了。您现在执意要强人所难，不过是为了向官府推荐人才，为时代所用罢了。您知道我平素里放浪不羁、不谙世事，我觉得自己哪个方面都比不上当今的贤能之士。您如果以为世俗的人都喜欢荣华富贵，只有我对其不屑一顾，并且以清高为快事，那么没错，我就是这样的人。如果有一个人既有才华又有风度，无所不知无所不晓，却不去当官，那才是值得称颂的人。像我这样身子多病，想逃避世事，以求自保余年的人，这真是没什么好自夸的，您见过自称贞洁的宦官吗？如果您执意要我跟您一样出来做官，跟您共享做官的快乐，这么逼迫下去，那我必然会得癫狂病。咱们之间无仇无怨，您不至于让我变成这样吧。

宋国一个山野村夫觉得太阳晒着脊背、吃着芹菜就是人世间最美好的事情，还要把这奉献给君王，他的心意是好的，但这事情却很荒谬。希望您不要效仿他。以上就是我想说的，既是向您做一番解释，也是与您告别。嵇康说。

注释：

① "野人有快炙背而美芹子者"句：典出《列子·杨朱》。宋国有一个农夫，生活贫穷，只穿着粗布衣服，常年在太阳地里耕作，不知道天下有豪华的屋室和名贵的狐裘。他对妻子说："晒太阳这么舒服的事情，没什么人知道，我们不如告诉君王，可以得到重赏。"村里有富人对他说："从前有个人觉得戎菽（大豆）味道好吃，枲耳（苍耳）、水芹、蘋蒿味甜，推荐给乡里的富豪，富豪吃了，却被刺破了嘴，闹坏了肚子，人们都嘲笑他。你就是这种人。"

乌鸟之情：
亡国之臣的泣涕陈情

如果没有《陈情表》，犍为武阳（今四川彭山）人李密可能压根儿就不会被记录在史书上。

蜀汉景耀六年（263），魏国十八万大军分三路入侵。为了讨个好兆头，蜀汉后主刘禅下诏改年号为炎兴，取炎汉兴旺之意，没想到这却成为蜀汉最后一个年号。四个月后，刘禅步出成都投降，蜀汉灭亡。

时为蜀汉尚书郎的李密，在他四十岁的这一年，成了亡国之臣。

有"天府之国"美誉的巴蜀，与中原相通近六百年，四度为外来者所征服。第一次是在战国时期，秦惠文王遣张仪、司马错等由金牛道入蜀，灭巴蜀，置郡县，将四川盆地打造成未来支持秦国荡平天下的大粮仓。第二次是在东汉建武十一年（35），汉光武帝刘秀遣大司马吴汉自荆州入蜀，讨伐在此称帝的公孙述，蜀地虽定，但吴汉纵兵大掠，杀戮平民，给这片富饶的土地蒙上了阴影。第三次是由蜀汉的开创者刘备主导，他受当时益州牧刘璋之邀入驻葭萌，为其抵御张鲁，却兵戈倒转，袭取了益州，从而有了后来三分天下有其一的蜀汉基业。这一次征服，除了在雒、绵竹等地进行了较为激烈的战争，大体较为平和，尤其是当刘备兵临成都城下，刘璋不战而降，让成都这座蜀中最繁荣的都会避免了一场兵燹之灾。

然而，刘备入主益州时，距离李密的时代已经相去四十九年。在这近半个世纪的岁月里，纵然有丞相诸葛亮、大将军姜维矢志北伐、屡屡用兵，但战火始终没有波及巴蜀腹地。尽管蜀汉全国九十四万名老百姓要供养一支十万人的常规军和四万人的官僚机构，军民比和官民比都堪称中国历史之最，但对于蜀地的老百姓来说，只要能够换取巴蜀腹地的安宁祥和，负担重一些也可以承受。

李密和他的同窗、巴西安汉（今四川南充）人陈寿，就是在这个乱世中相对平静的时期出生并长大的，并师从蜀中大儒谯周。李密博览群书，尤善治《春秋左氏传》，被同学们称赞为子游、子夏一样的人物，而子游和子夏，均是被孔子列在"文学"科的高徒。后来李密担任尚书郎，因为口才好，多次被朝廷委派出使东吴，吴国君臣对他称赞不已。陈寿比李密小九岁，勤奋好学，对史学情有独钟，后来在蜀汉担任观阁令史一职。

然而，作为土生土长的益州人，李密和陈寿在蜀汉的仕途不可能顺遂。蜀汉从本质上是一个外来政权，从刘备入主成都开始，荆州人士就将朝政大权牢牢握在手里，后来蜀汉失去荆州领土，荆州人有家难回，只好将他乡做故乡，在益州将权力世代承袭下来，而益州本土人士能够跻身蜀汉上层的，可谓凤毛麟角。直到蜀汉的最后时刻，执掌蜀汉权力中枢尚书台的董厥、樊建仍然是丞相诸葛亮的故吏、荆州籍人士。但这个时期真正能够左右朝政的是中常侍黄皓，陈寿由于不肯屈事黄皓，屡次遭到贬黜；而他的同门师兄、蜀汉后期卓有才华的将领罗宪也因为同样的原因，被逐出京师，外放巴东太守。

在这种污浊的政治环境下，蜀汉政权其实早早就宣判了自己的死亡。

吴国五官中郎将薛珝访蜀后，曾这样评价蜀汉朝野："入其朝不闻正言，经其野民皆菜色。"他判断这个国家祸不远矣。果然，当魏征西将军邓艾率偏师穿越阴平小道，突然出现在成都平原时，武备松弛多年的蜀汉大后方一片惊恐，郡县官吏纷纷献城纳降。诸葛亮之子卫将军诸葛瞻仓促领兵拒敌，但由于缺乏基本的用兵常识，丢关丧师，自己也杀身殉国。邓艾得以直抵成都城下。

李密、陈寿的老师，此时六十三岁的谯周已经是朝中最有声望的大臣。在此前，他就是姜维北伐的激进的反对者，在邓艾兵临城下之时，他又成为坚决的投降派。谯周亦是益州土著，无论是反对北伐还是主张投降，他选择的都是益州人的立场，而非蜀汉政权的立场。在他看来，益州人千百年来在巴山蜀水之间生存繁衍，没有必要为遥不可及的先帝遗愿战死疆场，更没有必要为了这个摇摇欲坠的政权做无谓牺牲。后主刘禅采纳谯周建议，用车载着棺材，自缚双手，出城向邓艾投降，使成都免遭战火。后来魏相国司马昭称赞谯周一言保全了整个国家，有"全国之功"，如今这四字匾额，仍高悬在四川南充的谯周庙的门楣上。

蜀汉灭亡后，李密与陈寿都面临着人生的转折：身为亡国之臣，该何去何从？因为李密早有声望，所以被邓艾听闻。邓艾想征召他做自己的主簿，并且派人送来亲笔信，邀请他见面。谨慎的李密留了个心眼，婉言拒绝，没有赴约。为了不激怒这位刚刚征服了巴蜀而志得意满的大将军，李密找了一个借口，说要照顾年事已高的祖母，无法离开。

李密的祖母姓刘，当时已是九十二岁高龄，这在那个平均寿命并不长的时代绝对称得上是高寿了。如此推算的话，刘氏应当出生于东汉熹平元年（172），与东吴名臣鲁肃同岁，比诸葛亮还要年长不少。李密从小家门不幸，出生仅六个月父亲就早逝，四岁时母亲又改嫁他人，他没有叔伯兄弟，一直由祖母刘氏抚养长大。在那个以宗族血缘聚居的时代，这样的生活的确孤独冷清。

更重要的是，当时孩子的教育几乎全部要依靠家教，而女性往往文化程度不高，一般很难担此重任。然而，李密在刘氏的教育之下，却能饱读诗书，成为一名才学之士，这不得不让人对这位祖母表示敬佩。与李密境遇相似的还有魏国平蜀的另一位功臣，镇西将军钟会。他六岁那年，父亲钟繇（担任太傅）辞世，他的母亲张昌蒲因为是侧室，受到钟家排挤。张昌蒲遂独立担负起抚养和教育钟会的责任，为他制订了从四岁到十五岁的读书与学习计划，让钟会成为魏国的栋梁之材。

正当成都的官吏百姓以为已经平稳度过了这场权力更替时，意外发生了。正是这位钟会在进入成都后心生反意，他联手心怀复国之愿的姜维，囚禁了邓艾，关押了一众将领，紧锣密鼓地筹划起反对司马昭的大计。只可惜，计谋败露。魏景元五年（264）正月十八日，钟会、姜维遭诸将部曲攻劫，双双殒命。这场兵变也让成都平白遭受了一场浩劫，乱兵趁机劫掠城中军民，上至蜀汉故太子刘璿，蜀汉旧臣张翼、蒋显、蒋斌、卫继、关彝，下至平民百姓，死者不计其数，乱象持续数日方息。

邓艾亦在这场变乱中为仇人所杀。李密目睹成都百姓遭遇这场无妄之灾，却不由得暗自庆幸——若他应了邓艾之召成为其部属，免不得受牵连，不知死于何处。似乎也就是从这场变乱之后，这一批蜀汉遗臣对待中原王朝的态度，由犹豫变为了恐惧，他们本能地对洛阳方面发来的征召和授官保持高度的警惕。

久居蜀地的李密不可能知道洛阳的水有多深，而时局的变化更是超出了他的想象。仅仅在蜀汉亡国两年后，曹魏也寿终正寝，为司马昭之子司马炎建立的晋朝所取代。司马炎受禅登基后，加紧落实对蜀汉故地的怀柔政策，下诏征召蜀汉旧臣北上，为新朝所用。

谯周就是被重点关照的对象，此前司马昭征召，他就借年老、疾病而不肯行，司马炎又多次降诏催促谯周入洛，谯周推辞不过，只能带着一身病来到洛阳。他拒绝了司马炎的一切任命，自陈毫无功绩，只求能返还益州故土度过余年，但谯周声望所在，司马炎哪里肯放还。数年后，谯周以七十岁终于洛阳，还葬故乡。

谯周的不合作或许让新登帝位的司马炎面上无光，于是在谯周抵达洛阳的泰始三年（267），他令蜀汉故地的州郡官员大规模征辟蜀汉旧臣入朝为官，谯周的高徒李密自然在列。当时司马炎刚立司马衷为太子，太子需要辅佐之臣，于是征李密为太子洗马。李密再一次被推向了两难的境遇。

这一年李密四十四岁，他的祖母刘氏九十六岁。据《华阳国志》，太子洗马是李密在蜀汉已经出任过的官职，而他曾经辅佐过的太子刘璿已经在成都之乱中死去，这个职位对他而言并没有太大的吸引力。但他心里清楚，晋朝朝廷征召蜀汉旧臣，并非看重他们的才干，而是看重他们的身份，他们入朝将势必成为晋朝抚慰巴蜀的工具，且不说有失名节，还很可能会落得个里外不是人的下场。面对如此莫测的前程，李密决定观望。但抗旨不遵，总是大罪，于是李密提笔写下了这篇《陈情表》（全信附后），孝道成为他此时此刻最好的托词。

李密在《陈情表》里一开篇就倾诉了自己不幸的身世，渲染了自己在父亲亡故、母亲改嫁之后，与祖母相依为命的凄苦境遇。而后，他表达了自己处于州郡官员催促他就职与九旬祖母病卧在榻亟待照料的两难境地，向皇帝痛陈："臣之进退，实为狼狈。"

"伏惟圣朝以孝治天下"是李密抓住的司马炎的命脉。自汉朝以降，历朝历代的统治者无不强调"以孝治国"，盖因在家为孝，就等同于在朝为忠。在家国一体的帝国制度下，皇帝即万民的君父，你有多么孝顺自己的父母，就会对皇帝有多么忠贞不渝、尽心用事，不生二心，国祚自可绵长。李密在《陈情表》中一面极力自我贬损，称自己"少仕伪朝"，是"亡国贱俘"，打消司马炎对他眷恋旧朝的顾虑；一面多次陈述自己尽孝于祖母、报答养育之恩的紧迫。（"尽节于陛下之日长，报养刘之日短也。"）

李密的文章令人声泪俱下，其真情款款，如此辞官，让人无话可说。晋武帝司马炎看过这篇奏表后，不禁感叹道："士之有名，不虚然哉！"不仅下令停止征召他，还赏赐了他奴婢二人，嘉勉他的孝心。李密与司马炎，这对未曾谋面的君臣，就这样在不经意之间完成了一次"合谋"：李密拒绝了出仕，博得了清名，一篇《陈情表》传为千古佳作；司马炎则顺水推舟，弘扬了孝道，布施了恩泽，博得了人心。这远比李密一个小吏前来供职要划算得多。

南宋文人安子顺曾言："读诸葛孔明《出师表》而不堕泪者，其人必不忠；读李令伯《陈情表》而不堕泪者，其人必不孝；读韩退之《祭十二郎文》而不堕泪者，其人必不友。"这三篇让人堕泪的文章中，两篇都出自三国蜀汉的臣子，这当然不是巧合。

晋朝是一个搭建在世家大族的利益上的王朝，司马氏主导的魏晋禅代是众多世家大族搭桥抬轿的结果，因而，在这样的权力关系之下，新生的晋朝不可能真正地对蜀汉旧臣张开怀抱。而事实证明，像李密这样的益州本土人士，在前朝尚不能青云直上，在新朝就更无法仕途亨通。

李密在祖母去世后，服孝期满，履行前诺出仕晋朝，历任尚书郎、温县令。温县是司马氏的祖籍所在，让李密治理这里，想必依然是在做忠孝这篇文章。李密有政才，上任后"政化严明"，且废除了中山诸王过县时吃拿卡要的陋规，为百姓减轻了负担。但李密因为"性方直，不曲意势位"，开罪了当权朝臣荀勖、张华，左迁汉中太守。对官场心灰意懒的李密在一次宴会上吐露了自己的心声，他在一首诗的末尾写道："人亦有言，有因有缘。官无中人，不如归田。"司马炎得知后十分恼怒，将他革职遣回家乡。

他的同门师弟陈寿的仕途也十分坎坷。陈寿为荀勖所嫉妒，一直不得重用。后来镇南将军杜预向朝廷举荐他入朝为官，又逢母亲去世，刚抵达洛阳的陈寿不得不丁忧去职。陈寿的母亲看起来是一个不怎么眷恋故土的人，临终前交代陈寿将她就地葬于洛阳。陈寿遵从母命，不料却触动了提倡"以孝治天下"的朝廷的神经，被认为不归葬母亲于乡里是不孝之举，于是又遭贬损，再未得到重用。

在晋朝出仕，实属不得已而为之，李密和陈寿对故国依然怀有深厚的感情，在言谈之中常常维护蜀汉君臣的名誉。本书第八章曾提到，李密在司空张华面前为诸葛亮回护。在那段对话中，张华还刁难李密："安乐公何如？"安乐公是后主刘禅，张华让他评价一个亡国之君，自然是不怀好意。但李密却语出惊人："可次齐桓。"张华连忙问他原因。李密说，齐桓公任用名臣管仲得以称霸，任用小人竖刁而败亡，如今安乐公任用诸葛亮而抗魏，任用黄皓而亡国，成败都是一样的。如此巧对，滴水不漏，这或许也是后主刘禅得到的最高的一句评价了。

　　李密为后世留下了《陈情表》，陈寿则为后世留下了记录三国历史的最权威的史学著作《三国志》。当朝写史，尤为不易，何况当朝皇帝的祖父司马懿曾是诸葛亮一生最大的对手，陈寿在这样的政治环境下，对诸葛亮给出了相对公允的评价。《三国志》因而有"良史"之称。陈寿还受司马炎之命编纂了由二十四篇文组成的《蜀相诸葛亮集》，并在诸葛亮本传中特别附上了文集的目录和上书表，"创史家未有之例，尊亮极矣"（清人王鸣盛语）。

附：《陈情表》

李密

臣密言：臣以险衅，夙遭闵凶，生孩六月，慈父见背。行年四岁，舅夺母志。祖母刘愍臣孤弱，躬亲抚养。臣少多疾病，九岁不行，零丁孤苦，至于成立。既无伯叔，终鲜兄弟；门衰祚薄，晚有儿息。外无期功强近之亲，内无应门五尺之僮；茕茕独立，形影相吊。而刘夙婴疾病，常在床蓐；臣侍汤药，未曾废离。

逮奉圣朝，沐浴清化。前太守臣逵察臣孝廉，后刺史臣荣举臣秀才①。臣以供养无主，辞不赴命。诏书特下，拜臣郎中，寻蒙国恩，除臣洗马。猥以微贱，当侍东宫，非臣陨首所能上报。臣具以表闻，辞不就职。诏书切峻，责臣逋慢。郡县逼迫，催臣上道；州司临门，急于星火。臣欲奉诏奔驰，则刘病日笃，欲苟顺私情，则告诉不许。臣之进退，实为狼狈。

伏惟圣朝以孝治天下，凡在故老，犹蒙矜育，况臣孤苦，特为尤甚。且臣少仕伪朝，历职郎署；本图宦达，不矜名节。今臣亡国贱俘，至微至陋，过蒙拔擢，宠命优渥，岂敢盘桓，有所希冀！但以刘日薄西山，气息奄奄，人命危浅，朝不虑夕。臣无祖母，无以至今日；祖母无臣，无以终余年。母孙二人，更相为命。是以区区不能废远。

臣密今年四十有四，祖母刘今年九十有六，是臣尽节于陛下之日长，报养刘之日短也。乌鸟私情②，愿乞终养。臣之辛苦，非独蜀之人士及二州牧伯所见明知，皇天后土，实所共鉴。愿陛下矜愍愚诚，听臣微志，庶刘侥幸，保卒余年。臣生当陨首，死当结草③。臣不胜犬马怖惧之情，谨拜表以闻。

译文：

我生来命运多舛，从小就遭遇不幸，出生六个月，父亲就去世了，四岁那年，舅舅逼迫母亲改嫁他人。祖母刘氏可怜我孤身孱弱，于是亲自来抚养我。我小时候经常得病，到了九岁还不会走路，孤苦伶仃地长大，既没有叔父伯父可以依靠，也没有兄弟姐妹相伴。我家境贫寒，福分浅薄，年纪很大了才有儿子。外面没有什么关系亲近的亲戚，家里没有照应门户的童仆。长年以来我都无人可依，只能与墙上的影子相伴。而祖母刘氏年纪大了，又常年卧病在床，我照顾她，给她喂汤药，从未离开半刻。

如今恰逢圣朝，让我沐浴在清明教化之中。之前，犍为太守逵举荐我为孝廉，益州刺史荣举荐我为秀才，我因为祖母无人照顾，就拒绝了他们的好意，没有接受任命。然后朝廷又颁下诏书，拜我为郎中，国家降下恩典，委任我为太子洗马。我如此卑微低贱的人，却被赋予在东宫辅佐太子的重任，这种恩情我真是杀身捐躯都不能报答。我将自己的情况写成表章递上去，推辞不去就任。然而诏书里的话语十分严厉，责怪我怠慢朝廷。郡县的官员屡屡逼迫我，催促我立即赴任。益州的官员登门督促，着急得如同星火一般。我想奉诏前去赴职，但刘氏的病情日渐沉重；我想要在家照顾刘氏，长官们却不允许。我真是进退两难，处境十分狼狈。

我心想，圣朝奉行以孝治天下，年老而德高的旧臣都能够得到国家的抚恤和优待，何况我们家里孤苦无援，尤其特殊。而且，我年轻时在伪朝蜀国任职，一直做到尚书郎，原本就是贪图升官，并不在意自己的名节。如今我是亡国之徒，十分卑微低贱，承蒙朝廷提拔我做官，如此恩宠于我，我哪里敢犹豫徘徊，有别的企图呢？只是因为刘氏就像沉于西山的落日，已经气息奄奄、大限将至、朝不保夕了。如果没有祖母，就没有我李密的今天；祖母如果没有我，就没法安度她的晚年。我们祖孙两人，相依为命，我实在不愿抛弃祖母而远行。

我今年四十四岁，而祖母刘氏已经九十六岁，因此我还有很长的日子来效忠于陛下，而没有几天时光来报答刘氏的抚育之恩了。乌鸦尚有反哺之义，希望陛下恩准我为祖母送终。我的一片苦心，不只是蜀地和益州、凉州的长官能看到，皇天后土都能够清楚地看见。希望陛下怜惜我的一片赤诚，实现我这一点微小的心愿，让刘氏能够侥幸地度过余下的时光。我活当杀身报效，死当结草报恩。我怀着忐忑不安的心情，恭敬地呈上这篇奏表。

注释：

①孝廉、秀才：两汉时，朝廷的选官方式以察举制为主，其中孝廉、秀才两科为常科，孝廉由郡国所举，秀才由三公及州牧所举。为避光武帝刘秀讳，秀才一科在东汉曾更名为"茂才"。魏晋时期，九品中正制成为新的选官制度，但察举选士的方法仍在施行，不过退居次要地位。

②乌鸟私情：乌鸟，即乌鸦。古人认为，小乌鸦能在老乌鸦飞不动的时候，衔着食物来喂养它，即乌鸦反哺，这是一种孝德的体现。

③结草：典出《左传》。春秋时，魏武子病笃，临终前嘱咐儿子魏颗让他的爱妾祖姬陪葬。魏武子死后，魏颗将祖姬改嫁他人。后来，秦晋两国在辅氏交战，魏颗与秦国大力士杜回激战，祖姬之父用草绳绊倒杜回，助魏颗大获全胜。此后结草常被比喻为知恩报恩。

后记

"来鸿对去雁，宿鸟对鸣虫。"童蒙时期，从《声律启蒙》中习得"来鸿"这一词，就一直颇为喜爱。古人囿于交通的不便，坐地望天，看着飞鸟翱翔于天际，自由地南来北往，不禁产生无限的遐想，也借着它们寄托了自己的些许情结。后来读史，读到苏武北海牧羊，一待就是十九年，手中的旌节被风霜雨雪磨成了一根竹竿，不禁泪如雨下。又读到，汉朝的使者要求匈奴放回苏武，匈奴谎称苏武已死，但汉使说，我国皇帝在宫中射下一只鸿雁，鸿雁的脚上系着丝绸，写着苏武还在人世。匈奴看蒙骗不过，只好将苏武放归。

这是鸿雁传书典故的由来，也许鸿雁并不能像鸽子那样通人性，可以为人传书送信，但"来鸿"的意象与书信的传递相联结，又增添了几分人间况味。木心说："从前的日色变得慢，车、马、邮件都慢，一生只够爱一个人。"而在如今信息通达的时代，我们已经很难与古人产生共情，很难理解"纸短情长，再祈珍重"背后的冷暖人生。

我从幼年喜读三国，进而通过三国叩开历史这扇大门，直至今日从事有关历史题材的书籍与剧本的写作。我经常想的一个问题是，如何能够让当下的读者更真实地进入历史的情景之中，感受到那些历史人物的真性情，尤其是对待三国这段历史。因为《三国演义》过于深入人心，作为历史的三国反而被蒙上了一层厚厚的面纱，再加上史料的舛讹与缺漏，向历史谋求真实的确是一件奢侈而艰难的事情。

　　2017年，我写了第一本书《列族的纷争：三国豪门世家的政治博弈》，试图透过"家族"这个全新的角度来重新透析风起云涌的三国时代、梳理灿若繁星的三国人物。著名作家马伯庸先生对拙作有精辟的概括："这本书最难得的地方就是视角独特，告诉我们所谓的汉末三国，其实不仅仅是几个军阀诸侯的纷争，本质上是掌握了大量土地，并垄断了政治文化资源的那些世家大族，进行利益重新分配的过程。"许多读者的反馈乃至批评都激励着我继续写作。我想，尽管三国已经是老生常谈的题材，但只要找到别致的角度，三国依然有说不尽的故事，就像戏曲《单刀会》中关公所唱的"这也不是江水，二十年流不尽的英雄血"。

　　也同样是在2017年，一档名为《见字如面》的电视节目吸引了我。节目形式非常简单，就是邀请一些文娱名人来读书信，书信是当事人亲笔所写，字里行间中存留着时代的体温，记录着写信人与收信人之间真实的情感联系。那么三国时期有没有书信呢？翻检我们的记忆就会发现，不仅有，而且书信几乎串联了我们众多的三国记忆。无论是曹操寄给孙权的那封"会猎于吴"的挑衅信，还是嵇康寄给山涛那封中国历史上最著名的"绝交书"，无论是曹植向魏明帝上书的字字泣血的《求自试表》，还是诸葛亮上书后主的传诵千秋的《出师表》，它们都是这个长达百年的风云乱世的最忠实的见证者。

　　透过书信，我们能更为真切地感受到历史的风云激变。袁叙给堂兄袁绍写信，鼓吹"今海内丧败，天意实在我家"，但没过几年，曹操就彻底击碎了袁绍的帝业之梦。透过书信，我们也能捕捉到写信人笔下鲜活生动的历史细节。嵇康为了说明自己慵懒不适合当官，不惜这样描述自己："每常小便而忍不起，令胞中略转乃起耳。"透过书信，我们还能看到那些我们熟悉的历史人物不为人知的一面。比如素来以文弱形象示人的曹植，会在请战书中写下"虽身分蜀境，首县吴阙，犹生之年也"这般豪言壮语；而以仁厚为世人称道的刘备，也会为了争夺益州，写下"汝欲取蜀，吾当被发入山，不失信于天下也"这样虚伪自饰的话语。至于那些流传于父子之间的家信，其中"非淡泊无以明志，非宁静无以致远""勿以恶小而为之，勿以善小而不为"这样的名句更是传承千年，历久弥新。书信是两个人之间的对话，也是一段人物关系变迁的生动记录。曹操与孙权南北相争二十年，当这两位霸主狭路相逢，胜负难分又都不肯退让时，一句"足下不死，孤不得安"让紧张的战争气氛顿时松弛下来，也让我们看到英雄与英雄之间的惺惺相惜。

从黄巾起义到西晋灭吴，汉末三国乱世满打满算也不到一百年的时间，在浩瀚的中国历史中可谓非常短暂，但遗存下来的书信、书笺、表章就有数百篇之多。不过，它们散布在史料文献之中，有的残缺不全，有的作者存疑，有的还带着明显改动过的痕迹。好在编纂《文选》的南梁萧统、编纂《艺文类聚》的唐欧阳询等、编纂《太平御览》的北宋李昉等在整理这些文章方面做了大量的工作，又有清人严可均《全上古三代秦汉三国六朝文》集大成之。但因为篇幅所限，本书收录的四十多封书信，不可能呈现三国书信的全貌，只是以书信为切入点，将它们背后尘封的历史往事徐徐展开。在体例上，有的章节串联起若干封信件，以探索其中微妙的关联，有的章节则围绕一封信件展开叙述。在时间线上，尽可能兼顾汉末、曹魏、蜀汉、东吴、晋初各个时期的历史人物。对于篇幅较长的书信文本，我将全文附于正文之后，并添加注释与白话译文，以方便读者阅读。

在提笔写作这本书之前，我其实并没有想好该怎样处理"文字以外的延伸"。但我已经有超过十年的文化新闻采写经历，在写作中，我尝试用写"新闻特稿"的方式写历史，以求呈现出历史的质感与气势。因此，这样的写作之旅，于我而言也是学习与收获之旅。在威廉·曼彻斯特这样的非虚构写作大师面前，我是一名谦卑的学徒。

这本书起稿于北京，主体完成于安徽合肥，完稿于云南西双版纳，又改定于北京。感谢这三个气候与文化截然不同的城市的熏染，以及陪伴在我身边的家人给予我的包容与鼓励。这本书的写作正值新型冠状病毒肺炎疫情在国内外肆虐之时，人们裹足在家，见面变成了一种奢望，似乎一夜之间又回到了一种朴素的生活状态。疫情打乱了我去湖北、河南、陕西寻访三国遗迹的计划，反倒让我拥有了一段较为集中的写作时间，这本书的诞生过程着实难忘。

感谢好友刘时飞先生对我不断鞭策与激励，促成了这本书由空想变为现实。感谢千秋智业让本书的顺利出版成为可能。感谢友人张睿、张冰筱等三国爱好者们在本书创作过程中给予的支持与帮助。2020 年是汉魏禅代 1800 周年，从 220 年开始，历史的车轮正式进入了三国时代，给予了中国人一段共同的英雄记忆。谨以此书，向那个风云激荡的时代致以遥远而深沉的敬意。

成长

2020 年 9 月，于北京

参考资料

1.（晋）陈寿撰，（南朝宋）裴松之注，三国志：中华书局，2011

2.（南朝宋）范晔撰，（唐）李贤等注，后汉书：中华书局，2000

3.（唐）房玄龄等撰，晋书：中华书局，1996

4.（晋）陈寿撰，（南朝宋）裴松之注，卢弼集解，钱剑夫整理，三国志集解：上海古籍出版社，2009

5.（晋）陈寿撰，（南朝宋）裴松 注，杨耀坤、揭克伦校注，今注本三国志：巴蜀书社，2012

6.（晋）陈寿撰，（南朝宋）裴松之注，宋本三国志：国家图书馆出版社，2018

7.（晋）常璩撰，汪启明、赵静译注，华阳国志译注：四川大学出版社，2007

8.（东汉）刘珍等编，吴树平校注，东观汉记校注：中华书局，2008

9.（南朝宋）刘义庆撰，朱碧莲、沈海波译注，世说新语：中华书局，2011

10.（宋）司马光撰，资治通鉴：中华书局，2009

11.（宋）李昉等撰，太平御览：中华书局，2000

12.（宋）熊方等撰，刘祜仁点校，后汉书三国志补表三十种：中华书局，1984

13.（清）钱仪吉编，三国会要：上海古籍出版社，2006

14. 谭其骧主编，中国历史地图集：中国地图出版社，1982

15. 梁允麟著，三国地理志：广东人民出版社，2004

16. 张舜徽主编，三国志辞典：山东教育出版社，1992

17.（清）严可均辑，全后汉文：商务印书馆，1999

18.（清）严可均辑，全三国文：商务印书馆，1999

19.（清）严可均辑，全晋文：商务印书馆，1999

20.（梁）萧统编，张启成、徐达等译注，文选全译：贵州人民出版社，1994

21.（三国）曹操著，中华书局编辑部编，曹操集：中华书局，2012

22.（三国）曹丕著，易健贤译注，魏文帝集全译：贵州人民出版社，2009

23.（三国）曹植著，赵幼文校注，曹植集校注：中华书局，2018

24. 张可礼编著，三曹年谱：齐鲁书社，1983

25.（三国）诸葛亮著，段熙仲、闻旭初编校，诸葛亮集：中华书局，2012

26.（三国）嵇康著，戴明扬校注，嵇康集：中华书局，2015

27.（宋）郭茂倩编撰，乐府诗集：上海古籍出版社，1998

28.（明）罗贯中著，三国演义：人民文学出版社，1998

29.（清）王夫之著，舒士彦点校，读通鉴论：中华书局，2013

30. 鲁迅著，中国小说史略：上海古籍出版社，1998

31. 万绳楠整理，陈寅恪魏晋南北朝史讲演录：贵州人民出版社，2007

32. 田余庆著，秦汉魏晋史探微：中华书局，2011

33. 唐长孺著，魏晋南北朝史论丛：商务印书馆，2010

34. 方诗铭著，曹操·袁绍·黄巾：上海社会科学院出版社，1989

35. 朱子彦著，汉魏禅代与三国政治：东方出版中心，2013

36. 柳春新著，汉末晋初之际政治研究：岳麓书社，2006

37. 赵昆生著，三国政治与社会：中国社会科学出版社，2011

38. 童强著，嵇康评传：南京大学出版社，2006

39. 叶嘉莹著，汉魏六朝诗讲录：河北教育出版社，1997

40. 洪钊编著，诸葛亮十讲：哈尔滨出版社，2007

41. 大生著，悬崖边的名士：魏晋政治与风流：世界图书出版公司，2017

42. 成长著，列族的纷争：三国豪门世家的政治博弈：山西人民出版社，2018

43. 陈静，"别纸"考释，敦煌学辑刊：1999

44. 俞绍初，"南皮之游"与建安诗歌创作——读《文选》曹丕《与朝歌令吴质书》，文学遗产：2007

45. 王永平，曹魏苛禁宗室政策之考论，许昌学院报：2001

46. 梁满仓，《颜氏家训》与魏晋南北朝时期的家庭教育，光明日报：2014

47. 微信公众号"影史志"，三国怪谭：东汉洛阳城——三国的起点与终点：2018

附录：三国大事记

公元	东汉年号	大事记
184 年	光和七年 中平元年	二月，黄巾起义爆发 十一月，皇甫嵩平定黄巾起义
185 年	中平二年	
186 年	中平三年	
187 年	中平四年	曹丕出生
188 年	中平五年	汉灵帝接受刘焉建议，改刺史为州牧
189 年	中平六年 光熹元年 昭宁元年 永汉元年	四月，汉灵帝崩，子刘辩即位 八月，大将军何进为宦官所杀，袁绍等烧洛阳宫，尽诛宦官，董卓进京，把持朝政 九月，董卓废刘辩为弘农王，改立陈留王刘协为帝，是为汉献帝
190 年	初平元年	正月，关东州郡起兵讨伐董卓，袁绍为盟主 二月，董卓挟天子迁都长安
191 年	初平二年	正月，袁绍、韩馥谋立刘虞为帝 二月，孙坚破董卓于阳人、大谷，进入洛阳
192 年	初平三年	三月，孙坚于岘山中箭身亡 四月，吕布诛杀董卓 六月，李傕、郭汜等攻陷长安，杀王允，把持朝政 十二月，曹操收降青州黄巾三十万众 曹植出生
193 年	初平四年	六月，曹操父曹嵩在徐州遇害，曹操征徐州，屠城 袁术夺太傅马日磾符节
194 年	兴平元年	四月，张邈、陈宫叛迎吕布，袭兖州，曹操与吕布战于濮阳 十二月，陶谦病故，刘备领徐州牧

公元	东汉年号	大事记
195 年	兴平二年	二月，李傕、郭汜相攻，长安大乱 闰月，曹操破吕布，平兖州，吕布奔徐州 七月，汉献帝离开长安东归 十二月，汉献帝于曹阳为李傕等大败 孙策率众自历阳渡江，攻略江东
196 年	建安元年	八月，曹操迎汉献帝都许 十一月，曹操让大将军之位于袁绍 孙策破王朗、平会稽，许靖南渡交州
197 年	建安二年	正月，曹操为张绣败于淯水，丧曹昂、典韦，曹丕逃脱 春，袁术于寿春僭号称帝
198 年	建安三年	十二月，曹操取徐州，诛吕布
199 年	建安四年	三月，袁绍破公孙瓒于易京 六月，袁术欲北上投袁绍，于江亭呕血而死
200 年	建安五年	四月，孙策为许贡门客刺杀，孙权继领江东；关羽为曹操斩颜良，解白马之围 十月，曹操袭乌巢，大破袁绍于官渡 孙权破皖城，诛李术
201 年	建安六年	九月，曹操破刘备于汝南，刘备奔荆州刘表
202 年	建安七年	五月，袁绍病死
203 年	建安八年	
204 年	建安九年	八月，曹操破袁尚，取邺城，自领冀州牧；曹丕纳甄氏
205 年	建安十年	正月，曹操攻破南皮，诛袁谭
206 年	建安十一年	
207 年	建安十二年	八月，曹操于白狼山大破三郡乌桓 十一月，公孙康献袁熙、袁尚首级，向曹操归降 诸葛亮献《隆中对》，出山辅佐刘备
208 年	建安十三年	春，孙权破黄祖于江夏，斩之 六月，曹操罢三公，任丞相 七月，曹操南征荆州 八月，刘表去世，刘琮继任荆州牧 九月，刘琮降曹操，刘备败于当阳长坂 冬，孙刘联军于赤壁大破曹军，曹操北归，孙权攻合肥不克
209 年	建安十四年	周瑜克江陵，曹仁委城而走 刘备取荆南四郡

（续表）

公元	东汉年号	大事记
210 年	建安十五年	冬，曹操建铜雀台于邺 十二月，周瑜病故于巴丘
211 年	建安十六年	九月，曹操大破马超、韩遂于渭水 曹操使阮瑀作《为曹公作书孙权》 刘璋迎刘备入益州
212 年	建安十七年	十月，曹操东征孙权 十二月，刘备占涪城，攻刘璋
213 年	建安十八年	正月，曹操与孙权对峙于濡须口月余，退军
214 年	建安十九年	夏，刘备入成都，自领益州牧 五月，孙权克皖城，擒朱光
215 年	建安二十年	刘备、孙权争荆州，于湘水划界休兵 五月，曹丕作《与吴质书》 七月，曹操得汉中 八月，孙权围合肥，为张辽败于逍遥津
216 年	建安二十一年	四月，曹操为魏王 十月，曹操东征孙权，使陈琳作《檄吴将校部曲文》
217 年	建安二十二年	三月，曹操因大疫从濡须退兵 十月，曹操为魏太子 是岁大疫，刘桢、应玚、陈琳、徐幹、司马朗等病故
218 年	建安二十三年	正月，耿纪等于许都叛乱未遂 二月，曹丕作《又与吴质书》 四月，代郡乌桓反，曹操派曹彰击之
219 年	建安二十四年	正月，黄忠斩夏侯渊于定军山 五月，刘备取汉中，刘封、孟达取东三郡 七月，刘备进位汉中王 八月，关羽水淹七军，擒于禁，诛庞德 十月，吕蒙袭取江陵、公安 十二月，关羽败走麦城，被吴军所杀
220 年	建安二十五年	正月，曹操病故，曹丕继为魏王 三月，改元延康 七月，曹丕至谯，孟达降魏，赴谯与曹丕会面 十月，曹丕于繁阳举行受禅典礼，代汉称帝，东汉亡 孙权向曹丕称臣，归还于禁等

公元	魏晋年号	蜀汉年号	吴年号	大事记
220 年	黄初元年			

（续表）

公元	魏晋年号	蜀汉年号	吴年号	大事记
221 年	黄初二年	章武元年		四月，刘备于成都称帝 七月，刘备发兵伐吴 八月，曹丕册封孙权为吴王，加九锡
222 年	黄初三年	章武二年	黄武元年	七月，陆逊于猇亭大破刘备，刘备退至白帝城 十月，曹丕三路伐吴，孙权分兵拒敌
223 年	黄初四年	章武三年 建兴元年	黄武二年	四月，刘备于白帝城驾崩，托孤于诸葛亮、李严 五月，刘禅于成都即位；曹植朝京师，作《洛神赋》《赠白马王彪》 王朗作《与许文休书》
224 年	黄初五年	建兴二年	黄武三年	
225 年	黄初六年	建兴三年	黄武四年	秋，诸葛亮平定南中叛乱
226 年	黄初七年	建兴四年	黄武五年	五月，曹丕驾崩，曹叡即位
227 年	太和元年	建兴五年	黄武六年	春，诸葛亮北驻汉中，上《出师表》
228 年	太和二年	建兴六年	黄武七年	正月，司马懿破孟达于上庸，斩之 春，诸葛亮第一次北伐，天水、南安、安定三郡响应，马谡失街亭，退还 八月，陆逊大破曹休于石亭；曹植作《求自试表》 十一月，诸葛亮上《后出师表》 冬，诸葛亮第二次北伐，攻陈仓不克
229 年	太和三年	建兴七年	黄武八年 黄龙元年	春，诸葛亮第三次北伐，取武都、阴平二郡 四月，孙权于武昌登基为帝 九月，孙权迁都建业
230 年	太和四年	建兴八年	黄龙二年	秋，曹真等三路攻蜀，因大雨而还 孙权派卫温等浮海求夷洲、亶洲

（续表）

公元	魏晋年号	蜀汉年号	吴年号	大事记
231 年	太和五年	建兴九年	黄龙三年	二月，诸葛亮第四次北伐，攻祁山，与司马懿相峙 六月，诸葛亮退军，于木门道射杀张郃 曹植作《求通亲亲表》
232 年	太和六年	建兴十年	嘉禾元年	十一月，曹植病故于陈
233 年	太和七年 青龙元年	建兴十一年	嘉禾二年	二月，诸葛亮第五次北伐，出斜谷
234 年	青龙二年	建兴十二年	嘉禾三年	七月，孙权攻合肥新城不克，退兵 八月，诸葛亮逝世
235 年	青龙三年	建兴十三年	嘉禾四年	
236 年	青龙四年	建兴十四年	嘉禾五年	
237 年	青龙五年 景初元年	建兴十五年	嘉禾六年	
238 年	景初二年	延熙元年	嘉禾七年 赤乌元年	八月，司马懿斩公孙渊，平定辽东
239 年	景初三年	延熙二年	赤乌二年	正月，曹叡驾崩，曹芳即位，司马懿、曹爽辅政
240 年	正始元年	延熙三年	赤乌三年	
241 年	正始二年	延熙四年	赤乌四年	
242 年	正始三年	延熙五年	赤乌五年	
243 年	正始四年	延熙六年	赤乌六年	
244 年	正始五年	延熙七年	赤乌七年	三月，曹爽伐蜀，为王平拒于兴势
245 年	正始六年	延熙八年	赤乌八年	陆逊病故
246 年	正始七年	延熙九年	赤乌九年	
247 年	正始八年	延熙十年	赤乌十年	
248 年	正始九年	延熙十一年	赤乌十一年	
249 年	正始十年 嘉平元年	延熙十二年	赤乌十二年	正月，司马懿发动高平陵事变，诛杀曹爽三族及其党羽，曹魏政权归司马氏
250 年	嘉平二年	延熙十三年	赤乌十三年	

（续表）

公元	魏晋年号	蜀汉年号	吴年号	大事记
251 年	嘉平三年	延熙十四年	赤乌十四年 太元元年	四月，司马懿讨伐王凌，王凌自杀 八月，司马懿病故
252 年	嘉平四年	延熙十五年	太元二年 神凤元年 建兴元年	四月，孙权驾崩，孙亮即位，诸葛恪等辅政 十一月，诸葛恪于东兴大破魏军
253 年	嘉平五年	延熙十六年	建兴二年	正月，费祎为魏降人郭循刺死 春，诸葛恪作《出军论》 八月，诸葛恪围合肥新城不克，退兵 十月，诸葛恪为孙峻所杀
254 年	嘉平六年 正元元年	延熙十七年	五凤元年	九月，司马师废曹芳，立曹髦为帝
255 年	正元二年	延熙十八年	五凤二年	二月，司马师平定毌丘俭、文钦之叛，后病发去世 夏，姜维于洮西大破魏将王经
256 年	正元三年 甘露元年	延熙十九年	五凤三年 太平元年	八月，邓艾于段谷大败姜维
257 年	甘露二年	延熙二十年	太平二年	
258 年	甘露三年	景耀元年	太平三年 永安元年	二月，司马昭攻破寿春，诛杀诸葛诞 九月，孙綝废孙亮，立孙休为帝 十二月，孙休诛孙綝
259 年	甘露四年	景耀二年	永安二年	
260 年	甘露五年 景元元年	景耀三年	永安三年	五月，曹髦于宫中声讨司马昭，为成济弑杀 六月，司马昭立曹奂为帝 嵇康作《与山巨源绝交书》
261 年	景元二年	景耀四年	永安四年	
262 年	景元三年	景耀五年	永安五年	嵇康为司马昭杀于洛阳市中
263 年	景元四年	景耀六年 炎兴元年	永安六年	八月，魏以钟会、邓艾、诸葛绪三路大军伐蜀 十月，邓艾偷渡阴平小道，进逼成都，刘禅出降，蜀亡

（续表）

公元	魏晋年号	蜀汉年号	吴年号	大事记
264 年	景元五年 咸熙元年		永安七年 元兴元年	正月，钟会于成都谋反，失败被杀，姜维、邓艾皆死 三月，司马昭为晋王 七月，孙休驾崩，群臣立孙皓为帝
265 年	咸熙二年 晋泰始 元年		元兴二年 甘露元年	八月，司马昭病故，司马炎即王位 十二月，司马炎受禅登基称帝，废曹奂为陈留王，魏亡
266 年	泰始二年		甘露二年 宝鼎元年	
267 年	泰始三年		宝鼎二年	李密作《陈情表》
268 年	泰始四年		宝鼎三年	
269 年	泰始五年		宝鼎四年 建衡元年	
270 年	泰始六年		建衡二年	
271 年	泰始七年		建衡三年	
272 年	泰始八年		凤凰元年	
273 年	泰始九年		凤凰二年	
274 年	泰始十年		凤凰三年	
275 年	咸宁元年		天册元年	
276 年	咸宁二年		天册二年 天玺元年	
277 年	咸宁三年		天纪元年	
278 年	咸宁四年		天纪二年	
279 年	咸宁五年		天纪三年	十一月，晋发兵五路伐吴
280 年	咸宁六年 太康元年		天纪四年	三月，王濬水军至建业，孙皓出降，吴亡，三分归一统